八十一梦

张恨水作品典藏 小说十种

张恨水 著

BASHIYI MENG

图书在版编目（CIP）数据

八十一梦/张恨水著.—合肥：安徽文艺出版社，2018.10
（张恨水作品典藏·小说十种）
ISBN 978-7-5396-5524-6

Ⅰ．①八… Ⅱ．①张… Ⅲ．①长篇小说－中国－现代 Ⅳ．①I246.5

中国版本图书馆CIP数据核字(2018)第077766号

出 版 人：朱寒冬
责任编辑：姚爱云　　　装帧设计：丁　明　张诚鑫

出版发行：时代出版传媒股份有限公司　www.press-mart.com
　　　　　安徽文艺出版社　　www.awpub.com
地　　址：合肥市翡翠路1118号　　邮政编码：230071
营 销 部：(0551)63533889
印　　制：安徽新华印刷股份有限公司　　(0551)65859551

开本：700×1000　1/16　印张：14.75　字数：300千字
版次：2018年10月第1版　2018年10月第1次印刷
定价：58.00元(精装)

（如发现印装质量问题，影响阅读，请与出版社联系调换）
版权所有，侵权必究

总序

精进不已与现实主义

谢家顺

安徽文艺出版社拟出版"张恨水作品典藏",这是一件十分有意义的事。安徽文艺出版社与张恨水有着很深的渊源,在20世纪八九十年代就曾先后出版过"张恨水选集"和"张恨水散文"两套丛书,对张恨水小说和散文的代表作进行了精心的整理和呈现,产生了广泛的影响。时光流逝,然读者对张恨水作品的欣赏和阅读热情仍在。为了传承经典,也为了给读者呈现更多的精品图书,安徽文艺出版社策划了此套"张恨水作品典藏"。首辑精选了张恨水小说十种,合集出版。嘱我作序,幸甚之际不胜惶恐,谨以下文字,与读者交流。

1944年5月16日,是张恨水五十寿辰。时在重庆的抗敌文协、新闻协会、新民报社等单位联合发起为其祝寿的活动。而重庆《新民报》《新民报晚刊》,成都《新民报晚刊》等报则于当天刊发"张恨水先生五十岁寿辰 创作三十年纪念特辑"。"精进不已"四字是时任重庆新华日报社社长的潘梓年为祝贺张恨水创作三十周年而做的精辟总结,他在贺词中说:"恨水先生所以能够坚持不懈,精进不已,自然是由于他有他的识力,他有他的修养,但更重要的,恐怕还是由于他有一个明确的立场——坚主抗战,坚主团结,坚主民主。"

当天,重庆《新华日报》发表消息《小说家张恨水先生创作三十年纪念 重庆新闻界和文艺界打算举行茶会庆祝,张氏谦不肯受》并刊发短评《张恨水先生三十年》,以示祝贺。短评说:"他的小说与旧型章回小说显然有一个分水界,那就是他的现实主义道路。"并指出他的创作倾向是"无不以同情弱小,反抗强暴为主要的'母题'"。

随之,"精进不已""现实主义"也就成了学术界评价张恨水小说创作的两个重要关键词和标杆。

面对社会各界的祝贺,张恨水撰写了《总答谢——并自我检讨》一文,刊登在1944年5月20至22日的重庆《新民报》上,以表感谢。他在文中做了如下表述:

我觉得章回小说,不尽是要遗弃的东西,不然,《红楼》《水浒》,何以成为世界名著呢?自然,章回小说,有其缺点存在,但这个缺点,不是无可挽救的(挽救的当然不是我)。而新派小说,虽一切前进,而文法上的组织,非习惯读中国书、说中国话的普通民众所能接受。正如雅颂之诗,高则高矣,美则美矣,而匹夫匹妇对之莫名其妙。我们没有理由遗弃这一班人,也无法把西洋文法组织的文字,硬灌入这一批人的脑袋。窃不自量,我愿为这班人工作。有人说,中国旧章回小说,浩如烟海,尽够这班人享受的了,何劳你再去多事?但这里有个问题,那浩如烟海的东西,他不是现代的反映,那班人需要一点写现代事物的小说,他们从何觅取呢?大家若都鄙弃章回小说而不为,让这班人永远去看侠客口中吐白光、才子中状元、佳人后花园私定终身的故事,拿笔杆的人,似乎要负一点责任。我非大言不惭,能负这个责任,可是不妨抛砖引玉(抛砖甚多,而玉始终未出,这是不才得享微名的缘故),让我来试一试,而旧章回小说,可以改良的办法,也不妨试一试。我向来自视很为渺小,失败了根本没有关系。因此,我继续地向下写,继续地守着缄默。

为了上述的原因,我于小说的取材,是多方面的,意思就是多试一试。其间以社会为经,言情为纬者多,那是由于故事的构造,和文字组织便利的缘故。将近百种的里面,可以拿出见人的,约占百分之七八十,写完而自己感觉太不像样的,总是自己搁置了。也有人勉强拿去出版的,我常是自己读之汗下,而更进一步言之,所有曾出版的书新近看来,都觉不妥,至少也应当重修庙宇一次。这是我百分之百的实话。所以人家问我代表作是什么,我无法答复出来。

关于改良方面,我自始就增加一部分风景的描写与心理的描写,有时也写些小动作,实不相瞒,这是得自西洋小说。所以章回小说的老套,我是一向取逐渐淘汰手法,那意为也是试试看。在近十年来,除了文法上的组织,我简直不用旧章回小说的套子了。严格地说,也许这成了姜子牙骑的"四不像"。由于上述,质是绝不能和量相称,真是"虽多亦奚何为"?

这段文字可以看成是张恨水对自己三十年小说创作的总结与对读者的回应。为了表达的方便,我们选取张恨水十部具有代表性的小说做一梳理——

1.《春明外史》:1924年4月16日至1929年1月24日在北京《世界晚报》副刊《夜光》连载。

这是张恨水第一部有影响的长篇小说,全书百万字,是一部以《二十年目睹之怪现状》为蓝本的谴责小说。小说通过新闻记者杨杏园与青楼雏妓梨云、才女李冬青的爱情故事,描写民国初年,北洋军阀政府时期的逸闻遗事和社会风貌,其中有些片段可看作民初野史,在一定程度上暴露了当时政治的黑暗。这是张恨水的成名作,而他自认为是一部"得意之作""用心之作"。

《春明外史》单行本第一集共十三回,由其弟张啸空主持印刷,发行一千余册;第二集十三回。1927年,《世界日报》经理吴范寰合并一、二集出版。世界日报社于1929年出单行本三集,三十九回。现在看到的较早版本是1931年世界书局出版的八十六回本,分上下函,共十二册。

2.《金粉世家》:1927年2月13日至1932年5月22日在北京《世界日报》副刊《明珠》连载。

该小说连载五年,一百一十二回,共两千一百九十六次,百万言。这是张恨水又一代表作,奠定了他在小说创作界的地位。小说描写北洋军阀统治时期,国务总理的儿子金燕西与普通人家姑娘冷清秋由恋爱、结婚到分离的故事,表现了豪门的盛衰过程,也在一定程度上反映了上层社会的腐败,被誉为"民国《红楼梦》"。

1932年12月,上海世界书局初版单行本,正集五十六回,续集五十六回,加楔子和尾声,共计二函十二册。单行本中,删去了上场白,加上张恨水自序。

3.《啼笑因缘》:1930年3月17日至11月30日在上海《新闻报》副刊《快活林》连载。

《啼笑因缘》共二十二回,约二十四万字。小说通过平民化的阔公子樊家树与唱大鼓书的女子沈凤喜的爱情悲剧,揭露军阀罪行。该书是一部以言情为经,以社会为纬,旨在暴露的作品,于爱情纠葛之中穿插封建军阀强占民女及侠客锄强扶弱的情节,富有传奇色彩,体现了"社会""言情""武侠"三位一体的艺术大融合。张恨水曾说:"到我写《啼笑因缘》时,我就有了写小说必须赶上时代的想法。"小说注意映照现实,也注意到了读者群文化意识的变化,因此在《啼笑因缘》里,"才子佳人"角色被普通民众所取代,反封建思想和平民精神得到了张扬。

《啼笑因缘》是张恨水打通南北的一部作品,曾产生了广泛的社会影响,被誉为"言情传奇"。

1930年12月,上海三友书社初版单行本,有插图八幅(其中作者像、手迹各一幅,明星公司所摄制的《啼笑因缘》影片的剧照六幅)、李浩然先生题词、严独鹤序、作者撰写的自序以及《作完〈啼笑因缘〉后的说话》。

为防止此书被盗版,张恨水被迫续写了十回,续集由三友书社于1933年1月初版。而《啼笑因缘》的续书之多更是民国小说中之最。小说至今再版三十余次。

这部小说入选20世纪"百年百种优秀中国文学图书"。

4.《北雁南飞》:1934年2月2日至1935年10月18日在上海《晨报》连载。

小说描写了辛亥革命前至北伐战争时期,女主人公姚春华的一段不自由的婚姻悲剧。张恨水在单行本自序中称:"这部书的命意,很是简单,读者可以一望而知。这不过是写过渡时代一种反封建的男女行为。"在现实主义精神的承继、浪漫的才子情调、佛的空寂幻灭、侠义精神的弘扬及礼教的坚持与维新等方面,《北雁南飞》均体现了张恨水鲜明的文化立场。该书被称为"中国版的《伊豆的舞女》"。

1946年、1947年山城出版社出单行本,二册,共三十八回,三十四万字。

5.《燕归来》:1934年7月31日至1936年6月26日在上海《新闻报》副刊《快活林》连载。

1934年5月,张恨水携北华美专工友小李,离开北平,前往西北考察,历时近三个月,途经郑州、洛阳、西安、兰州等地,足迹遍布西北地区,并在西安拜会了杨虎城和邵力子。这次西北之行,张恨水目睹盘踞在西北的封建军阀的种种恶行——横征暴敛,抓丁拉夫,弄得民不聊生,亲耳听见了西北人民的痛苦呻吟,思想上受到很大震动。

他曾写道:"在西北之行之后,我不讳言我的思想变了,文学也自然变了。"

《燕归来》描写了三个男学生陪同一个女学生杨燕秋回西北寻亲的故事,记述了旅途中所见的风土人情及人物间的情感纠葛。作品让读者目睹了一个不幸家庭一步步被饥饿、战乱逼向毁灭的过程,呈现了西北人民的苦难和坚韧。作品还以游历者的角度,对历史文化古迹遭到践踏进行反思。

《燕归来》艺术上的独特之处有二:一是打破了章回小说写一件事的发展单线直下的手法,采用插叙的叙述方法,在情节发展中拦腰插进有关人物身世的章回,读来跳脱有致,富有机趣;二是在人物塑造方面,作家注意对人物性格、行为的刻画,并运用大量细节点染,使小说中人物的神貌、性格,更加生动,栩栩如生。[①]因此,这部小说成为张恨水创作转型期的标志性作品。

6.《夜深沉》:1936年6月27日至1939年3月7日在上海《新闻报》副刊《茶话》连载。

---

① 杨义主编《张恨水名作欣赏》,中国和平出版社,1996年,第181页。

小说描写马车夫丁二和与卖唱姑娘杨月容的爱情生活及不幸遭遇,是张恨水所写的最后一部纯言情的著作。此书将主要人物——车夫丁二和与卖唱女杨月容的情致与心理处理得十分委婉、细腻而动人,与《啼笑因缘》并列为张恨水两大言情著作。《夜深沉》最动人的是对人物情感、情致与情绪的刻画。

小说先后创作于南京、重庆,单行本于1941年6月由上海三友书社初版。

7.《八十一梦》:1939年12月1日至1941年4月25日在重庆《新民报》副刊《最后关头》连载。

小说约十八万字,以散文体形式,采取"寓言十九,托之于梦"的手法,对国民党统治下的"陪都"腐败的官场和社会上的种种黑暗现象进行了无情揭露和有力鞭挞。由于书中人、事均有所指,所以受到了进步人士的欢迎,也引起了国民党特务的注意。

除了楔子和尾声,只有十四个梦。其原因,作者在楔子中有交代,说是因为稿子上沾了一点油腥,"刺激了老鼠的特殊嗅觉器官",因而老鼠钻进这些"故纸堆"中"磨勘"一番,结果只剩下一捧稀破烂糟的纸渣,但"好在所记的八十一梦是梦梦自告段落,纵然失落了中间许多篇,于各个梦里的故事无碍",暗示小说因揭露黑暗的社会现实而触犯了当局,引来了麻烦。

《八十一梦》运用"寓言十九,托之于梦"的手法,笔酣墨畅,恣意挥洒。全书充满了诡谲玄幻的悬念,上下古今,纵横捭阖,犀燃烛照,对那些间接或直接有害于抗战的社会现象痛加鞭挞。文学界盛赞该书是"梦的寓言",是一部现代文学史上的"奇书"。

该书1942年3月由重庆新民报社初版(《新民报》文艺丛书之一),简称"新民报社十四梦本"。1955年1月,北京通俗文艺出版社经作者删节后再版,简称"通俗文艺版删节本"。

8.《傲霜花》(又名《第二条路》):1943年6月19日至1945年12月17日,长篇小说《第二条路》在重庆、成都《新民报晚刊》连载。

1947年2月,上海百新书店初版,易名《傲霜花》。小说描写抗战时期陪都重庆的一群文化人歧路彷徨的种种行状与心态,对战时知识分子的行为与心态做了深刻的文化反思和人性自省,被誉为"张恨水笔下的《围城》"。

9.《大江东去》:1940年在香港《国民日报》连载,1947年1月24日至次年7月21日被北平《新民报》转载。

小说约二十万字,以抗战时期军人家庭婚变的故事为主线,并在其中详细记述南京保卫战与南京大屠杀的内容,抗战、言情兼而有之,是"中国20世纪小说史上唯一记录了南京大屠杀惨况的小说"。

《大江东去》既有对人物形象、心理的细致刻画,又有宏大的历史场景;既展现出国家的灾难、人性的裂变,又能抚慰创伤,振奋民族精神。其创作技巧也在张恨水小说中独树一帜,采用双视角的叙述手法:一是从男性视角描摹战争,交代故事发生的客观环境;一是从女性视角抒发缠绵之情,反衬战争的残酷。不足的是,作品中的抗战与言情未实现有机结合,有疏离、浮泛之憾。

1942年冬,重庆新民报社出版单行本时,删去原稿第十三至十六回及第十七回的一部分,增加了有关南京大屠杀和保卫中华门战斗的片断及对日军屠城惨状的描写。全书一册,二十回,近十六万字。

10.《巴山夜雨》:1946年4月4日至1948年12月6日在北平《新民报》副刊《北海》连载。

小说以抗战时期的重庆为背景,以大学教授李南泉一家的生活为中轴,描写小公务员、教员、卖文为生的知识分子们生活的清贫困苦,达官和奸商们生活的豪华奢侈,老百姓痛苦不堪的日常生活和种种社会现象。这是一部带有自传性质的小说,也是张恨水病前创作的最后一部小说。小说富有浓郁的生活气息,以文人李南泉的生活见闻为主线,把抗战时期生活艰辛的文人、醉生梦死的太太们、堕落荒唐的伪文人、卑微多劫的女伶、发国难财的游击商、飞扬跋扈的公馆子女以及狗仗人势的副官串联起来,构成了一幅抗战时期的社会风俗画。

"巴山夜雨"源于李商隐《夜雨寄北》:"君问归期未有期,巴山夜雨涨秋池。"以此为题,隐含着作者抗战时期生活困苦、漂泊无定的家园之思。《巴山夜雨》是张恨水"痛定思痛"之后的"探索之作"。作者以冷峻理性的笔触，在控诉日寇战争暴行的同时，对民族心理进行探索，解剖国人在抗战中表现出来的"劣根性"，人物栩栩如生，语言幽默犀利，在小说的描写功力上达到了炉火纯青的程度。台湾学者赵孝萱称该书"是张恨水的最重要代表作，也是他一生作品最高峰"。

小说单行本于1986年3月由四川文艺出版社首次出版发行。

通过对上述十部小说的梳理，我们可以从以下三个方面发现张恨水作为小说家的特点：

第一，他的职业是报人，是报人作家。他以报人开阔的眼光、丰富的阅历和敏锐的感觉来洞察社会，追求和表现社会现象的新闻性，描述和评判社会风气的变幻性，以一种形象的方式展示了20世纪上半叶中国社会的奇闻逸事、风俗习惯、民间疾苦、民族情绪，具有较强的社会历史价值。

第二，在小说文本的表现样式上，张恨水成功地实现了对中国传统章回小说的继承和改良，形式上由"章回"变为"章"。他以特定的身份，从特定的角度，对传统文学智慧加以继承和点化，对新文学智慧（包括外来文学智慧）做了一定程度的借鉴和吸收。他精进不已地使自己从旧文学营垒中探出头来，迈出脚来，最终走到可以和新文学相比较的探索者的地步。（杨义语）

第三，他的小说故事性、画面感强，极具现实表现力和艺术穿透力，小说文本实现了从报纸连载到单行本，再至影视等其他艺术形式传播的良性循环。

我们从这十部小说里，还可以窥探到张恨水小说创作模式与风格的转变，这就是，以1931年九一八事变为界，前期为"言情+社会"，后期为"社会+言情"。这不仅仅是创作侧重点的转变，而且是从过去的"叙述人生"上升到自觉地"要替人民呼吁"的现实主义新境界。我们可以这么认为，1931年九一八事变后张恨水创作意识发生大转变，1934年西北之行后张恨水的创作发生了思想、文字大变迁。正如汤哲声先生所言："他的前期小说展示了他作为一个作家的文学魅力，后期小说展示的是作为一个作家的人格魅力。"

有鉴于此,张恨水自20世纪20年代至40年代创作的这十部小说,可看作他小说创作黄金时代的典范,代表了作为小说家的张恨水的最高创作成就,值得我们永远品鉴与珍藏。

戊戌初夏书于池州寒暄斋

(谢家顺,池州学院文学与传媒学院教授、通俗文学与张恨水研究中心主任,安徽省张恨水研究会副会长)

目　　录

总序　精进不已与现实主义／谢家顺 ………… 001

序言／陈铭德 ………… 001
自序 ………… 004

楔　　　子　鼠齿下的剩余 ………… 001
第　五　梦　号外号外 ………… 004
第　八　梦　生财有道 ………… 018
第　十　梦　狗头国之一瞥 ………… 029
第 十 五 梦　退回去了廿年 ………… 038
第二十四梦　一场未完的戏 ………… 051
第三十二梦　星期日 ………… 061
第三十六梦　天堂之游 ………… 076
第四十八梦　在钟馗帐下 ………… 094
第五十五梦　忠实分子 ………… 111
第五十八梦　上下古今 ………… 127
第六十四梦　"追" ………… 144
第七十二梦　我是孙悟空 ………… 161
第七十七梦　北平之冬 ………… 177
第 八 十 梦　回到了南京 ………… 198
尾　　　声 ………… 219

序　言

恨水先生的小说,不仅在中国文坛上早负盛名,即在世界文艺著作林中,也有他相当地位,这是用不着介绍的事实。

恨水先生在本报发表小说,《八十一梦》是第三篇,在前面是《疯狂》,更前面一篇,在南京时发表的是《市井列传》。以后是更多,譬如现在正在报上刊登的《牛马走》和《偶像》。每一篇小说,都包含着一个人生的理想境界,当然不仅是在本报的发表小说为然,从《春明外史》起,他对任何一篇小说,从未随意下笔,许多读者,都诧异恨水先生写作之富,有几人知道他的构思之苦呢?

有些读者,最爱问每一作者的代表作品是什么,这是使作者最难解答的一个难题,譬如恨水先生的代表作,是《春明外史》吗?是《啼笑姻缘》吗?抑或是这篇《八十一梦》呢?假如依我个人的看法,要说《八十一梦》是恨水先生一切杰作中的杰作。

我为什么要这么说?我绝不能因为《八十一梦》而抹杀恨水先生其他作品的成功,我们只是应该明白,《春明外史》和《啼笑因缘》是恨水先生成名的作品,而这篇《八十一梦》却是恨水先生成名以后的作品。《春明外史》和《啼笑因缘》是恨水先生于承平之日写的,而这篇《八十一梦》却是写作于国破家离的今日。我们先须了解作者的心情和环境,然后才可以批评他的作品。

记得二十六年的冬天,恨水先生以抱病之身,坐在一条拥满了人头的小船上,从几千里外来到重庆。他抛弃了他所经营的事业和家庭,《南京人报》的印刷机器装了箱,老太太和一家人回到了故乡山上,他只身西来,他的愿望是什么呢?愿意贴紧在这抗战司令台下,不辞任何艰苦,尽他所尽的一份力。可是,环境给他的印象又是什么呢?愤慨,感触,还有说不出的一些情绪。

我们时常谈起：抗战胜利以后是什么情状呢？恨水先生用他最强的联想，说出了种种的境界，说了之后，他就下笔去写。一年的工夫，完成这一部《八十一梦》。梦，永远做不完的梦，岂止"八十一"，何况又被"鼠咬虫啮"去了一大半呢？然而这《八十一梦》，足可以概括所有的梦，当在《新民报》逐日发表的时候，好多读者都受了影响，使《八十一梦》中的人物，一齐认真地到了读者的梦中，不用说，这些梦是包含有他的愤慨，感触，还有其他的一些情绪。

《新民报》在重庆复刊，恨水先生主持副刊，担任主笔，我个人与恨水先生的往还既多，于是认识得也更不同于昔日。恨水先生对于古圣先贤的言论文章，润吉至富，然而他绝不是一个掉书袋的书呆子。恨水先生对于社会人情，透辟表里，然而他绝不是一个浪荡的风花雪月式女人。恨水先生的爽亢豪慨，道义潇洒，是朋友中的"老大哥"。如果我们看到他作品中描写的精细入微，最初觉得奇怪，为什么他会这么深刻呢？及至相交既久，我们就又会想到，除了他，谁还能写得这样深刻！

所以说：只有恨水先生才能写得出《八十一梦》，只有《八十一梦》才是恨水先生杰作中的杰作。

《八十一梦》是恨水先生作品中一个新阶段。这个新阶段，冲破了旧时代旧小说之藩篱，展开了一个新局面。寓意之深远，含蓄之蕴藉，寄情之豪迈，每一个读者，必当和我一样，起了共鸣，起了同感。是抗战声中砭石，也是建国途上的指南针。这种表现，还应该说，恨水先生不是"有所为而为"，乃是他学养人格自然反映的结果。一个学养人格的作家，是不会与大时代脱节的。杜甫是千古诗宗，入蜀以后，才愈显其大气磅礴。我们对于恨水先生的小说也就是这样看法。在这大时代中当然要有这一部作品产生，这个责任当然应由恨水先生担负。我们欣赏《八十一梦》的成功，因为如此，"就不可说这是什么奇迹"。

恨水先生担负了他写作的责任，理想境界已达到极端圆熟之点。《新民报》过去以得发表这篇小说为荣幸，到今天，自然更以印刷这一个单行本为荣幸。读者自有批评，我个人是不能"阿私所好"。然而我个人对于这篇小说的由来，这篇小说的成功,是应该有所记述的。

恨水先生和我们共同事业的前途,想来是无穷尽的。《八十一梦》算做我们的"第一站"吧!

陈铭德序

中华民国三十年冬尽于陪都《新民报》总经理室

自　序

不佞治小说为业,二十余年于兹矣。毕生除半部分精力为新闻记者外,胥消磨于构思书写之间,此虽不得云业近专门,然尚能力守见异思迁之戒。其必写小说与当记者并兼者,则以中国文人卖文,计字论钱,辄曰千字若干元,专写小说,势不能糊口。而专事新闻,既不堪久为夜间工作,且弃去少小之所嗜好,又非所愿。蹉跎半生,毫无成就,遂依然措大,有如今日。但读书略获进益,差知富贵浮云,苟吾心之所安,初亦不必他求。故韩愈所云,而发苍苍,而视茫茫,而齿牙动摇,窃犹乐此不疲也。抗战军兴,文人曾一度等诸废物,而不佞则以身为记者,犹得托迹后方。至一章一回之经营,本欲搁笔,乃战局稍定,社会颇感需此。吾本家山全破,行李萧然,苟可稍益得钱,略解困苦,又何乐不为?于是来渝之次岁,又稍稍以小说稿,发表沪汉港渝数地。论其动机,至为鄙陋可笑。但苟利国家,于字里行间,自当勉为之。盖吾为中国人,自当有以报中国,报国而又在吾职业中为之,未另有所耗于血汗,此最便宜事,奈何不为乎?以此,四年以来,吾未尝敢言有何运动,亦未尝敢言有何贡献,且亦不必云曾如何如何紧守岗位,徒令人齿冷肤栗。但社会不厌我,拙作能在报端日日发表下去,斯亦足矣。吾既立此一准则,故发表于汉港沪者,其小说题材,多为抵抗横强不甘屈服的人物。发表于渝者,则略转笔锋,思有以排解后方人士之苦闷。夫治苦闷之良剂,莫过于愉快。吾虽不能日言前方毙寇若干,然使人读之启齿一哂者,则尚优为之,于是吾乃有以取材于《儒林外史》与《西游》《封神》之间矣。此《八十一梦》所由作也。

民国三十一年一月张恨水序于重庆之南温泉

八十一梦

楔子　鼠齿下的剩余

梦这个东西,虽然在生理上解释起来,不过是一种神经潜忆力的反映,可是有许多梦是人的思想所不曾考虑到的,这反映从何而来呢?世界上的文学家艺术家都把梦当作一种寄托。尽管明知道是脑子里的幻想,却撇开了不谈,故意去渲染描写。这梦之为物,就越说越玄了。

前几年,我寄居北平,曾得一次做梦的怪病,头一落枕,梦神就来纠缠。其初还无所苦,两三月之后,却不胜其扰。向许多名医请教过,也无良法应付,直等我做了半年多的旅行,才把这梦躲开。说说是若干年头了,这梦神又到四川的乱山茅屋纸窗下,把我找着。不论是黄昏,是夜半,是天明,甚至是中午,只要我睡到床上,梦神立刻就引导我到另一个世界去。这世界里的七情变幻,比我们这世界是紧张得多,有时刺激得过于厉害,把我睡直了的身体,惊动得坐了起来。梦醒之后,回想梦里那些情景,却也不少可歌可泣的。因之我每在睡眼蒙眬、精神恍惚的时候,我立刻把梦境重默想一遍。到了次日早起,我第一件事,就是抽笔展纸把梦里的事情默写出来。有时梦境太离奇而有趣了,我等不着次日,半夜披衣起床,把案头的植物油灯点着,就狂写起来。

山村里本来是很清静的,每当我写到腕酸墨枯的时候,放下笔,将暖水瓶里的开水,倒出半杯,掺上茶壶里残剩的冷茶,一面喝着,一面出神。耳里所听到,只是隔壁人家的鼾呼声。桌上的植物油灯,虽也受过科学的洗礼,罩着玻璃罩子,可是它总发出那种带病态的黄光。在黄色灯光里,看看这斗大的屋子,右边竹格书架上,堆了一叠乱书。左边白木茶几上,瓦瓶子里,插着细瘦的白菊,增加了我不少低回趣味。土墙上的白石灰,落脱不少,倒是挂了一个小箩篮子,里面盛满了在山村农家买来的红薯,墙窟窿眼里,时时伸出半截老鼠身子,偷看那篮子,这一种情景，在飘零作客的人看来完全反映着他的生活是什么。所以许多不能自已的悲鸣，无可发泄，也就借着记述梦里的事情，聊以解嘲。

记得袁子才的《随园诗话》里，有这样十四个字"梦中得句多忘却，推醒姬人代记诗"，那意思好像很羡慕这种遭遇。到了现在，妇女识字，已是极平凡的事，文人的太太，能懂两句诗，也不算稀奇。所以我有时梦中惊醒，不愿起来追记，就叫醒了太太，把梦告诉她，等到次日起来，要追记而又不十分清楚，那就请教这位顾问。她觉得我这种举动太呆子气了，就问我，把这些梦记述起来什么意思？我说："这'意思'两个字，那太难讲了。街头上卖的小唱本，如《珍珠塔》、梁山伯之类，我们觉得不登大雅之堂，可是有许多下层民众，为着那故事，增不少兴奋，流不少眼泪。屈子之骚，相如之赋，各有千秋，可是说句不客气的话，也许有很多学文学的大学生看了个不知所云。所以这有意思没有意思，倒不必一眼看死。我自己以为有意思，就把来当个有意思的事情做吧。"她听了我的话，也无法难之，也就让我胡闹下去。

这样一日记下二三梦，或一日记一梦，或两三日记一梦，写了不知不觉一大卷纸，点点次数，共是八十一梦。到了这里，我对太太说："九九归一，可以收笔了。"就把这卷稿纸订了一个小册子，将我这玉钩斜的笔法，在封面题了"八十一梦"四个大字。山窗偶得余暇，自己展开来一读，想到梦里那些不可思议的事情，昂头大笑一阵，却也足以解忧。不过反过来，再回想梦中的生离死别，未尝不是真事所反映的，又着实增加许多伤感，多少可以渗透一点人生意味。

这样翻阅着，也不知有多少次。总是为了自己不爱惜自己心血的缘故，让小孩子淋了些残汤剩汁在上面，在梦本之上，多添了一点油腥气。这就刺激了老鼠的特殊嗅觉器官，误认这一本空虚无所可求的梦稿，也可以是咀嚼的东西，到了晚上，直钻进我的故纸堆中把它的牙与爪，切切实实将这本子磨勘一顿。等我发觉了的时候，捧在手上一看，确是一捧稀破烂糟的纸渣。虽然我对写东西，并没有怎样敝帚自珍过，然而我所记下的许许多多的梦都不可复记了。对了那捧烂纸，真是哭笑不得。女人总是比男人心细一些的。我那位她，对我懊丧之余，无以相慰，

八十一梦

就费了两天的工夫,整理剪贴,居然把这堆乱纸还清理出来若干篇完好的,重新给我装订着。其间有差个三句五句,或三行五行的,我又随意写得联串起来。耗子大王,虽有始皇之威,而我也就是伏生之未死,还能拿出《尚书》于余烬呢。好在所记的八十一梦是梦,梦自告段落,纵然失落了中间许多篇,于各个梦里的故事无碍。为了免耗子再来咀嚼所遗弃的残稿起见,就送到报馆的排字房,当我编报的材料。报纸印出来千千万万张,耗子不能一一而咬之。既可搪塞工作,又可保留我的梦影,也就一举而两得了。

有人说:当抗战建国之时,文人既不能上前线杀敌,在后方也当做些相当有效的宣传工作,青天白日,向读报人大谈其梦,何其无聊?我对于朋友这样看得起,倒十分感激,因写二十八个字答复他:

羞向朱门乞蕨薇,荒山茅屋学忘机。卢生自说邯郸梦,未必槐荫没是非。

闲言少说,诸公有对于现实的社会,感到烦腻的,看一看我写的梦中生活吧。

第五梦　号外号外

　　这是个半阴晴的天气,太阳在白灰色的云层里,时时地透露出来。这是四川的春季,已经是很好的天色了。为了旧居的房屋,让雨冲洗坏了,只好暂住在旅馆。无奈一家人拥挤在一间屋子里,非常不舒服。而且每日这两顿饭,就发生问题。妻又对我说:"这附近没有一点防空设备,像今天这样的天气,就颇为可虑。无论如何,我们应当在空旷而有防空设备的地方赶快去找两间房子。至于要用多少钱,我们倒不必计较。"自搬到这旅馆里来以后,妻始终是皱了眉头子的。我听了这话,想起朋友介绍的新市区一所房子,立刻就去看房。

　　那是空旷岚垭里面。西式的楼房,背靠了一座小山,门口除了有三棵高大的梧桐树,还簇拥着一丛竹子。树竹之外,还有一片水田。远对高高的大山,局促在市区小巷子里的人,对于这环境,先有三分满意。那是一个六七层台阶的八字门楼,梧桐树的新绿叶子,撒了一片浓荫,把门前罩着。

　　门是敞开的,门框上并没有贴着招佃的租帖,我疑心我是错误了,踌躇了不敢上前。但根据朋友所说的门牌号数,那是对的,而且门上贴有一张金寓的字条,更与朋友所说的相符。我就大着胆子,走上台阶,对门环轻轻敲了两下。这是北平与南京的规矩,颇不适用于重庆。我就只好走了进去,站在院子里咳嗽了两声。这院子是个长方形的,三面白粉墙,东角有两棵枇杷树,西角一棵夹竹桃,鹅卵石面的地,长着浅浅的青苔。上面一带走廊,并排五开间房屋,这更让我满意了,心里自己告诉自己,假如这里有房子的话,决定在这里住下了。

　　正如此想着,出来一位五十上下的人,身着蓝绸长夹袄,鼻梁上架着大框圆眼镜,手里捧了一支水烟袋,缓缓走了出来,问道:"做啥子?"我听他是本地口音,我只得勉强操了下江川话,答道:"贵处有房子出佃吗?"他道:"是哪一位介绍来的?

八十一梦

我们并没有出租帖。"我说:"是安生介绍来的。"他有了一点笑容,点头道:"房子是有两间,我们要熟人介绍来的才出佃。阁下是不是姓张?"我说:"是。"他捧着水烟袋,走下了台阶,又问道:"阁下在银行里服务吗?"我心想:这好像就是房东。恐怕不会欢迎穷措大,又含糊答应了一个"是"字。但我的良心立刻裁判我犯罪了。所以那个"是"字,说出来是很低微,几乎我自己都听不到。

他道:"贵处哪一省?"我说:"安徽。"他又问:"府上有多少人?"我说两个大人,两个小孩。他问道:"府上只有这几个人吗?"说着,眼珠在眼镜里面向我周身一溜,他疑心我撒谎。我说:"舍下人口很多,但都在故乡没有出来。"他问:"你贵处沦陷了吗?"我说:"一度沦陷的,但已经收复多时了。"他点点头说了一个"哦"字。我心想我还没成佃客,你已考问得够了。但我依然很客气,向他笑道:"房子在哪里?可以引我看一看吗?"他将手上的纸媒,指了走廊里面东西一间房子道:"就是这个,房子很好,用不着看。"不过他虽这样说了,倒是捧着水烟袋走上了台阶,引着我到门边,推开了门让我张望。

这是西式建筑,房子是前后间,地板油漆得光亮,靠墙一排纱窗,光线也很充足。我完全满意了,就问这房租要多少钱一月。他道:"我们重庆规矩,房子是论季佃的哟。"我说:"我知道,问起来当然是多少钱一个月。"他把左手托了水烟袋,纸媒压在烟袋底下,右手来慢慢地搓着,眼皮下垂,沉着脸色道:"你看,这里有电灯,你随时搬进来,插上灯泡子就亮了。自来水也在附近……"我说:"我相当满意,但是要多少钱一季呢?"他说:"本来我们不出佃的,这不过是分给朋友住。每间屋子要一百六十块钱一个月,一季三个月,先交,另交押租两个月。"我沉吟了一会,笑说:"两间屋是三百二十元一月,一季是一千二百八十元,再加押租六百四十元,共要交出一千九百二十元,才可搬进屋子来住了。"他说:"押租是要退还的。你看看,我们房后面这个防空壕,有多么结实。"我本不想看,这样高贵的房价,根本我无力负担,话不必向下说了。但是他既提到了防空壕最好,我倒要看看,便问:"在什么地方?是打的山洞吗?"那人满脸是笑容,点点头道:"可以来看看,就在这屋子后崖脚下。"说着,他就在前面引路。

我跟他转过这进屋子，后面又是一进屋子，在他房的后壁就是借石崖当墙。在石壁脚下，开了一个洞门，他开着外面的两扇白木门，扭着洞里的电灯，笑道："你看吧，全市也不会找到我这样的几座防空壕。不说房租，就光是这座飞机洞洞，我们也可以卖人家五十元一张的防空证。假使府上有四个人，这房子算是白住，不过是出了四张防空证的钱罢了。"他说着，一定要我进洞去看看，表示他所说的，实在是真情。我随他进去看看，这洞也不过丈来深，三四尺阔，除了这是在整个石山里打进去之外，也没有别的可宝贵之处。于是问他道："你先生就是房东了？"他沉吟了一会子，引我出了洞，熄着电灯，关了洞门，很久才答道："这房子是我亲戚的，但我能做主。"我这就断定他是房东了，因道："房子我是十分满意的，这房钱可不可以……"他不等我说完，仿佛像街上小贩子回价的声调，答应了我地道川调三个字"没有少！"。我们已走到了堂屋里，我虽嫌着房钱过于昂贵，在一切条件上，妻是满意的，在万不能放松的当儿，我找了一点他让步的地位，因问道："可不可以按月付款？"他脸上一点笑容没有，摇摇头道："本城的规矩，都是论季嘛！"我觉得这房东有包孝肃的人格，铁面无私，只得告辞道："好！我回去商量商量！"他依然板着面孔，并不理会我。

就在这时，一阵吆唤的声音，破空而至："号外，号外！日本军队总崩溃，我军收复南京的消息！号外号外，日本发生革命，下江日本军队大败的消息！""买号外，这里这里！""买号外呀！"立刻大门外，一阵喧哗。先前几声吆唤，送进我的耳鼓，我还是侧了脸静心地听着，等到喊过了两遍，我忍不住了，转身就向大门外跑了去，这地方虽然空旷，可是四面八方，都有房子。只见各屋子门里牵连不断地向外吐着人，全奔了大路上来，向两个报贩子围着。我抢上了前买得了一份，来不及找地方坐了，就站在路边水田埂上两手捧着一张号外看。果然纸上茶杯口大的题目："东战场寇军总崩溃，我军今晨光复南京"。

我定了一定神，再将消息的全文看看。那文字说，今日公布消息："自去冬以来，东京迭被轰炸，日本人民，反战情绪日高。加之海洋封锁加紧，敌国物价腾涨，粮食缺乏，人民已无法生活，前三日，海军被英美荷联合舰队击溃，全国哗然。大

八十一梦

阪首先发生民众革命,一部分驻军附和,警察未能干涉,次日风潮波及东京。皇军及军部要人,一律出逃。全国骚然。在中国敌军,初尚力守秘密,后以日本广播不断送出消息,敌军下级军官,首先动摇。东战场安庆、芜湖、南京、徐州、杭州敌军,于昨日上午,突然崩溃,纷占舟车,奔赴海口,企图回国。以上各城郊我游击队伍,由民众欢迎入城。首都附近,本有游击队极多。昨晚少数同志入城侦察,证实敌军大部已退。今晨拂晓,我游击队若干,由中华门向城内进攻。敌军略予抵抗,即溃奔下关而去。晨九时,我大批游击队入城。在城五十万人民,鹄立街头,燃爆欢迎,欢呼之声,上达云霄,并有人民将旧藏之青白国旗,升悬鼓楼,人民见之肃立致敬,有喜极下泣者。我大队正规军已接得命令,赶赴南京,今日下午可到。其安庆以上之敌军,南北归路已断,将悉数被俘。"我将这张号外,一口气把它读完,只觉周身血管紧张,脊梁上出汗。心里头那一种愉快,立刻我身子就像减轻了几十斤,也好像我变成了一个四五岁小孩子,我不能平平稳稳地走路,我必须跳着走。我这一跳,至少可以跳在那电线杆上坐着。我也怕这张号外读得太快了,有什么错误,两手捧了那张号外,从头至尾,又看了一遍,果然,我们已光复了首都,扬子江上游的敌军,一齐要被俘。

  我想着妻住在旅馆苦闷得不得了,这一下子,可以高兴一阵了。于是拔开两腿,赶紧就向旅馆走。可是没有走到十步,就听到后面有人高声叫着"张先生慢走"。我回头看时,正是那位房东,老远抬起一只手来,向我招了几招。我回身迎着向前,他放下全副正经面孔,每个细胞里都推出笑容来,向我点点头道:"我看你老哥是个规矩人,极愿意和你交一个朋友,若是你老哥有意佃我的房子,我愿减少一些房价,押佃那简直就不要了。"我说:"好!多谢你的盛意,等我回去和太太商量好了,再来回信。"房东道:"还有一个原因,可以奉告的,就是我家许多木器家伙,都可以借用。"我说:"那更好了,内人一定也满意。"房东说:"我们收复南京了,阁下不回下江吗?"我笑说:"回是要回去的,但是也不能马上就走。"那房东听说,脸上透着有点懊丧,慢吞吞地道:"这号外是宣传品,哪有浪样快哟?"我也顾不了许多,说声再会,径自向回家路上走来。

由小路走到大街，也不过十几分钟，又看到几个贩报小孩子，胁下夹着整叠的印刷品，手里飞舞着两张，口内大喊"第二次号外，第二次号外"。随了这叫唤声，街上人也就都围着卖报的纷纷抢着买。我挤了上前，买着一份，就站在人家店铺的屋檐下，两手捧了看。见那号外上印着两行大题目："我军又收复镇江常州，华北寇军全部动摇"。再看那本文说："公布消息，我军收复南京后，残余寇军，大部分乘火车顺京沪线东溃，少数由下关江面，乘轮逃走。镇江、常州两处少数寇军，得知南京寇军崩溃消息，已先数小时，截留火车，悉数逃往上海。我附郊游击队，兵不血刃，已入城安民。又据可靠情报，平绥线上寇以孤军深入，准备撤退。山西寇军，且已由风陵渡北撤，平津寇军干部，一面搜刮财货，预备万一，一面放出议和消息，以定汉奸之心。华北寇军之总崩溃，其时期亦已来临矣。"我又定了一定神，想着，这两次号外，接连看来，消息也很有秩序，大概不会有什么夸张。果然如此，我为了职业关系，应当首先离川了。

我心里这样想着，一阵噼噼啪啪的爆竹声，把我惊醒过来，回头看时，我正站在一家小百货公司门口。有一个人操着南京口音道："噫！这不是张师儿？请进来吃杯茶。"我也认得这人，是在南京花牌楼开小洋货店的王老板。便笑道："好了，王老板，我们快上夫子庙奇芳阁吃茶了。"他也笑容满面，拉着我的手到他账房里去坐。大概是十分高兴的缘故，在身上掏出钥匙，开了账桌子抽屉，取出一筒三炮台香烟来敬客。我笑道："拿这样好的烟敬客，也太客气了。"王老板笑道："烟马上要落价了，这也算不得什么。回南京的时候，少不得还有许多事要请你帮忙。"我说："那当然。不过你这公司股东很多，都是有办法的人呀。"王老板将脸色一正，把他坐着的椅子拖开了一步，低声向我道："我这些伙计，在此地占我的便宜占够了。到了南京去，我自己有我自己的门面，有我自己的主顾。实不相瞒，在四川做了两三年生意，我也多少有了一点本钱，回去我要自己做生意，不同这些人合作了。"我说："你们都是共过患难的人，不应当……"王老板抢着说："现在有什么应当不应当？他们在重庆另做了许多外快生意，也没有分过我一文。回到南京去，他们的店面子没有了，只有我的。跟着合作下去，那只有他们图现成，我不干。"他说到高兴的时候,仿佛他已把所有的财产都收回来了,昂着头靠着椅背,颇是得意。

就在这时,一个小徒弟抢着进来报告,洪老板来了。一言未了,便听到外面有人喊了进来道:"痛快痛快!日本鬼子也有今天。陶然兄,我们也买两千爆竹来放放吧。"说着,见一个胖子,满脸通红,满头是汗,手里拿了呢帽当扇子摇,一路笑着叫着,走了进来。王老板道:"你看到号外了?"洪老板道:"我买了,我都买了。"说着,在怀里掏出七八张号外放在桌上。我们彼此也认得的,我道:"听说也只发过两次号外,买上许多做什么?"洪老板笑道:"我也莫名其妙,看到街上许多卖号外的,我就忍不住买上一份。我们可以回老家了,花这两个钱,不在乎,不在乎!"王老板笑道:"你倒来得快,马上就决定回老家了。"洪老板笑道:"我们做生意的,讲个早晚市价不同,自然要抢回南京,好去布置一切。"王老板淡淡地道:"是不是回南京去做生意,我还没有决定。以后我们要做建国事业,应该投资到农业工业上去。做商人总是一个剥削分子,在生产和消费的两者之间弄钱。说厉害一些,和贪官污吏好不了多少。"他说着,取了一支香烟,昂起头来吸着。我听了这话,大吃一惊,一个做老板的人,会懂得这些玩意。洪老板也被他三言两语抵住着,只望了他说不出话来。我含着笑,也取了一支烟来吸。王老板将身子摇摇道:"张先生,你不要笑我,我早就觉悟了。以后我们……"

门外又突然发出一种上海腔道:"陶然阿在里向?今朝格号外,阿看见?真来得痛快。格转小东洋败得个邪行,真是唔拨想到。吃老酒去!吃老酒去!"随了这话,一位八字胡须光头的人,走了进来。虽然是个老年人,然而身穿一件蓝湖绉夹袍,两只袖子反卷了,里面白袖衫子一截袖头在外。王老板笑道:"刘老板又有好题目吃老酒了。"刘老板一摸胡子道:"勿!阿拉野有一眼正经事体,搭耐商量。昨日子坎坎在仰光定仔一批货,大概值五万洋钿,要是货运来拉,阿拉应该到仔汉口哉!阿是要触霉头?耐阿有啥法子好想?"

这位老板,不折不扣,说一口宁波腔的上海话,嗓门来得特别大,把全屋人的视线都吸引住了。王老板道:"这有什么为难的呢?你再打个电报去,定洋上吃点亏，把货退了就是了。"刘老板以为我也是生意人，挨了我身边坐下，向我道："格种法子，大家才会想。阿拉生意上，同外国人蛮讲信用个，定洋向来先拨三分之一。要退货，定洋勿会退回几花来。所以阿拉勿情愿格样做。"我笑道："为了庆祝胜利，刘老板就牺牲一点吧。只当你挣几十万洋钱当中，少挣一点。"王老板道："几十万？他做的是五金电料生意，不到一年，挣了二三百万了。"刘老板笑道："勿听俚话。俚自家倒发仔好几十万哉！"说着，很诚恳地望了王老板道，"规规矩矩，耐阿可以打一个电话拨秦科长，格批末事，就算俚公家定来里。公家愿意退脱仔，格笔定洋，算阿拉事先代公家垫出去格，将来公家划上一笔，问题就了结末哉。秦科长和阿拉来来往往，做仔几十万洋钿生意，俚腰包里向有几花，大家才明白。格转回南京，俚又要在新住宅区盖洋房子哉！格点小事体，俚总可以帮帮忙。自然，阿拉还有条件……"

他说的时候，王老板只管向他丢眼色，禁止他向下说。无奈他放开嗓子，说得十分高兴，哪里收得住。王老板只好向他笑说家乡话道："格位张先生，是报馆里向格人，拨耐刘老板格种闲话，在报浪登出来，阿要难为情？"我笑道："没关系，没关系，大家都是熟朋友，我也不能那样开玩笑。"这一下子，把刘老板的脸涨得通红，瞪了眼望着我，只管摸胡子。我只好站起来笑道："你们谈生意经吧，我也要出去打听打听消息。"王老板跟着我后面，送到店门口来，笑道："那刘老板是个酒鬼，你不要信他的话。"我点点头笑着。他忽然拉住我的手，向我低声道："我倒有一件生意，想邀你参加。"我笑道："要我做生意，笑话！"王老板道："说明白了，你自然不笑话。我们几个朋友，原包了一只小火轮，专跑嘉陵江几个码头，现在好改跑宜昌一段了。我们打算不零碎搭客，包给人家坐。现在谁不赶着想回下江？这一定是可以挣钱的事。新闻界你熟人很多，可以替我介绍一下。我把这只船专门做新闻界的生意，好不好？你老哥要回去，无论家眷有多少人，分文不取。"说着，他伸手拍了两下胸。

我还没有答复他的话，街上一阵喧哗，人像潮水一般涌着。在人丛里，有几辆大卡车，慢慢地移动着，车子上竹竿挑了长短白布横幅，有的写着"抗战胜利"，有的写着"公理战胜",有的写着"民族解放万岁"。又有十几根长竹竿,全绕着爆竹,直挑过人头上去燃放。车上男女,打着锣鼓,带笑带嚷,一嚷身子一耸。马路上的人,不管爆竹在头上爆炸,莫名其妙地包围着车子,狂笑。有几对男女,索性牵着手在人丛里跳舞。我心里想着,这一切举动,都是心理上一种反应,虽曰过分,其实也不必奇怪。

正在如此着想,忽然人丛中有一阵颤巍巍的声音发出:"好啰,回家啰!回南京啰!"随着这声音看去,一位五十上下的老太太,蓬着一头短发,半敞着一件大袖黑绸旗袍的胸襟,在人丛里跳跃。她操了一口纯粹的南京土腔,见人就拉着手。我心想,这老太太有点大喜欲狂,所以如此。谁知她竟扑了我来,两手拉了我的手道:"乖乖回家啰!回南京啰!"这一声乖乖,引得周围的人,哈哈大笑。这时,有一位穿西服蓄有短须的老绅士,带了一位摩登少妇,观看热闹。他见我受窘,手摸了短胡子微笑。他身边的那位年轻太太,更笑得前仰后合,闪在老爷身后。可是那位疯老婆子已经奔上街心了,却又回转身来,斜刺里直扑了那老头子。那老头子并未提防,她两手猛可的一下,将老头肩膀搂住,咝的一声,尖出嘴来在老头子左腮上亲一下。接着两手捧了老头子的头,向怀里一拖,咝咝咝一阵响,又在他脸腮上,鼻子上,额角上,乱吻了一阵。当然,时间比较长些,这位老爷,就连连地推了几下,没有把她推开。直等她工作完了,她两手一扬,又喊着:"回南京去了!回家了!"再跑上了街心去。那位青年太太,站在旁边,气得两眼笔直,周身发抖,一个字哼不出来。这一下子,那些站在街边笑我的人,移转了视线,一齐对着这两位少妻老夫,拍手大笑。

我对于这两位,本可以报复一下。不过我想着,这空气太紧张了,应该找一点小笑话来松懈一下子,就随他去吧。好在这马路上,又来了一群学生,各人手上举着纸旗子,口里唱着"打回老家去"的歌。街上的民众,随了这歌声,热烈地鼓了掌。我就借着大家那起哄的劲儿,随了拥过马路的一阵人潮跟了走去,向前走,是更热闹的街市。自我到重庆来以后,很经过几次大节令,没有看到街上有今天这种热闹,繁荣的马路,都让来往的人,挤得满满的。

在高坡子向前看去，只见一片黑点，在街头上浮动。断续爆竹声里，一阵一阵地涌起着人的喧哗声。那声音像是远处听着海潮，又像是近处听着下起掀天大雨，我心里想着，这是全市民众高兴的一天，在这人潮中，谁对谁闹点小乱子，都不足介意。这没有什么可看的，还是回去吧，于是我在人家屋檐下，一步一步地移着向前。不多远，看到两个穿西服的少年，左右夹着那个老疯妇走回来。她两手虽然被人握住了，然而她那身子，还不肯安静，一步一声，口里依然喊着："回家了，回南京了。"

我闪在一边，看这疯妇过去，倒为之默然，觉着她这一个剧烈的反应，绝不是偶然的。于是我就把这问题扩大起来，这满街上人山人海的民众，岂不是一种反应？再把这些人，每一个个别的观察起来，当然也不外乎是一种反应，正这样看出了神，带了思索走路，却有一张报在我眼前一扬。看时，半空里飘飘扬扬，正飞舞着传单。我以为这是哪家报馆，又在散着胜利的号外，我也和其他的走路人一样，在别人头上抢过来一张，看时，前面一行大题印着"预言果然全中"。我想，这是哪个报馆里编辑先生闹新花样，在号外上，竟会印着这样卖关子的题目。再看下文的小字是："抗战必胜，及最后胜利必属于我，人人皆能言之，而不能举出确切简单之理由。山人自幼得名师传授，熟悉易理，曾推算日本命运，至今年告尽，于三年前，即出有《日本必败论》专书一本问世。今日号外与该书所言'将来必有此日'完全符合。对国事推算精确，对个人穷通天寿之推算，其能丝毫不爽，更可待论？兹值抗战胜利，凡我同胞，均当有一种做新国民之打算。其有不明何去何从者可速来本命馆问津。山人为庆祝胜利起见……"我扑哧一笑，把传单丢去，就不必向下看了。我又想着，这也不能怪算命的。我和我的朋友，都在今日以前说过这种话的，难道就不应当表白一番？

我这样想着，我面前就站着一个人。长袍马褂外，在纽扣上挂了一只特等机关的证章，叫了一声老张，满脸是笑。我看他面团团的，带了红光，嘴唇上有胡无须的，带了一点黑影，神气十足。我仔细看那人，有点熟识，却又不敢相认，因为把他的姓名忘记了。他见我犹豫的样子，似乎明白了我的意思，便笑道："我是沈天

八十一梦

虎,二十年的老朋友,隔了几年不见面,就不记得了吗?"我笑说:"原来是沈大哥,难为你倒记得我,我常在报上的要人行踪里看到你的大名,我想不到你会在大街上走。今天怎么没有坐汽车呢?"天虎不答复我这一问,他又问道:"我的预言完全中了。前天我在报上发表的那篇论文,是我三年来得意之笔,你应该佩服吧?你看,现在日本败了。明后天我又要发表两篇惊人的论文你看!"我笑着说是。他道:"你来四川五年,现在可以回南京做斗方名士去了。"我笑道:"哦,你也知道我在四川五年了,你来了多久?"天虎道:"我来了三年多,我早知你在重庆。田处长说,二十年的老朋友,只有我们三人在重庆。"我说哪个田处长?他说:"田上云呀!在北平同住公寓的朋友。"我说:"你们常见面吗?"天虎笑道:"天天在一处玩。"我道:"当处长的老朋友,天天在一处玩。而我这穷蛋……"他红着脸说:"我现在不便和新闻界来往,你住的地方不好。"

说着,他忽然转一个话锋道:"这次回南京,我要出十本小册子。我以前推断日本必败的文章,现在用事实来对照,你看,哪一句不能兑现?最后胜利,必属于我,人人能说,那全是盲从,应该把我在报上作的论文,当了圣旨读,中国人才有希望。"他说着,微微地挺起了胸脯。我说:"你这些论文,是谁送到报馆里去的?"天虎道:"送去?报馆里人,不登门求我三次,我不给他稿子。"我笑道:"然则你刚说不敢接近新闻界,是对我一个人说吗?"他道:"老张,你变了,你会穷死!穷得又像当年上北平去读书一样,穿别人不要的坏皮袍子过冬,再会再会!"说着,他走了。可是走了几步,叫声老张,回转身来,又向我招招手。我迎上前笑道:"沈大人,还有何见教?"这是我们十年前的老玩笑,他倒不介意,笑道:"日本军队总崩溃的消息,昨天晚上我就知道了。你什么时候才知道?"我说:"我看了号外才晓得,我一个穷记者,怎能比你们参与机要的阔人呢?"沈天虎道:"我是为国家,我阔什么?你们干这种自由职业的人,那才是阔呢。"说毕,他点了个头,算是真走了。

我站着倒有点出神,心想,阔的朋友,到了四川以后,更阔。而穷的朋友呢?到了四川,也就更穷。这样看起来,贫富始终是个南北极。现在要回南京,看这情形，还是那样。王老板要抢回南京去开更热闹的大店，沈天虎要回南京去出十本小册子，就是那个算命的山人，也要宣传曾出力抗战，向社会索取代价了。

我在出神，而大街上走来凑热闹的人，却是越来越多，我被人拥挤着，不知不觉的，只管向热闹的街上走。这时，又换了一个情景，满眼是国旗飘扬，爆竹比以前是更热烈，仿佛成了大年三十夜。硫黄气味，不断向鼻子里袭着。想到过年，真也有人满足了这个情调，路边一家绸缎公司，咚咚呛呛正敲着过年锣鼓。我抬头看时，那铺子门口，由屋檐下垂了两幅丈来长的白布，一幅上面写着："本号即日还京存货大甩卖"，又一幅写着："庆祝抗战胜利空前大廉价"。我觉着，做商人的脑子都是寒暑表的水银管，一遇到热，水银立刻上升，反过来，立刻下落。此风一长，庆祝抗战胜利的热心商人，大概不多。

于是我在回旅馆途中，更留心地向街两边张望。果然，照这家绸缎公司出花样的，倒很有几家。有两家手法最妙，一家是江苏小吃馆，在门口贴了红纸条，正写"庆祝抗战胜利，欢迎顾客，奉赠白饭一碗。并新出胜利和菜，每席三十五元，可供四五人一饱"。又一家是理发馆，在玻璃窗户上，贴着格子大张纸条，上写着"启者，抗战胜利，全国欢腾。本馆主人，向来提倡爱国，犹不敢唯有五分钟热度。早知必有今日，现在果然胜利，本馆主人，亦有微功哉！现为表示起见，欢迎诸公理发，刮脸全洗分发等等，一律照码九五折，并奉送电机吹风。本馆主人沈天龙谨白"。我看到最后一句话，倒吃了一惊，这老板怎么会同我的朋友政论大家沈天虎名字仿佛。莫不是他兄弟行，转又一想这广告除了欠通，还有几个别字，沈天虎也不会有这样的兄弟行。随着，我又发现了自己的思想，有点奇怪。我怎么丢了正事，只管在街上跑？"打算向哪里去呢？"这一省悟，我才转身回向旅馆。

刚一进门，有人迎了我笑道："密斯脱张，消息很好呀！"说着，伸手和我握了一握，原来这是老友牛博士。他穿了一套笔挺的西服，在手臂上搭了一件细呢大衣。身后站了一位二十上下的女郎，脸上胭脂涂得红红的，绞丝般的长发，披在肩上，身穿一件束腰的咖啡色呢大衣，露出领子里一幅大花绸绢。牛博士便向两下介绍道："这是密斯脱张，这是琳琅小姐。"琳琅听到密斯脱张上面，并没加以处长司长的形容词,只淡淡地向我一点下巴。我倒很恭敬地鞠了半个躬,因为她是话剧明星,我早已久仰了,但也不敢对她久看,因向牛博士道:"达克透牛很忙,有工夫到此地来玩?"他道:"不,我临时要在这里找间房子,准备一夜的工夫,写好一个剧本,今天不过南岸了。"我说:"这样急,一夜要赶起一个剧本来?"牛博士道:"我们定下星期六起,作为庆祝胜利戏剧周。抗战以来,我对于宣传上,尽了最大的努力,大后方的大都市,我都跑遍了。对得起国家,对得起社会,也对得起我所学。这一周戏剧,要结束我这三年以来的生活了。"他说着这话,把头微微昂起。我道:"达克透牛,又要跳出政界来了?"他摇头道:"唉!难说。我实在无意做官,我不必提此公是谁,你也知道。某部长他少不了我。"说到这里,牛博士就透着得意,正要跟着向下说,琳琅女士就一扯他的衣襟说:"阿根来了。"

随着这话,一个勤务兵装束的人,走来面前站住,牛博士皱了眉道:"找了你半天,哪里去了?"说着在身上掏了一张五十元钞票,交给他道,"到糖果公司去买一盒糖果来。琳小姐每次吃的糖果,你知道吧?"阿根说知道。琳琅道:"那糖果平常是三十块钱一盒,今天减价了,可以打个八折,不要糊里糊涂。"阿根道:"是,还买什么吗?"琳琅道:"买一盒鸡蛋糕,买一听纸烟,钱不够吗?你先垫上。"牛博士又掏了一张钞票交给阿根道:"索性带些水果回来。"我有点不愿意看这种情形,和牛博士告辞而别了。

身后有人叫道:"有了一角了,有了一角了,来来!"又一人道:"别开玩笑,他不会打牌。"我回头看时,是蔡先生夫妇,我们是老同学而又同住一家旅馆。他们在房门口向我笑。蔡太太笑道:"我们三缺一,请你凑一席吧。"我说:"蔡先生已经代我声明了。"蔡太太道:"庆祝抗战胜利,今天不打牌,那太岂有此理。"我笑道:"我记得武汉失陷的那几日,你们也是说不打牌岂有此理,过一天是一天。现在……"蔡先生将我牵到他屋子里去,笑道:"不一定要你打牌,有话商量。"

我进去看时,果然还有两位朋友同在候成局面,正捧着号外看,研究时局。蔡先生把我拖到睡榻上并坐下,低声向我道:"我在南京的两所房子,是租给同学住的。当时为了同学的面子,我用最低的房价租出去。南京的房子都加了租,我的房子,除了一文租钱加不上去之外,又为了同学换纱窗,安自来水,修理院墙,栽花木,多投资一千多元。"我笑道:"这是过去的事,你提它做什么?"蔡先生道:"自然要提呀,托福托福,我那两所房子,敌人没有给我破坏。据南京来信,是两个日本医生把我的房子占了。不但一切如旧,就是破碎的玻璃,也给我一块块地修补了。现在南京的房子,烧的烧了,拆的拆了,新房子一时盖不起来,我敢断言,这次抗战胜利,大家回南京去,住的问题一定要大闹恐慌。房价不成问题,是要涨起来的。你也是同学会常务理事之一,我和你商量,找几个在川的同学,把这房子退给我吧。在'八·一三'以前,同学会还差我三个月房钱,除了押租,总还差我一个月的钱,我不要了。"我笑说:"呵!重庆房东先生的本领,让你学了去了,靠这两所房,你要找出个生财之道来。"蔡先生红着脸,没有答复。

蔡太太原和两位来宾在谈牌经,这就掉过脸来插嘴道:"鸟向亮处飞,谁看到有捡钱的机会不捡呢?眼见得南京的房子要俏起来,我们那两幢房子,还要半送给同学吗?四年以来,我们几乎穷死在四川,同学当这个长那个长,这个委员那个委员,也不拉我们一把。"我笑道:"嫂子,我是和二哥说笑话。这次回到南京去,同学像我们这样的,已是穷得落在泥沟里。得了法的同学呢,又早爬在云端里了。这样两极端情形,同学会根本不会再组织起来,你那房子就是再送给同学会也没有人住。话倒是归了本题,我这次回南京去,少不得要用几间房子,我先定下,你租给我一幢吧?真话!"我说着,把脸色正起来,还向他夫妇一点头。蔡先生不敢答复我的话,望了他夫人。

蔡太太点了一支卷烟吸着,微笑道:"你府上人口多。"我说:"唯其是人口多,所以先要把房子定下。"蔡太太头一撇道:"老朋友,还不好商量吗?将来再说吧,不过为了便利回南京的朋友起见,房子我们要拆开来,一间一间租给人。"我见她显然在推辞着,索性逼她一句,站起来问道:"那么,每间要多少钱一个月呢?"蔡太太鼻子里哼了一声,笑道:"民国十七年的旧账可查,一间房子租一百块钱还算多吗?"

我吸了一口凉气,望了天花板,正在出神,却听到窗外又有人叫着"号外号

八十一梦

外"！随了这号外声音,有人叫道:"回家,且慢欢喜！捆行李的绳子,突然涨价,三块钱一根,大网篮也卖到二十块钱一只,到宜昌的船票,恐怕要卖到五百块钱一张了。不等家里卖了田寄川资来,我们怎走得了？天下事,无论好坏,一切是小人的机会,一切是正人君子的厄运。"我在号外声中,混了半天,觉着所见所闻,都有点出乎意料,正没法子理解。当屋子里的人脸色一变之下,这个人最后两句话,把我提醒了,而人也提醒了！

第八梦　生财有道

在东川，不容易遇到好月景。这一晚，有了大半轮的月亮，由山顶上斜照过来，引起我一种欣赏的兴致，悄悄地在山坡上的石板路上走着。天上没有云，深蓝色的夜幕上，散布了很稀落的几粒星点。这样，那月盘是格外像面镜子，月光洒下来，山面上轻轻涂了一层薄粉。山上稀松的树，在水色的月光里面挺立起来，投着一丛丛的暗影。再向远处的山谷里看着，是峰峦把月光挡住了，那里是阴沉沉的。山谷里正有几户人家，月光地里看去，反是不见轮廓。只有两点闪烁的灯光在那山的阴暗中给人一种暗示，倒有点诗意。这让我想起月夜在扬子江下游航行，水天一色，满眼白茫茫的，有时在水面上浮起两点渔灯，觉得人生是这样的缥缈。因为水面的那一点火光下，那里也有家人父子。江船载着千百人在水面上夜航，我们还不免嫌着孤寂，渔船或渔村这一点灯火，闪烁在清凉的境地里，有更少数的人团聚在灯光下，这滋味我理想不到。我的思想，有点玄幻了，由李白低头思故乡的诗句里，更觉得久不见面的月色，给予我一种很浓的愁绪。于是坐在路边一块石头上，随手摘了石缝里一根野草，在手上盘弄。

远远的有两个南京口音的人，说着话过来。在南京住家时，总觉得新都人的口音，比起旧都的国语，实在有天壤之别。可是到了四川，不知是何缘故，一听到南京人讲话，就让人悲喜交集，颇觉得多听两句话就好，因之我就听下去了。一个南京人说："你在大学教书教授也罢，讲师也罢，每月总可以挣三五百元，为什么要去当一个公司里的运输员？"又一个人道："你要晓得，现在是资本主义的社会，无论干什么，你应该打打算盘能不能发财。能发财，就到俱乐部去当一名茶房，那又何妨？前十年，上海的八十八号，是很有名的俱乐部吧？有一个人在里面当了茶房出来，坐汽车，住洋房，人家一般称他作先生。"先那个人问："难道当运输员能

八十一梦

发财?"这个人答:"那也看个人的手腕。但是无论怎样的笨家伙,一搭上了这发财的船,多少也可以啃一点元宝边。"那两个人说着话,慢慢地由我身边经过。直等他走到了很远去,我还听到他们左一句发财,右一句发财,把这好听的名词送了过来。我就想制件新蓝布大褂,有了三个月的设计,还未能实现,实在有发财的必要。我为什么不找一个机会发财去?难道我的身份胜过这位大学教授?想到这里,我把手上玩弄的那根野草,搓了个粉碎。高声念着那煞风景的诗:"自从煮鹤焚琴后,背了青山卧月明。"这十四个字,转变了我对明月的留恋,真个钻进草屋去卧月明了。

我刚躺在床上,却有人大声喊道:"老张,快来快来!帮我一个忙。"我迎去看时,是一位远亲邓进才。这人多年不见,仿佛还听说他在某县县公署当科长,已经死在任上了,却不知怎样在山村里会见面。然而这个念头,我也是一闪就没有了,便迎出门口上前去握着手。见他穿一件四个大口袋的草绿色短衣,同色的长脚裤,踏着尖头皮鞋,却擦得乌亮。手里拿了盆式呢帽,在胸前当扇子摇。在他身子前后,却放着两只手提皮箱。我说:"久违久违,有何见教?"邓进才在裤子口袋里摸出一张纸,擦了额头上的汗,笑说:"这两只箱子我拿不动了,请你叫用人把我送回家去,我送三分邮票他吃茶。在街市上邮票也可以当辅币用。我身上这三分邮票,就是买长途汽车票找下来的零头。"我又觉得他家不远了,笑说:"主人是我,用人也是我,我替你拿一只,你自己拿一只吧。"他倒是很客气,提了一只较大的箱子在前引路。我提了箱子在后跟着,才明白他满头大汗,大有缘故,那箱子里简直装的是一箱子铁块,我只提了十多步就很吃劲了。

看到邓进才把箱子扛在肩上,两手扶着走路,也跟了他这样子,把箱子扛起。他见我穿一件灰布长衫,晃晃荡荡走,扶了箱子的手,细白而没有粗糙的劳动皱纹,透着不过意,回头向我笑道:"大时代来了,我们必定练习到脚能跑,手能做,肩能扛,以备万一。斯文一脉,怕失了官体的人,应该在淘汰之列。你这样肯劳动,很对。"我想,我怎么会不对呢?就替你省了三分邮票。但我累得周身臭汗,实在喘不起气来答他的话。到了邓进才家,他首先抢进门去,叫道:"快来快来接东西。"于是他的太太,笑嘻嘻地出来,把箱子接了进去。邓先生住的也是国难房子,竹片夹壁,草棚盖顶,外面一间屋子,阔宽不过一丈多,里面摆了一张白木桌子、两只竹凳。再看到邓太太一件蓝布长衫已经绽了好几个大小补丁,他们的境遇,大概是相当地困难,为此,我也不愿受他的招待,转身就要走。邓进才一把将我拉住,笑道:"来了连烟也不抽一支就走,未免太瞧不起亲戚了。"我听到他说"瞧不起"三个字透着严重,只好坐下来。他说请我吸烟,并没有送出卷烟来,只是邓太太送出两只粗泥饭碗来,里面装着滚热的白水,这样,我倒对他们的生活更表示同情。

邓进才搬了方竹凳子靠我坐下,笑道:"你猜我这两箱子里面装的是些什么东西?"我说:"真有相当的重量。当然,你这里不会有五金用品,大概是两箱子书吧?"进才笑道:"你也并非外人,我也有事相商,不能瞒你,这里面都是西药。"我说:"西药?现在一小瓶西药,也要值好几十块钱,你这两箱子……"他向我摆摆手,低声道:"请你不要高声。"说着向屋子左右两旁指指,那意思显然是怕邻居听到。我就笑了一笑,问道:"哪里弄到许多的药品?"他道:"凡事只要肯留心,总会想出个办法来。在汉口撤退的时候,我身上还有几百块钱,我心里就想着只凭这几百块钱,要过这遥远的长期抗战生活,当然是不可能,总要找个生财之道,以便将这几百块钱,利上生利。依着内人就要换金器,可是那个时候,金子已相当地贵,将来纵然涨价,那也涨得有限。我就临时心生一计,把几百块钱钞票揣在身上,满街去张望,打算看到有什么便宜货就买什么。其实,我这也是一个糊涂算盘,街上要关门,便宜出卖的东西,满眼都是,哪里买得尽?无意中,我站在一家小小的西药铺门口出神,回头一看,他们玻璃架子里东西都空出来了,只是地面上放着两只网篮。店东走了,有位年老的伙计,在那里收拾细软。我闲问:'你们要走了,药还卖不卖?'他倒说得好:'怎么不卖?卖一文是一文,我们要下乡去了。'"

我插嘴笑道:"你一定捞了一个大便宜,把两篮子药品去买过来了。"进才道:"怎么是我捞了大便宜,实在是那老伙计捡了我一个大便宜。那家西药店的老板走了,这些东西交给老伙计看守,就算是不要的了。你想那老伙计有这样好的事,

八十一梦

卖了钱还不逃之夭夭吗？所以我逼他把账本拿出来，对了网篮子里的药品，照他买进来的本钱，打了个对折收买。两篮子药品，累了我查对半天。买回来，我内人，倒埋怨我胡来。可是到了宜昌，局面稳定些，打听药价，就有个小对本利。因之我咬着牙把这东西带进川来了。"我说："你当然想到此地更俏。"他笑说："我一路装病人打听药价，到了重庆，知道药价都有个三四倍利钱。第一天打听明白了，打算第二天送一些药到药房里去卖，事情一耽误，第三天才去，一问价钱，又涨了好几成了。商家看到我提个皮包，不知道我是卖药的，他说要买快买，不然，明后天又要涨价了。我听了这话，把原药品又带回了客栈。"我说："你川资还够吗？"进才犹豫了一阵，笑道："好在同乡很多，钱完了，十块八块，向同乡借了来用。只要我熬得住，药放在家里一天，就涨一次价，我实在舍不得卖出去。钱借不到了，天气慢慢暖和，我就把衣被行囊摆在街上，冒充难民出卖。"

说到这里，他太太出来了，红着脸道："进才，你怎么信口胡说。好在张表弟不是外人，要不然，说我们无聊。"进才头一昂，脸上现出了得色，笑道："你妇道之家，懂得什么？我向表弟说这些话，正是表示我能艰苦奋斗。妇人家眼皮子浅，看着物价涨五倍的时候，你就吵着要卖掉，现在怎么样？"她听到药价高涨这句话，心窝里一阵奇痒，也嘻嘻地笑了起来。我道："表兄和我说这些实话，当然是有什么事要我帮忙，我还可以自食其力，绝不揩你的油，可以尽力而为。"表嫂高兴起来了，说了一句大方话，眉毛一扬，笑道："照码子算，也不过六七百块钱东西，值什么？"

她这句话倒提醒了我，心想七百块钱本价，照码加二三十倍，是两万元了。她还未必是实话，这两只破箱子，竟要值好几万。我一犹豫，进才明白了我的意思，笑道："这箱子里，也不完全是值钱的药，奎宁丸就有两千来粒。"我说："那也不坏呀。现在奎宁丸价钱很贵。"进才道："当然是比平常值钱得多，可是把药熬到现在没有卖出去，我夫妻两个，也很吃了一点苦，没有钱花，在街上当了两个月难民。最近我看到时局要好转了，才卖了一点药撑起这个破家。刚才我是送药品给人看，他也说不敢全买，怕快要跌价。你在新闻界，消息当然比我灵通，你看我们还要抗战多久?"我想他们发财之心太甚,故意和他们别扭一下吧,笑道:"表兄一见面,我就要告诉你这喜信的。因为正听你说这有趣的故事,没有告诉你。昨天我得着极端靠得住的消息,日本在这几天之内,要发生总崩溃,不出两个月,抗战就要结束。"表嫂听了这话,脸色一动,因道:"不会这样快吧?"我说:"我们是中国人,就希望中国很快地胜利,纵然没有这样快,也做过这样快的打算。"进才道:"那自然。这样说,我药品趁早卖了吧。"我微笑着,没有作声。

正在这个时候,看到一个蓬着短头发,面黄肌瘦的人,坐在对面敞地的石头上晒太阳。单裤子外,露出两条黄蜡似的瘦腿,身上穿的一件破棉袄,向外冒出好几块黑棉絮,鼻子里哼哼不断。表嫂道:"讨厌,这死老王,天天到我们门口来哼着。"那个人哼着道:"哦哟!看在同乡分上,在这门口晒晒太阳也不要紧,何况俺在府上做了两个月工。"我听那人说了一口皖北话,就走出门来,向他问话道:"你是哪县人,怎么弄成这副形象?"他听我也说着乡音,露出尖嘴里几个惨白的牙齿,向我笑了一笑,点个头道:"先生,俺本来是个好小伙子,在这里和几家下江人挑水,一个月也可以挣百十块钱。原住在令亲厨房里,和他老人家也挑着两个月水,他不给工钱,俺不给房钱,不想弄了一个三天一次的脾寒,一个月来,弄得俺一点气力没有。"我说:"你不会买两粒奎宁丸吞吞吗?"他摇摇头道:"吞不起!一块钱买不到几粒。一天要吞好几粒。"我就联想到进才箱子里有两千多粒奎宁丸。凭着老王是千里相依的同乡,也应该送他几粒丸子,何况还帮过两个月的工呢?我有这种亲戚,我是一种耻辱!我想到这里,我忍不住气了,扭转身就走开。

还没有走到五分钟,那老王在后面叫着,晃里晃荡追了上来。我站住问他道:"你还有什么事要找我吗?"老王哭丧着脸,皱了眉头道:"照说,我不应该向你先生开口。不过我看到你先生这样子,是个仗义的人,总可以……"我道:"你说吧,在我的力量上做得到的,总可以。"老王道:"我有个本家兄弟,在公路上服务,我想去找找他。他们常跑昆明仰光,应用的西药很多。"我道:"我明白了,你需要多少钱川资?"老王道:"我只好慢慢走了去了。一天走不到,走两天,有两天的店火钱就可以了。"我并不是那样豪侠的人,但我也不是那样悭吝的人,就掏了两元法

八十一梦

币给他。我心里还想着,这实在无济于他的病,这还不够买四粒奎宁丸的,可是他不忙接法币,竟在石板路上跪了下去,十指叉住地面,向我磕了一个头。我呵哟连声,这还了得。他站起来,在黄蜡似的脸上,垂了两行泪。他道:"先生,在今天,两块钱不算多,但是我们萍水相逢,难得你肯帮忙,这里熟人多了,我天天去求人,慢说给钱,一见我就板着脸子。"我说:"你每日三餐饭由哪里来?"他叹了一口气道:"哪里还能论餐?讨一日,吃一日,讨不着就饿。我在家也是一个壮丁,多少可以做点事,谁教我跑到四川来的?"我道:"这样说,大概你今天没有吃饭,我再帮你一点忙。"因又加了一张五角的角票,笑道,"你去买两斤红苕吃吧。"说着,把钱都交给他,我就走开了。

当然这样一件小事,我也不会放在心上,我也没有考虑到这老王拿了两块五角钱的结果是怎样。过了两个月的样子,一天,我由城里搭长途汽车下乡。这汽车夫在登车之前,就和同志们咕噜着说:"早就有话了,调我跑两趟昆明,还是要我开这短程。"我心里就想着,太勉强他了,恐怕会在路上出乱子。果然,汽车开出去十公里,抛了锚了。据司机说,机件还是无可救药,乘客请下车吧。我向来能走路,到家只七八公里了,我就慨然地走下车来。

车子所停的地方,是个山坡下,山坡上新盖了一幢洋式楼房,门口挂了丈来长的直立招牌,是一家运输公司的堆栈。楼栏杆边站着几个人,对了下车的旅客微笑,他们似乎了解我们所演的是一幕什么喜剧。我是个新闻记者,对于这种讽刺,当然有极深刻的印象,低下头,我就匆匆走开了。但是在那些看笑话的人群里面,有人喊着:"那位穿蓝布袍子的先生,请等一等。"我一看乘客里面,并无第二个穿蓝布袍子的,当然是叫着我,我就站住了脚。那人跑到面前来,我看时,黑胖的脸儿,穿了一套细青哔叽西服,里面花羊毛内衣。脖子上套了一条绿绸领带,却歪到一边。加上那两只肩膀,微微地扛起,显然是初穿西装的。

我对他看了一眼,仿佛有点熟识,然而记不起在什么地方会过,不免向他呆了一呆。他笑道:"你先生不认得俺了。俺还向你先生借过两块钱作盘缠呢。"我哦了一声,想起来了,此桑阴之饿人也,就是那位病得讨饭的老王。便对他周身看了一看,笑道:"恭喜,你交运了。两个月不见,身体完全好了。"老王道:"树从根脚起,不是你先生那次帮我两元五毛钱,我怎得到这地方来?本打算到府上去道谢,你看我这样糊涂,不但不知道你先生住在哪里,还不晓得你先生贵姓。"我笑道:"这样的小事,不必提了。"老王道:"我要还你先生的钱,自然那是小看你先生,但是我绝不能不尽我一点心。我们这里有车子进城,陪你进城去,我作个小东。今天下午也好,明天早上也好,我们坐顺便车子回来。"

我也绝不会为了两块钱的施与,就要人家盛情招待,当然拒绝。无如老王用意十分诚恳,硬把我拉到那堆栈里去,茶烟招待。问了我的姓名住址,似乎还打算另有报酬。他也有一间房,掩上了门,只有我两人谈话。他坐在我对面,低头看看他那西服,透着有点不好意思,红着脸道:"你先生看我打扮成了这样子,有点不配吧?我也是没有想到有今天。那日我接了先生两块钱,就投奔了我本家兄弟,不到十天,我的病完全好了。他要到海防去运货,正要一个靠得住的人帮忙,就带了我去,有几个人,想去不得去,就暗下借了我三四百块钱,叫我做点生意,又想出主意,教我贩些什么货。我就照他们的话做,回来把货卖了,双倍还了人家的钱不算,我还赚了几个钱。不久,我又要去了,你先生要点什么,请告诉我一声,我给你带来。"我笑说:"那倒不用,你可不可以告诉我,你贩的什么货,赚了多少钱?也让我长长见识。"他听了,伸手搔搔光头,有点踌躇。我道:"你觉不便告诉,就不必说了。"他笑道:"也没有什么不便,我们将本求利,大小是场生意,不过钱赚得多一点罢了。"我笑道:"连你自己都承认赚得不少,这数目一定可观了。"老王笑道:"大概挣了三千块钱不到。"

我听了这话,有点吃惊,心想一个讨饭的,跑了一趟海防,就挣了三千块钱!他见我望着呆了一呆,便笑道:"你先生不要以为稀奇,做大生意的人,一趟赚几十万,也是常事。"我笑道:"我倒不稀奇你能挣钱,所稀奇的,重庆挣大钱的人是这样容易。"老王道:"我本家兄弟说了,我们虽然是拿货换人家的钱,总也有点良心。老百姓的钱,平常我们可以赚他几个,这个时候,我们赚他的做什么?所以我们带的东西,都是化妆品、西服材料、外国罐头,都是有钱人用的。"我说:"你们带的这些东西,都是奢侈品……"他不等我说完,已经懂了我的意思,点点头笑道:"我带的都是化妆品,很好带。譬如口红,指头大的东西,在海防买法国货,更精致。五十支口红,裤腰带里也有法子放下。"

他说着打了一个哈哈。我两指夹着他敬我的一支烟卷,放在嘴边,昂了头吸着,望了窗子外的青天,只管出神。他笑道:"张先生,你想什么?以为我撒谎?"我笑道:"我不但不疑心你撒谎,还怕你没有完全告诉我呢。我是在这样想,你说不赚老百姓的钱,赚阔人的钱。可是你没有想到阔人的钱,是从哪里来的了。一支平常的口红,你们可以敲阔人几十块钱的竹杠,阔人也没有为了你们这样敲竹杠痒上一痒,可想他们也是羊毛出在羊身上。平常一块钱买一样东西,他们从哪里弄钱来买,现在一百块钱买一样东西,他还不是从那里弄钱来买吗?"老王对我强笑了一笑,又偏着头想了一想,似乎他对于我所说的这些话,并没有了解。

我对于这种问题,是不惜学生公说法的,正想跟着向下说去,却听到门外有人大声道:"不打了,不打了,八圈麻将,输了我们两千多块钱。"我向窗外看,是个穿青毛线上衣,外套工人裤子的人。老王站起来道:"张三哥收场了,我们就走吗?"张三点点头道:"走走!到城里旅馆里洗澡去。"老王道:"好好,我和你一路去。张三哥,我给你介绍一下子,这就是我说的那位先生,他也姓张。"张三走了进来,和我握着手道:"不错不错,为人要像你这样。"我觉得他说话粗鲁,倒不失本分,也谢逊了几句。他就在身上掏出一个很精致的烟盒子来,奉敬了我一支烟卷,我看着那纸卷上的英文字,却是大炮台。我想着,除了银钱行里上等职员,做官的主儿,在简任职以下的,已很少吸大炮台香烟了。他的收入,起码是超过简任职的正式薪水。他见我沉吟着,或者明白了我的意思,笑道:"这个年月,有钱不花,是个傻瓜。来来来,我们进城去。城里旅馆里,我们几个朋友,开得有长房间,一路洗澡去。老王请你吃晚饭,我请你听大鼓。"我笑道:"我因为有点事,正由城里赶回家去,怎么又回城去?"张三道:"莫非你先生瞧不起我们工人?"这句话他说得太重了。我只好微笑着跟了他们出去,坐了他们运货的卡车,二次入城。

他们果然在城里最好的旅馆里,开了一个大房间,这里已经有两位同志在座。

一个穿了新制的古铜色线春驼绒长袍,一个穿了花格呢西服,架腿半躺在沙发上,口角里斜衔了烟卷,颇为舒适。张三和我介绍之下,穿长衣的一个是江苏金先生,穿西服的一位是湖北钱先生,那钱先生误认我是同志,让座之后就问我是做什么生意。我笑道:"做一点破纸生意。"他认为是真话,点头笑道:"这也不错,我有一个朋友,由宜昌运一批纸上来,因为货太多,轮船不容易运来,就找一只大白木船包运。这船在长江里走了足三个月,他先是急得了不得,后来倒怕这船到快了。"我说那是什么缘故?钱先生道:"你想纸价一天比一天高,他落得在船上多囤几天,到了岸立刻要起货到堆栈里去。城里呢要疏散乡下呢,堆栈一时又不容易找到,就是找得到堆一天多出一天钱。他由宜昌起货的时候,单说白报纸吧,不过二十块钱一令,现在暗盘不说,普通也不是说两百块吗?他这财发超了,发超了!"最后他闹出一句家乡话:"真是没得么事说。"我说:"他的货卖了没有?"钱先生道:"要钱用,他就卖一点。现在囤货的,不都是这样,哪个肯一齐脱手?"我笑问道:"钱先生既是熟悉这些情形,当然也不能光睁眼看了别人发财,一定也有生财之道的。"钱先生微笑道:"我倒不是有心做生意。是我由沙市动身的时候,有许多开铺子的熟人,想赶着凑一笔现钱。我是打算入川的,就掏出钱来,把人家的存货收了。"我问道:"是些什么存货呢?"钱先生在茶几上大炮台香烟听子里,抽出了一根烟卷,慢慢在茶几上顿着躲避我的话锋。我想着,他既不肯说出来,我这话显然是问得唐突。正好张三披了睡衣,由屋后洗澡间里出来,我就故意把话移开来,笑道:"一个澡洗得这样快?"他向钱先生笑道:"水很热,快去洗吧。"

　　钱先生站起来,解着纽扣,缓缓地向洗澡间里走去。茶房忽然送进一张字条来。金先生接着看了,脸色显得有些变动。钱先生一脚,已是走向洗澡间里去,好像有点警觉,立刻回转身来,把字条接过去看,因道:"这样子,我们立刻去看看吧。"他脸色有点转青,望着金先生,两人在衣架子上拿了帽子,就匆匆地走了出去,原来茶房送进来的那张字条,却放在桌沿上,没有拿走。老王正坐在桌边,就把字条拿了起来,交给张三道:"你看看吧。这上面写的是什么,把他两个忙成这样子。"张三接过字条,两手捧了抬起来看,笑着摇摇头道:"字写得太草,他们家

八十一梦

里失了两件什么东西,张先生看看是吗?"他说着把字条交给了我,我实在无心窥探人家的秘密,无如张三已交到了我的手上,而且是他们失落了东西,也就无所谓秘密,因也就捧了字条来看,见上面写的是:"送某某饭店三号房间钱先生,纱价已跌落两百元,仍有看跌之势,尊意如何,速复。知白。"我笑着想,字旁有两个足旁加失的跌字,怪不得张三说是失落了两样东西。

张三道:"这上面写的是什么?"我知道他们同志不能隐瞒便告诉了他。张三提起脚上的拖鞋,打了楼板一下响,皱着眉头道:"昨天我劝他多卖几包他不干,今天要损失了几万了。"我问道:"这两位大概是做棉纱生意的。"张三道:"钱先生是做棉纱生意的,金先生是做绸缎生意的,我们多少有点关系。钱先生的棉纱,都堆在乡下村子里,卖一包,在乡下抬一包来,十分麻烦。"我说:"纱价到了现在,也就顶了关了,再不卖就错过机会了。"张三道:"大家都在囤嘛!"我道:"他囤了多少货?"张三伸手搔搔头发,笑道:"这就难说了。要论他原来的资本,那真不足说,不过一两万块钱,到了现在,那可吓坏人。假如现在还要出航空奖券的话,他总连中了两个航空头奖了。"他一面说着,一面伸手搔头发,笑道,"我也不必多说了,反正做商人的现时都发财。"我微微地摇着头道:"那也不尽然吧?"老王道:"算了算了,我们何必尽谈不相干的事情。换上衣服,我们出去吃饭去。"

张三沉吟着,伸手到烟听道里取烟,一看里面空了,就在衣架子的衣服袋里,摸出一张一百元钱票来。他按着桌上的铃,茶房进来了,便递钱给他道:"买一听烟来。你告诉对面南京饭店,给我们留个座位。说是这里三号房姓张的,他们账房就知道。"茶房一鞠躬,接着钱去了。我坐在一边看到,却是一怔。当年我在北平,所看到总长次长们,那种花钱不在乎的样子,也不过如此。我倒疑心他是对我特别恭维,因笑道:"张三哥,你不必太客气,一切随便好了。"张三笑道:"没有关系,烟卷我们总是要抽的。"正说到这里,茶房进来报告,电话来了。张三踏着拖鞋去听电话,约莫二十分钟,只听得他一路喊了进来道:"老王,老王,我们明天动身到海防去,今天吃晚饭,一定我请客,一定我请客。"随着这话,两只拖鞋,由门口半空里飞进来,接着是张三一个倒栽葱,跌了进来。老王待抢着去扶他时,他已经爬了起来,两手拍着道:"只剩今晚一晚在重庆了,花几个钱不在乎,一个月后,我们口袋又满了。"他说着,将赤脚在地板上打着板,两肩一上一下地耸着,口里滴嗒滴嗒地唱着跳舞音乐。我这才明白了,那位南京大学教授要去当司机,绝非一句"有激使然"的话而已。

八十一梦

第十梦　狗头国之一瞥

小时读《山海经》,总觉得过于荒唐。后来看《镜花缘》小说,作者居然根据《山海经》大游其另一世界,便有些疑信参半了。别的不说,单提这狗头国,仿佛就不近情理。人身上都生长全了,何以这个脑袋还滞留在四腿畜生的境界里呢？后来看有声电影,见到《狗之家庭》这张片子,狗果然站立起来,穿西服,吃大菜,和人一样生活着,我就联想到狗头国的人,也许是这样。我自己是没有钱出洋,我又没有资格拿公家的钱作川资,也就无法证实宇宙里有这个狗头国没有。不想人事难说,糊里糊涂,到底碰着一个机会了。

我的朋友万士通,在飞机公司服务,一天上午,打了个电话给我,说是他要坐飞机到最近一站去办点公事,两小时内就飞回来,可以带我尝一尝航空的滋味。我正久静思动,也就如约以往。到了飞机场上,万士通已在那里等候着我,便约我在休息室里喝杯红茶吃些点心,我们正谈得起劲,站上人却来催士通上机,我自然跟了他走。面前一列停着三架银色巨型机,有一架开着机座的门,搭上了短梯,仿佛静等搭客上机。

万士通先生做事,没有错误的,他径直地扶了梯子上去,还回转手来向我招了几招。我这破题儿第一次坐飞机的人,当然是跟了内行走,钻进了机座,已有一个人先在,其余各空椅子上,只放了些布袋,仅仅还空着两个座位。万士通和我并排坐下,很坦然地继续着刚才的谈话。我由窗子里向外一看,飞机已是在云海上飞着,无景致可看,我也只管把话谈了下去。

万士通谈了很久,抬起手表来一看,不觉咦了一声。我说:"怎么了？快到了吗？"士通道:"已经飞了一个多钟头了,照说半点钟就要飞到的。"在一边的茶房,迎了上来笑问道:"万先生你不是到狗头国去吗？"士通被他一句提醒,对面前的布袋注意看了一下，不觉拍着大腿叫道："糟了！糟了！张兄我和你开了一个大玩笑。"我问道："这飞机真是到狗头国去的？"士通道："谁说不是？今天是不能回去的了。"我也慌了，因道："承你好意，把我带上飞机来参观。我哪有钱买外汇，再买回国的票子？"士通道："不但是你，就是我亦复如此，好在我是公司里人，总可以记账。"我听说可以记账，大不了是借债，也就心里坦然，因道："书上说的狗头国，真有这么一回事？"士通笑道："这是译音之讹。就原音说，大概在国音格特之间，顺便一转，就转为狗头。其实他们那国人一般的人首人身，并不在肩膀上扛着一个狗头。这地方是大海洋中几个小岛，你也不用多问，这个小国，一切特别，你去一游，一定加增兴趣不少。"

那位押机的人就对我微微笑着。彼此谈起话来，知道那是一位商人魏法才。只看他团团白净的面孔，一撮卓别林小须，穿了漂亮的西服，便是个精神饱满之人。谈话之间，机下已发现了海洋和岛屿，飞机对了岛上飞下，一片大广场上，一面大黑旗子临风招展。黑旗中间，有三个古钱图案是黄色的。据士通说，这就是狗头国的国徽。魏法才见到了目的地了，就掏出两大把糖果，让我们放在衣袋里，他道："见着机场上特别欢迎的人，可以暗地里给他一个。"我听了这话，有些愕然，向士通望着。士通点头笑道："真的是这样。狗头国人喜欢吃糖，因为他这个国家就缺少做糖的东西，所以我们送糖给他，等于我们中国人见着朋友，敬上一支烟卷。"我说："既然如此，就明明白白敬上一块糖果好了，为什么要暗下递过去？"士通道："这就是狗头国特别之处。他们上自国王，下至穷百姓，都以私相授受为亲爱。"

说话时，飞机已在机场降落，而开了座门了。魏法才首先下机，我们随着下来。向机场上围着一群欢迎的人，看他们的形象时，皮肤黑色，额头和下巴突出，也有些像狗，眼珠是黄的，只有这点异乎我们。衣服倒也西装革履，只是颜色多用黄色而已。首先迎着魏法才的，是个矮胖子，金黄色的西装，里面金黄色的衬衣，金黄领带，仿佛是个镀了金的人。他见着魏法才，先深深地鞠了躬，接着笑道："我听说魏先生这次带来的糖果很多，真是雪中送炭。"他竟说了一口极流利的汉语。

法才道:"除了我们几个人外,尽可能的,都带了糖。"说着一握手,我就看见他捏了一把糖果,由手心里递过去。回转头来,法才向我们介绍这是这岛上的"特克曼勒"。"特克曼勒"译成汉语,就是地方长官。于是我们一一握手,暗下递糖果。随后又有许多穿黄色西服的人前来欢迎,我们如法炮制地对待着。

那特克曼勒招呼了三辆马车过来,向法才道:"我想邀请三位先生,到舍下去休息,就是带来的货,也一齐运了去。"法才笑道:"这不妥当吧?我做的是贵岛全岛的买卖,若是人和商品一齐运到府上去,人家说我姓魏的只做一家买卖,以后我运了货来,贵岛糖商要拒绝购进了。"特克曼勒却把胸一拍道:"那要什么紧?这些糖商不做生意更好,我来和一班朋友包办了。敝岛人民之不能不买糖果,犹之乎上国人不能不吸纸烟。我把进口的糖果都囤起来,不怕老百姓不买。"法才笑道:"那样做,阁下可以尽量把糖价提高,弄得贵岛的人都把糖果戒了,我这生意就做不成了。"特克曼勒道:"这又何难,只要大家有戒吃糖的趋势,我立刻把糖价松动一下就是。"法才无论怎样说,他也不肯放松。他所带来的一批粗人,已亲自爬上飞机,把大小布袋陆续搬上了马车。魏法才虽皱了眉望着,却也不拦阻。我知道他的苦衷,若是把岛上这位大酋长得罪,根本不许糖果进口,也是做不成买卖的。而在他这一犹豫之下,他所带来的糖果,已经完全搬上了马车,特克曼勒也就把我们三位来宾让上了一辆敞篷马车,自己陪着,我们在一辆车上。

走不多远,就进了热闹的街市,小小的海岛,也不过一些竹枝木板的店户,不足称道。最奇怪的便是许多人民,成串地站在人家屋檐下,队伍的最前面却是一片小糖果店。我便问道:"难道这些人都是买糖果吃的?"特克曼勒向前看去,只当没听到。万士通笑着点了一点头。于是我就留意那些买糖果人的情形,在那糖果店门口,有块大黑牌,上面白粉写着汉字。原来此国和日本一样,是借用汉字的。我近着看清楚两行,乃是"粽子糖每磅价银十五两,柠檬糖每磅价银廿四两"。我向魏法才道:"什么?糖果价格这样高?这岛上的生活,不吓死我们外来人吗?"特克曼勒笑道:"这因为糖果是一种消耗品,我们照奢侈品多征百分之百的税,所以价格高。近来也实因糖果来得少一点,价格又涨了一点。"

说着，车子又走近了一家糖果店，只见买糖果的人，全在手上高举着雪白的银子，后面站的人，将银子伸过前面人的脑袋，递到柜台上去。我问道："这样贵的价，买糖的人还是在人头上递钱，贵岛人喜欢吃糖的程度，真是可想而知。"特克曼勒对我微微地笑着，随了他这笑意把胸脯挺了起来，好像说唯其如此，我就可以发财了。这时，后面那两部载糖的马车，却由身边抢了过去。似乎这街上的人，他们的嗅觉特别地敏锐，嗅到那车上的糖气，都掉转头来眼睁睁地望了这两部车子过去。有的人索性歪了头，嘴角上流出两尺长的涎来，眼珠翻白，人挺立了不动，面如死灰。在这种情形看起来，似乎有一部分人，也为了糖果太贵，好久没有尝到甜味，所以大街上有了糖香，不免讥无钱买糖的流馋涎了。

　　我正想之间，车子已到了主人翁之家。自然是一幢很精致的洋房子，然而大门闭着，在门外却站了一群人。始而我以为也是主人家的人，可是我们车子一停，就有一个长胡子的人迎上来，拦住车子，向我们咕里咕噜说了一通土话。特克曼勒就低低地向魏法才操着汉话道："魏先生，你尽量把糖价提高。至少你说粽子糖每磅的批发价是二十两，而且你还要说带来的货已让人完全买了，只好下次分给他们一点。"魏法才果然向那人说了几句土语。那群围着大门的人，听了这消息，一句话不说，呵的一声，一哄而散。那个老头子手提起他破大衣的下摆，将脑袋作个前钻的姿势，竟是跌跌撞撞跑着走了，我为之愕然，只呆望了他们。万士通拍着我的肩膀，笑道："你不懂其中的奥妙吧？这些人都是糖果贩子。他们虽是拿银子来买糖的，并不希望糖价低落。为什么呢？他家里多少总有些存货。你不看到街上公布的糖果价格，粽子糖是十五两银子一磅吗？现在魏先生一句话，他们家里的存货，在几秒钟之内，又每磅要多赚五两银子了。"我道："原来如此，他们又何必跑呢？"特克曼勒道："这班奸商，实在可恶！他们得了这消息，要去占没有得消息人的便宜，照着市价，多出个一两或八钱银子，就把糖果收买起来，一转眼，又可以赚几两。去迟了，消息传出去了，有糖果的人就都要涨价，不会让他们垄断了。"

　　说着话，我们由主人让进了客室，先是茶烟点心招待，后来还有酒肴供奉。我们正在畅谈的时候，忽然有人进来向主人悄悄报告。主人便站起来连连地答道：

八十一梦

"到隔壁屋子里坐吧。"他回头向我们打招呼道:"其实也没有什么了不得的大事,说来说去,无非为了敝岛这两天闹糖荒,暂请宽坐一会。"说着,他起身向隔壁屋子去了。我们在这屋子里悄悄地谈话,听到那边谈话,时而声调紧张,时而笑语喧哗。我不懂夷话,很是疑惑,万士通笑道:"这不干我们事,你不必多心。来的是这位主人翁的合伙股东,说是市面上零零碎碎还有些整包的糖果,他们都收起来了。无论如何,从今日起,一块糖果也不卖出去。好在别的路上,暂时也不会有法来,在三日之内他们要造成每块糖果卖五钱银子的趋势。在他们之外,似乎另有个组织,也囤积了一些糖果,只是比他们的势力小,他们正在想法,把这个组织打倒。不过在糖果价只管看涨之下,哪一个组织,照样天天赚钱,又不容易吞并过来。"我道:"万兄,我们离开此地吧。这主人翁的心太狠,这样干下去,也许像十字坡的张青饭店,有把我们当馒头馅子的可能。"法才笑道:"那你放心!他还靠我们给他运糖呢。"

这时却有几个面黄肌瘦的人,两眼发直,口里流着馋涎,抢进了屋子。后面一群主人的奴才,只喝问哪里去?这当头一位,是一位白胡子老人,走来竟向我们深深作了三个揖。虽然穿西服作揖是不好看的,然而他的姿势,却很自然。接着他说起汉话来央告道:"三位上国来的先生,你们是礼仪之邦来的人,应当可怜可怜我们这嗜糖之民,在各位没到的时候,本来糖果虽然贵,有钱还可以买得到,自从三位光临以后,街上的糖果店,都关门了。"士通问道:"也许是货卖完了,这与我们何干?"那人道:"正为了三位上国大人来了,才这样的。他们知道三位带来的消息,糖果价还要涨。他们不晓得这涨风要涨到什么程度,把糖果多留一刻钟,就可多发一点财,索性不卖一块糖果,等稳定了再卖。这一下子,真把我们急死了。"我不由得咳了一声道:"你们这些人也实在太难,糖果并非柴米油盐不可少的日用品,你们不会不吃吗?"那人苦笑着道:"先生!这理由很简单,假使我们能戒掉这种嗜好,我们老早就断了这念头了,又何必每天把吃面包的钱,都省下一半米买糖?现在更不对了,买糖的钱比买饭的钱还要多。"

我回头向法才道:"魏先生对于这个岛,有相当的认识,他们何以非吃糖果不可呢？糖果并不像鸦片一样，吃过之后会上瘾的。"法才道："安南人喜欢嚼槟榔，口角里流着涎水，牙齿弄得漆黑。这槟榔的滋味，是酸甜苦辣一点没有，他们为什么那样嗜好呢？这不是为了有这样一个习惯吗？"他说着，看到这些来人情形可怜，便道："你们说吧，到这里来对我们有什么要求？"那老人道："我们望上国人多多地给我们运一些糖果来。我们也知道三位先生随身带来的糖果不少，务必请三位高抬贵手。"魏法才道："我们……"这句话没说完，特克曼勒已抢了进来，拍手顿脚，对那几个人骂了一顿，那几个人一字没有反响，就这样走了。我虽不知道他骂的是些什么话，我只看那些人眼光都直了，想到骂得是很厉害。我不能看主人翁这样子，要求着万士通，同我一路上街游览。这主人翁认为我们是财神，还派了两名岛卒护送。

走上街来第一个印象，便让我深深感到奇怪的，就是这街上人分三等走路。凡是穿着黄衣服戴着黄帽子的人，在街中心走。穿白衣服的人，在街两边，其余的人却必须闪到人家屋檐下。街上是柏油路，两旁是沙子路，屋檐下却是烂泥渗着鹅卵石的路，极不好走，这阶级显然了。我便问那岛卒："哪种人可以穿黄衣服？"他用土话告诉万士通。士通翻译着，笑道："穿黄衣服的是官商，穿白衣服的是商人，其余是老百姓。黄代表金子，白代表银子，此地风俗，经商人才能做官，做了官更好经商。官商以运输管理员为最大，位次于岛主，因为外国来的货，首先经他的手，他可以操纵全岛的金融。"我道："他有什么法子操纵全岛的金融呢？"士通道："这个岛上人，有个特性，一切都是外国来的好，外货必定经过运输员的手，照例是他总理入口货物，他把货收买到手，就可以随便定个价格，要挣多少，就挣多少。这岛上人，也知道关税壁垒政策，外货是抽百分之两百的税。就是一两银子外来货，要抽上二两银子的税，岛上官僚巴不得外货涨价，好多收些税。你想，运输员有增减岛上税收的本领，岂不是操纵了金融？"我道："抽百分之二百的税，这却也骇人。这岛上人不会不用外货吗？"士通摇摇头道："那如何能够？这里的阔人，都有一种毛病，不用外国货就会咳嗽，而咳嗽的声音，颇……"

正说到这里，街中心忽然有几声狗叫，我看时，并没有狗，却不知声音何来。

八十一梦

士通指着街心一个穿黄衣服的人道:"那个人就是患了缺少外国货的病。"我看时,那人坐在敞篷马车上,弯了腰拼命地咳嗽。那咳嗽的声音,像那小哈巴狗叫的声音一样。马车夫和一个跟随,十分焦急,停了马车,只管向那人捶背。那马车夫,一眼看到我们两个中国人,就奔着迎上前来,向我们鞠躬。万士通问了他,不由得哈哈大笑起来,向我道:"你愿不愿揍人?"我愕然不知所谓,只望了他。士通笑道:"他的主人翁是位药商,又兼全岛公墓督办。有一个毛病,常患心口疼。每患这个毛病时,要人去捶他的脊梁,但他本岛的人捶他,不发生效力,他特地请了一位西洋拳师在家里揍他。他一发狗叫病,西洋拳头揍他就好。现时走到大街上,一时无法找西洋拳师,见我们也是本岛的外国人,这马车夫特地来请我们打他。"我笑说岂有此理?那马车夫见我发笑,以为我拒绝了,就趴在地上磕了一个头。

我向万士通笑道:"无论如何,我不能平白地打人,你去做这个好人吧。"他也只是笑,不肯动脚。可是马车上那个阔药商让那听差揍着,一路哀告上前。他是阔人,自然会说汉话,向我们深深一鞠躬道:"两位先生,我快要死了,请你们打我几下。"他弯了腰只是哼。万士通有点不过意,便在他身上轻轻拍了几下,他忽然哼着骂道:"你这浑蛋,你这浑蛋,你这该死的浑蛋!"万士通见他骂人,伸手就向他脸上一下耳光打去。啪的一声,只见他左腮红了半边,他忽然不哼了,伸直了腰,将右边脸偏了过来,大声道:"你敢再打我这边脸一下吗?"士通一时性起,也不管是否有些过分,伸出手来,又给他右边脸腮一下。那人立刻喜笑颜开,向士通深深地鞠了一躬道:"多谢,兄弟的病已经好了。无论如何,外国的耳光是比本国的耳光要值钱一百倍,一耳光之下,百病消除。"说毕,高高兴兴坐上马车走了。我先是呆了一呆,一会子想过来了,也忍不住哈哈大笑。士通也笑道:"长了三四十岁,只看到人用法子骗钱,没有看到人用法子骗揍打的。这个岛上的人,真有些特别,唯恐人家不打他。"

我对于本岛人之酷好外国货,也引起了兴趣,便向士通笑道:"我们把这个岛的街市都走遍了吧,也许会发现比这还有趣的事情。"士通笑道:"这岛上人说外国人的耳光是好的,那也不妨说岛外人的肉也是香的。那像《西游记》上妖怪吃唐僧肉一样,会把我们活宰了来吃。"我笑道:"那总不至于。因为这里的官员,还需要我们由中国运货来让他们发财呢。看了银子分上,他不能不保护我们。"士通笑着对了那两个岛卒说了一番土话,他们就在前引路。

约走了两三条街,却看到一家西餐馆门口,有一群武装岛卒在那里守着。这岛上以坐双马车为最阔,就看到一辆车子牵着一辆车子直到那门口,穿黄或穿白的,都在那西餐馆门口上车。只看那三层楼的洋式门面,就相当富丽。汉字写了一块招牌,是"阿尔巴尼亚大菜馆",我不由得咦了一声,因问士通道:"用外国地名做招牌,我们中国人也有这点作风,但最不足取,也无非拿了小国比利时、墨西哥标榜。这阿尔巴尼亚,是一个被侵略亡了的国家,取之何足为荣?"士通伸手搔搔头,他也有一事不通的时候,却去问那岛卒,那岛卒咿唔了许久。最后士通告诉我们:"他根本不知道阿尔巴尼亚是一个国家,更不明白它已亡了。我问他为什么要用这个名字做招牌呢?他说因为这个名字念出来咿哑咿哑很奇怪,所以用了,这名字不好吗?这家餐馆是全岛最有名的一家呢!每客西餐银子一百两。一个岛民要取得在阿尔巴尼亚吃饭的资格,非大大地发了冤枉财不可呢。"我道:"这些武装岛卒,又是干什么的呢?"士通问了岛卒告诉我道:"这里的西餐,虽要一百两银子一客,但是每天有人为了抢座位而打架,这岛卒是维持治安的。"我不由得昂起头来抖了一句文道:"阔矣哉!狗头国之人也!"

正说到这里,替我们引导的两个岛卒,却向一条冷巷子里飞跑了去。我也去看时,见有一群叫花子,在那里打架,有两三个人头破血出,躺在地上。其中有几个叫花子,在一条阳沟里,抓着鸡鱼骨头向破碗里乱塞。那阳沟前有二个后门,上钉一块小牌子写着"阿尔巴尼亚大餐馆厨房"。那拣骨头的叫花子,看到了岛卒,伸直了腰也跑走了,只听这脚板拍拍之声。我向前看去,一片乌压压的影子,怕不有好几百人呢。我问士通道:"叫花子也要尝尝阿尔巴尼亚的滋味,都到这里来了。"士通摇摇头道:"唔!不然。这里大街上是有饭吃的人走的,小巷子是叫花子走的。这岛是世界上叫花子最多的一个国家,不信你跟着这群人去看。"我听了这话,顺了这条巷子向前走,不到十丈远,就见两具叫花子尸体躺在地上。有一具尸体,用草席盖了半截。另一具赤身露体,皮肤变成了灰黑,骨头根根由皮里撑出来。

我正惊异着,只管向前走,远远看到一片大海,直接天脚。有几只悬海盗旗子的帆船,在水上出没。那些逃跑了的叫花子不见了,由近而远,直到海滩,都是大大小小穷苦的尸骨堆。我仔细看时,又不是尸骨,有的是人家花园的围墙,墙脚下的石头刻了裸体人像,有的是汽车间车门上的石刻。我所看的穷人尸骨,是我眼睛看错了,实在是富强人家墙基上的石刻。这雕琢功夫真好,个个都有精彩的表演姿势,我正赏鉴着,不料那些石刻,一齐活动着,大喊一声,向我扑来。你想我还有胆子在这里赏鉴雕刻美吗?

第十五梦　退回去了廿年

　　零碎的爆竹声,把我从睡梦中惊醒。听到窗子外面有一苍老的声音骂道:"这些猴儿崽子,开的什么穷心?年过了这多天,还直放麻雷子二踢角。这年过得有什么痛快?东三省闹土匪,直隶闹蝗虫,黄河闹水灾,煤面全涨钱。这大杂院里,除了张先生,也没有谁做官,哪里来的这么些个容易钱,到了初五六,还直让小孩子过年?"最后几句话,把我惊醒了。正是我新近在北京农商部当了一名小办事员,大小是个官了。

　　睁着眼睛一看,墙上挂着的月份牌,上面大书"中华民国八年阳历二月,阴历正月"。正是这大杂院里这位卖切糕的街坊大胡子骂得痛快,我该到部了,怎么还睡觉?于是匆匆起床,将白泥炉子上放的隔夜水壶,倒着漱洗过了。头上戴了兜头线帽,围了一条破毡子旧围巾儿,锁门就走。当个小办事员的人,决没钱买大衣。北京这地方又冷,不这么穿着不行。

　　出得门来,这冷僻胡同里的积雪,依然堆着尺来厚,脚在雪上踏着,唏唆作响。那西北风像刀割似的迎面吹过,把人家屋脊上的积雪刮了下来,临空一卷,卷成个白雾团子,然后向人扑来。任是围了破毡子,那碎雪还向衣领子里钻了来。我虽穿了一件天桥收来的老羊皮,不觉还打了两个冷战,鼻子出来的气,透过了兜帽的窟窿,像是馒头出笼屉,热气上冒。沿了鼻孔的一转帽檐,都让气冲湿了。心想:不过为了二十块钱的薪水,冒了这种风雪去办公,实在辛苦。正想着,一辆汽车自身后追了上来,把地面上的雪烂泥浆,溅了起来,汽车两边就飞起了两排泥雨,溅了我一身的泥点。汽车过去了能奈它何?由那车后身窗子里望去,一对男女厮搂着,头挤在一起。那汽车号码是自用六〇六,巧了,这就是我们总长坐着办公的车。不用说,车上那个男人是我上司赖大元总长。慢说我一个走路的人,追不上

八十一梦

汽车去讲理,就算追得上,难道我还敢和总长去辩是非不成?叹了一口气,只好挨着人家墙脚,慢慢走到部。

我们这农商部,在北京是闲衙门。闲的程度,略好于教育部而已。门口站的那两个卫警,夹了一支旧来福步枪在胁下,冷得只作开跑步走。我向传达室一看,那传达正在走廊下笼白炉子的火。他窗户上放了一架小闹钟,已到十点了。院子里除了满地积雪,并无别的象征。那些花木,由雪堆里撑出枝枝丫丫的树枝,上面还堆了积雪,在高屋檐下,一点也不见响动,走廊地上倒有十几个小麻雀,见人来了,轰的一声飞向屋檐上。这不像衙门,像座庙了。

我是矿务司第一课的办事员,直走到东向角落的五进院子,才是我们的办公处。北屋五大间是司长室,正中堂屋会客室。西面是第一科,科长在外面一间屋子里,几个科员也在那里列着桌子,我和另一个办事同三个录事,就缩在另一小屋子里。矿务司有个特别好处,尽管市面上煤卖到二十多元一吨,大同、石家庄两处的红煤,我们依然可以特殊便利一下,所以每间屋子里都把铁炉子生着火。这年头虽不像北京饭店有热气管子,所谓屋子里笼"洋炉子",也就是人间天上了。

掀开棉布帘子进了屋,早是满座生春,正中大屋铁炉子边站着两位茶房,烘火闲话,谈正月初一,和了个三元。看我进来,睬也不睬。我摘了帽子,解了围巾,掀帘进了第一课。铁炉子上放了一把白铁壶,水沸得正沙沙作响,壶嘴里向外冒气。院子里的堆雪,由玻璃窗上反映进光来。科长陶菊圃是位老公事,他向例来得早。这时,在玻璃窗下写字台上,摊了一本木版大字《三国演义》,架上老花眼镜,看得入神。茶房早已给他斟一杯好香片茶,热气腾腾,放在面前了。陶科长虽然年纪大,炉子里的火生得太热,穿来的皮袍大衣,都已挂在衣架上,只穿了一件存在部里的旧湖绉棉袍子。照例,小办事员和录事见了科长,得深深一鞠躬拜年。但我是新出学校的青年,这个恭维劲儿做不出来。正好是旧历年,行旧礼吧。因之两手捧了帽子和围脖,乱拱了几个揖,口里连称:"科长,新禧新禧!"陶科长两手捧下眼镜,向我点个头,又去看刘备三顾茅庐了。

这屋子里除了科长,并无第二个人。那边小屋子是我们自己的园地了。同事们都比我早来了。两个录事，已在誊写公事。另一个录事和一个小办事员，在屋角里的小桌子上下象棋。我一进门，这两位同事，透着气味相投，一齐站了起来，拱手道着新禧。我挂起围脖和帽子，问另一位办事员李君："有什么公事办吗？"李君道："没有什么公事，司长有一个星期没交下重要公事了。写的这两件公事，是阴历年前留下来的。"他口里说着，眼睛正是对了象棋出神。对方来了一个当头炮，挂角马，他正在想法解除这个难关。我也就不问他的话了，跟着坐下看棋。

隔壁屋子里一阵乱，几位科员来了，全都向陶科长一鞠躬。尤其是一位二等科员范君，态度恭敬。马褂套着长袍，两手垂直袖子，站在陶科长面前，笑道："正月初一，我到陶科长公馆去拜过年的。"陶科长道："失迎失迎，孩子们闹着去逛厂甸。"范科员道："回头我又到沈司长家里去了。沈司长太客气，留着我在他身后看牌，又是茶叶蛋，又是猪油年糕，只管拿点心待客，我还替他出主意，和了个断么平带不求人，不声不响地和个三番。"陶科长笑了一笑，似乎记起一件事，走出屋子去了，立刻这屋子里热闹起来。

一位科员佟君，首先放肆着，在报架上将当天的报放在公事桌上，笑问道："老范啦，八小姐那里去过没有？喂！今天晚上好戏有《打樱桃》，又有前本《海会寺》，包个厢，到小房子里去约了八小姐来听戏吧？大家也好见个面儿。"范君也拿一份报回到公事桌上去看着，笑道："谈八小姐呢，去年几乎过不了年。还是老马好，办自由恋爱，比我们这在胡同里胡闹的人经济得多，他还是一到部就写信。"在他的对面桌上，有一位二等科员马君，拿一叠公用信笺放在桌上，抽起一张信笔瞎写。其实他不是写爱情信，是作篇剧评，要投到一家小报去登起来，题目是《新春三日观剧记》。

正在谈论着，一位胡君进来了，在屋里的人都向他道着新禧。他是次长面前的红人，虽未能取陶科长而代之，但在本科，也可算位副科长了。他一面脱着皮大衣，一面问道："科长没来吗？"外面两位不理我的茶房，这时一齐跟着进来，一个接着獭皮帽子和大衣，一个又打着手巾把送将上来。佟君道："科长早来了，刚出去。"胡君在衣袋里取出一支雪茄，咬了头子，衔在口里，那打手巾把子的茶房，便

八十一梦

擦了一支火柴,来替他点着烟。他喷了一口烟,两指头夹了一支雪茄,高高举起来笑道:"我告诉诸位一件极有趣的事。我打了这多年的扑克,从来没有拿过同花顺,这次新年,可让我碰着了。花是黑桃子,点数是八、九、十、十一、十二,达到最高纪录,只差两张牌而已。"在屋子里的科员,全部轰然一声。胡先生站在屋子中间精神抖擞,笑道:"这还不算,最有趣的,同场的人有一个人换到了红桃子同花和爱斯富而好,这两位仁兄拼命地累斯,一直加到一百多元,还是我告诉他们,不必再拼命,翻开牌来,我是要贺钱的。连赢带收和贺,一牌捞了个小两百元。"说着,口里衔了雪茄,两手连拍一阵。当时陶科长进来了,那些科员不便作声。只有这位胡科员来头大,并不介意,依然在屋子中间说笑着。陶科长笑道:"胡兄如此高兴,必有得意之作。"胡君连笑带比,又叙了一番。

我们这屋子里,显然又是一个阶级,那边尽管笑声沸天,我们这边绝不敢应他们一个字的腔。约十分钟,那位向科长做九十度鞠躬的范君走过我们这边来,我们也向他恭贺新禧。有的点头,有的拱手。因为他的阶级究竟还支配不了我们的饭碗,所以并没有人向他作九十度的鞠躬。然而他也无求于我们,只是微笑着点了两点下巴。我有点瞧他不起,借着在桌子抽屉里找稿件,没有和他打招呼,他走过我面前时,恶狠狠地瞪了我一眼。但我没有和他贺新禧的义务,他也就过那边去了。

这时,那边屋子,又来了几位科员,我们这边,也增加了两名办事员。这两名办事员,一位是司长的小舅子,年纪十八岁,一个月也不到部一次,今天大概是为了春节假后的第一天,也来画个到。另一名是次长的堂叔,已经有六十多岁了,他来是常来的,来了照例不做事,科长向来也没有交过一件公事他办。他以为,侄身居次长,只给他一个起码官做,十分牢骚,常把他一口的家乡土话低声骂人。今天大概年酒喝得太多了,面变紫红,白色胡须桩子,由红皮肤里冒出来,又露出一口长牙,真不大雅观。

这两边屋子里,大小官员二十余人,各都坐着一个位子,或者用公用信笺写信,或者看报,或者口里衔了烟卷,眼睛望了天花板出神。比较坐得近一些的人,就喝着部里预备下的香片茶,轻轻地谈着麻雀经,其间有两个比较高明的,却是拿了报上的材料,议论国内时局。我们这边两位录事,将交下的公事写完了,到隔壁屋子里去呈给科长。今天也算打破了纪录,学着隔壁屋子里的科员,无事可做,我们也来谈谈天。忽然外面有人喊着"总长到,总长到!",立刻我们两间屋子里的空气,都紧张起来,这就是在北京做大官一点儿滋味,到了衙门里,便有茶房到各司科去吆喝着。

那科长听了这话,立刻把老花眼镜取下,将衣架上马褂摘来穿起。外面屋子的茶房打了一个热手巾把进来,捧给陶科长擦脸。他接过手巾,随便在脸上抹了两抹,打开抽屉,取出几件公事,两手捧着走了。这次科长离开,我们这两间屋子里谈话的声音,不是上次那样高,但胡科员还是神气十足,谈那打扑克的事。

约莫有半小时,陶科长回来了,向大家点头道:"头儿走了,说是这两天没有什么要紧的事,下午可以不来,下星期照常。"大家听说,轰然一声,表示欢喜。科长在身上掏出钥匙,把抽屉锁了,茶房已知道他要走,立刻取了皮大衣来给他加上。几位出色的科员,也不必彼此招呼,都去穿大衣。科长走了,范君首先高声叫起来道:"喂!下午来八圈吧?"佟君道:"不,今儿好戏,小梅和小楼合演《霸王别姬》,马上叫人去定两个座儿。"马君道:"老佟,你猜猜小余为什么不和杨梅合作?"大家谈笑着戏的消息,一窝蜂地走了。我们这屋子里的人,也走了。只有我和一个李录事,因一盘象棋没下完,还在屋子里。

那个姓王的茶房回过头来,向里张望一下谈笑着道:"该走了。"另一个姓巴的茶房在外面屋里,整理零碎东西,答道:"忙什么?这屋子里暖和,多坐一会儿,家里可以省几斤煤球。"王茶房道:"可没了好香片。坐久了暖屋子,怪渴的。"我听了这话,推开象棋盘,便站起来,瞪了王茶房道:"你奚落我做什么?我们多坐一会也不碍你什么事。"王茶房道:"怎么不碍我们的事?你不走,我们不能锁门,丢了东西,谁负责任?"我喝道:"你说话,少放肆。难道我们当小办事员的人,会偷部里的东西吗?"巴茶房道:"你不打听打听,商务司第三科,前天丢了一件皮大衣。一个姓杨的录事,有很大的嫌疑。"他正收拾科长桌上的东西,仰着脸对了我们。李录事跳上前,就向他脑后打了一个耳光,骂道:"混蛋!你指着和尚骂秃驴。"巴茶房掉转身来,就要回手,我立刻把李录事拉走。巴茶房追过来时,我们已到院子里走廊上了,他只好在屋门口大骂。

我陪李录事到了衙门口,埋怨他道:"你不该打那东西,他是陶科长的红人,明天和你告上一状,你受不了。"李录事红着脸道:"二十块钱的事情哪里就找不到?我不干了。张先生,只是怕连累着你。"我笑道:"不要紧,我也看这二十块钱的位置,等于讨饭。不然,我也不会在部里满不在乎。果然那小子到科长面前挑拨是非的话,我就到广东去。那里空气新鲜,我还年轻,有机会还去读两年书呢。"我们分手回家,但我心里,始终是替李录事为难的。他一家五口,就靠这二十元的薪水,果然丢了饭碗,那怎么是好呢?我想着明早到部,却是一个难关。

不想当这晚我在灯下一人吃饭的时候,李录事一头高兴跑进来,向我拱手道:"恭喜恭喜!"我起身相迎,倒有些愕然,以为他是把话倒过来说。我让他坐下,拿起炉子边放的一把紫泥壶,斟了一杯热茶,放在桌上,笑道:"请喝一点,冲冲寒气。在这腐败的政府下,好是做社会上一个寄生虫,不好却少不了做一个二十世纪的亡国奴。中山先生在广东组织革命政府,前途是大有希望的,我们一块儿到广东去吧。呼吸着自由的空气,哪怕是当一个叫花子呢,总比在这里看茶房的眼色强多了。"李录事笑道:"我不开玩笑,我真有办法了,你也有办法了。"我且坐着,扶起筷子来。他按住我的手道:"我们一块吃羊肉涮锅子去,我请你。"我道:"你中了慈善奖券?要不,怎么半下午工夫,你就有了办法了呢?"李录事笑道:"说起来话长。这事太痛快了,在这里说出来,怪可惜的。咱们到羊肉馆子里,一吃一喝,炉子边热烘烘的,谈起来一高兴,还可以多喝两盅。人世几逢开口笑,走走,别错过机会。"我听他说得这样有分寸,果然就收拾了碗,和他一路到羊肉馆子里去。

在馆子里找了一个僻静一点的雅座,要了酒菜,我是等不及他开口,又追着问了。李君因为我不会喝酒,自斟了一杯白干,一仰脖子喝了。然后手按了酒杯,隔着羊肉锅子,向我笑道:"人家都说我们总长是个癞头龟,可是他几位少爷小姐都是时髦透顶的文明人儿。他二少爷和大小姐有点儿戏迷,你是知道的。"我说:

"这个我倒不知道。我只听说,他大少爷会兼差,现在共有三十六个差事。上由国务院,下到直隶省统税局,他都挂上一个名。二少爷爱玩汽车,一个人有三四辆车子。大小姐喜欢跑天津、上海,二小姐会跳舞,家里请了一个外国人教打钢琴。"李君笑道:"他们家里有的是钱,要什么有什么,他们就只喜欢一样能了事吗?"我见羊肉锅子里热气腾腾,炭火熊熊地映着李君脸上通红,知道他心里十分高兴,便不拦阻他的话锋,由他说了下去。

他夹了一块红白相衬的肥瘦羊肉,送到暖锅子涮着,眼望了我笑道:"到今日,才知道爱玩也有爱玩儿的好处。我一把胡琴,足拉了二十年。在北京,拉胡琴的人遍地全是,我不敢说好,不过什么人的腔调,我都能学两句。去年年底,吴次长家里堂会,我去拉过一出《女起解》。巧啦,赖二位小姐就在场听着。她听人说那个拉胡琴的,就是农商部的录事,就记下了。今天我由部里出来,程秘书在马车上看到我,就把我带到赖公馆去,这位小姐,原是不便和我小录事请教,拉了二少爷一路,把我叫到内客室闲话。二少爷作一个考官的样子,先口试了我一阵,然后拿出胡琴来,让我拉了两出戏。二小姐原是坐在一边监场的,听久了胡琴,她就嗓子痒痒,我又给她拉了两出戏。她有几处使腔不对,我就说二小姐这样唱得很好。另外有一个唱法,是这样唱的,于是我就唱给她听。她兄妹都高兴极了,留着我混了两三个钟头。后来二少爷拿出一张字纸给我看,是总长下的条子,上面说:'李行时着派在秘书上办事。'条子是总长的亲笔,我认得的,而且二少爷当我的面,把条子交给程秘书了。"我呀了一声,笑道:"恭喜恭喜,李秘书。"他笑道:"还有啦,二小姐让我一捧场,高兴极了,进上房去拿出皮包,顺手一掏,就摸出了五张十元钞票,说是给我当车钱。天爷!我长了三十岁,没听说坐车要这么些个钱。"我笑道:"朋友,莫怪我说你眼孔小。赖二小姐有次到上海去吃一个同学的喜酒,却挂了一辆北宁津浦沪宁三路联运专车。把那趟车钱给你,够吃一辈子的了。"李君笑道:"虽然那么说,可是在我这一方面,总是一件新鲜事儿。年过穷了,我这几天正愁着过不过去,这一下子够他们乐几天的了。"

他说时,透着高兴,右手在锅子里夹起羊肉向嘴里送,左手端起杯子,只等嘴

八十一梦

里腾出地位来。我笑道:"不必喝酒了,吃完了还不到八点钟,请我听戏去吧。"他道:"听戏算什么,明日准奉陪。不过今天晚上还另有一件事相烦。二爷说,他九点钟在德国饭店等我,也许要带我到一个地方去拉胡琴。"我道:"你去就是了,这干我什么事呢?"他笑了,映着火炉子的红光,见他脸上很有点儿红晕,便道:"我当然愿意朋友好,你有什么非我不可的事,尽管说。"他笑道:"咱们哥儿俩,没话不说。德国饭店,全是外国人来来往往的地方,让我去找人,我有点儿怯。你什么都不含糊,可不可以送我进去?"我笑道:"大概不是为这个,今晚上也不忙请我吃涮锅子,我没什么,陪你去。可是赖二爷见着我,他要问你为什么带个人来呢?"李君道:"我虽没到过外国馆子,我想,总也有个雅座,你送我到雅座门口就行了。"我看他是真有点儿怯场,人家第一次派这位秘书上办事,别让他栽了。于是含笑答应,陪着他吃完了饭,慢慢地走到德国饭店。

在餐馆的门口,玻璃架子的外国字招牌,电灯映着雪亮。这雪亮的灯光,更加重李君的胆怯,只管放慢步子,我便只好走前了。到了三门,经过存衣室门口,我们既无大衣,也无皮帽,本也不必在这门边走。我无意中一低头,地面上有一线光亮射来。仔细看时,却是地毯上有一点银光。相距不远,我弯腰拾起来一看,心里却是一阵乱跳。正是一只白金钻石戒指,看那钻石,大过豌豆,绝不下一千元的价值,我下意识地便向衣袋里塞着,而那只手还不肯拿出来,我又怕李君看到了,却赶快走了两步。

这里是饭厅,角落里几位音乐师,正奏着钢琴梵呵铃,满厅几十张桌子,全坐满了。我到了这中外人士汇集的地方,总要顾些体貌,不能闯到人丛里找人,只好站了一站。不想这位李秘书比我更怯,竟是又退回二门去了。我见他不在身边,把钻戒又掏出来看了一看,光莹夺目,决是真的。但我心里立刻转了一个念头,二十来岁的青年,难道就让这一样东西,玷污了我的清白吗?我决定宣布出来。见有一个茶房经过,便道:"喂!我捡着了一点东西,你们顾客里面,有人寻找失物吗?"那茶房向我周身看看,见我穿件灰布老羊皮,便淡淡地问道:"你捡着什么?"我说:"我怎么能宣布呢?若宣布出来了,全座吃饭的人,有一大半会是失主。"那茶房听我的话不受听,竟自走了。

我踌躇了一会,觉着所站的地方,虽与食堂隔了一座大玻璃门,究竟是来往孔道,只好又向外走,口里自言自语地道:"我登报找失主吧。这笔广告费,不怕失主不承认。"身后忽然有人轻轻地道:"先生,你捡着一样贵重的东西吗?"我看时,是一位穿西装的汉子,胁下夹了一个大皮包,我便点点头道:"是的,我捡了一样东西。失主若说对了,当了公证人或者警察,我就把东西还他。"

说到这里,又近了二门存衣室门口,李君迎上来笑道:"老张,怎样不带我进去?"他说时,在袋里掏出一方新制的白手绢只管擦脸上的汗。我笑道:"我的怯兄,你……"那西装人道:"呵!李秘书,你来了,二爷正让我找你呢。"李君这才放出笑容,替我介绍着这是赖公馆的二爷跟前胡爷。我这才晓得他是一个听差,竟比我们阔多了。胡听差笑道:"哈哈,都是自己人。我刚才听到张先生向茶房打招呼捡着东西,我就跟了来的。张先生捡着的东西,是不是很小的玩意儿?"我笑道:"胡爷,对不起,我不能宣布是什么,不过,我可告诉一点消息,是很贵重的。要是不贵重,我也不必有这一番做作了。"胡听差笑道:"那准对,好了,好了,可轻了我一场累,请你二位等一会儿。"说毕,也就走了。不一会工夫,他由里面笑嘻嘻地出来,向我两人招着手道:"二爷请你二位进去说话。"

于是他在前引路,我们随后跟着,在食堂左角,一间小屋子里,见赖大元的二少爷二小姐,和另外一对男女在吃大菜,屋子门口,还树起了一架四折绿绸屏风,外面看不到里面的。赖二爷坐在大餐桌的上首,面对了屏风,我一进门,就先接近了他。他穿了一套紫呢西服,头发油刷得像乌缎子一样,只他那下阔上尖的窝窝头面孔,有点不衬。他左手拿叉,右手拿刀,正在切盘子里的牛排,却回转脸来,将刀尖指着我问了那听差道:"就是他捡着东西?"我看他这种样子,先有三分不顺眼,就站在屏风角不作声。胡听差道:"张先生,这是我们二爷。"李君站在我的身后,也轻轻地叫了一声二爷、二小姐,不知不觉地微鞠了一个躬。赖二又向我望了一望,问道:"你拾着了什么?"我道:"二爷,对不起,我不能先说。"左首坐的一个绿色西装少年,雪白的长方面孔,有些像程砚秋,挨了二小姐坐着。他点了头道:

八十一梦

"对的,二爷,我们得先说出来。"赖二将叉子叉了一块牛排,塞到嘴里去咀嚼着,然后把叉子指着我道:"我丢了一个白金钻石戒指,戒指里面,刻了有 KLK 三个英文字母,你说对不对?"我道:"不错,拾着一个钻石戒指。不过有没有三个英文字母,我还不知道,等我拿出来看。"于是在衣袋里把戒指掏出来,在灯光下照了一照,果然有那么三个字母。赖二不等我说什么,在衣袋里掏出一只绿绸锦盒来,放在桌子上,笑道:"你看看是这盒子装的。"我拿起盒子来,掀开盒子盖,里面蓝绒里子有个凹的印子,把戒指放下去,恰好相合,因道:"对了,赖先生,这戒指是你的,你拿去吧。你是体面人,我信得过你,不用另找人来证明了。"我把盒子递在他手上,转身就要走。

赖二站起身来,将刀子点了我道:"你说,你要多少报酬?实对你说,我这戒指只值三千块钱,不算什么。不过,我是送这位高小姐的。"说着,向在座的一位红衣女郎点头笑了一笑,接着道,"寻回来了,完了我一个心愿。我很高兴,愿意谢你一下。"我道:"东西是赖先生的,交给赖先生就算完了,我不要报酬。"赖二指着胡听差道:"你把他拉着,我这就……"说时,放下刀叉,在衣袋里取出支票簿和自来水笔,就站在桌角边弯腰开了一张英文支票,撕下来交给胡听差道:"你给他,这是一千块钱的支票。今天的日期,明天银行一开门,他就可以去拿。"我道:"赖先生,你不用客气。假使我要开你一千块钱,我拿这戒指去换了,不更会多得一些钱吗?"

赖二伸手搔了几搔头发,向我周身看看,沉吟着道:"看你这样子,光景也不会好。"那个穿红衣服的女郎微笑道:"他不要钱,你应当明白他的用意。"赖二点点头道:"是了是了。"将一个食指点了我道:"你姓什么?干什么的?进过学校没有?"我看他这样子,自觉头发缝里有点出火,便笑道:"实不相瞒,我父亲是个百万财主,近几年来败光了。当年我有一个好老子没念过书。如今穷了,什么也不会干。"胡听差和李君听了这话,只管向我瞪眼。赖二笑道:"怪不得你不在乎,原来你也是少爷出身。"

二小姐大概是多喝了一点酒,脸红红的,斜靠了那个像程砚秋的男子坐着,微斜了眼道:"二哥,你这点麻糊劲儿太像爸爸。刚才小胡不是说了,他姓张,也在部里当个小办事员吗?"赖二呵了一声,见胡听差手上还拿了那张一千元的支票,因道:"那么,那一千块钱你去兑了吧。江苏王鸿记裁缝,和高小姐做的几件衣服,都很好。七百块钱,算衣料手工。另外三百块钱赏给那个做衣服的伙计算酒钱。"胡听差答应了一声是。赖二爷道:"呵!李秘书怎么来了?"李君向前一步,哈了一哈腰儿。二小姐笑道:"二哥,你看,你什么事这样神魂颠倒的?你不是叫他来一路到高小姐家里吊嗓子去吗?"赖二笑道:"我这样说了吗?现在我们要到北京饭店去跳舞,这事不谈了。可是我没有一定的主张。小胡,你那里拿拾块钱出来,带他们去吃小馆儿。"

我听了这话,不用他多说,我先走了。出大门不多远,李君追了上来,一路叫着老张老张!我停住脚问时,他道:"你这人是怎么了?你临走也不向二爷告辞一声。"我笑道:"我退还了他三千块钱的东西,他没有说一声请坐。不是拿刀子点着我,就是把叉子指着我。我并非他家的奴才,怎样能受这种侮辱?"我很兴奋地说着,说了之后,又有一点后悔,这话透着有一点讽刺李君,他倒不在意。承他的好意,替我雇了一乘人力车,把车钱也付了,送我回家。

到了次日早上,我心里为难着一个问题,不易解决,科里两个茶房,和我们捣乱过,今天未必忘了。虽然打那个姓巴的,是李君的事,他未必忘了我是同党。好在李君已是秘书上办事的身份了,料这茶房也不奈他何。且挨到九点钟,等陶科长到了部,我才去。意思是有管头,茶房就不敢放肆了。

到了科里,两个茶房,果然鼓着脸,瞪了眼望着我。姓王的当我掀帘子进科长室的时候,他轻轻地道:"那个姓李的没来,等那姓李的来了,我们再说话。"我听了,知道这两个东西,一定要在陶科长面前和我捣乱,二十块钱的饭碗,显然是有点摇动了。我先坐在办公室里,翻了一张日报看,忽然陶科长以下,一大批人拥到屋子里来,我倒吓了一跳,立刻站起身来。陶科长满脸欣慕的样子,向我拱拱手笑道:"张先生,电话,总长夫人打来的。"我愕然道:"什么?总长夫人打电话给我?"科长道:"你快去接电话吧,总长夫人的脾气,你是知道的。"我见他如此郑重地报告,不能不信,便到外面屋子来接电话。

我刚才拿了电话机,放到耳朵边,只喂了一声,那边一个操南方官话的妇人声音,就一连串地问了我的姓名职业,接着道:"我是赖夫人。昨晚上我们二少爷二小姐回来说,你捡了钻石戒指归还原主,你这人不错。二爷说,要提拔你一下,给你一个好些的差事。我已经和总长说了,也派你在秘书上办事,照荐任秘书支薪水。以后要好好地办事,知道吗?"我真没想到总长夫人会在半天云里撒下这一段好消息。我既高兴,我又久闻赖老虎的威名,喜惧交集,什么答复不出。干了几个月官,这算也学到了小官对大官那种仪节,半弯了腰,对着电话机子,连说是是……是是……最后那边又说了,没话了,你好好干罢,电话便挂上了。

我放下电话耳机,我才知道环在我身后,站了一圈人。我平常自负三分傲骨,现在接着夫人的电话,我就这样手脚无措?心里一惭愧,不免脸上跟着红晕了起来。可是这些人毫不觉得我这态度是不对的,一齐笑嘻嘻地望着我。陶科长问道:"原来赖夫人认识张先生。"我笑道:"实在不认识。夫人说,把我调到秘书上办事,先通知我一声。"陶科长立刻向我拱了几下手道:"恭喜恭喜。"陶科长一说恭喜,全科人一齐围着我恭喜,那范科员握住我的手道:"张兄,我早就说过,翻过年来,你气色太好,今年一定要交好运,我的话如何?"我心想,我并没有听到你这样对我说过。但我在高兴之时,口里也就说着果然果然。范君笑道:"既然如此,要请客才对。"我还不曾答应,那位胡科员叫道:"不,不,我们公宴。"我笑道:"各位且慢替我高兴,虽然赖夫人有了这样一个电话,可是在总长的条子没有下来以前,还得等一等。"陶科长也道:"等什么呢?赖夫人一句话,等于赖总长下过十张条子。"于是全科人都笑了。

不到一小时,赖总长也来了。陶科长带了公事回科,老远地就向我拱了手道:"恭喜恭喜,条子已经下来了。我们这科,大概是交了运,不但是张先生发表了秘书上办事,这里的李先生也同时发表了。一日之间,我们这里有两个人破格任用,大可庆祝,我请客,我请客。尤其是张先生这个职务是夫人提拔的,非同等闲。不用说,一两月后,就可以升任正式秘书的。"我见全科人恭维我,穷小子走进了镜子店，只觉满眼是穷小子，忘了我自己。范君送过一盒大炮台烟卷来，请我吸烟。我吸着烟昂头出神，姓巴的茶房进来，向我请了一个安，笑道："张秘书，给你道喜。"我也一律尽释前嫌，因道："昨天的事，你不必介意，李先生脾气不好。"巴茶房笑道："你说这话，我可站不住。李秘书教训我，还不是对的吗？"说着王茶房捧了碟子托的茶杯来，里面是陶科长喝的，二毛一两香片，恭恭敬敬递到我办稿的桌上。

不一会李君来了，自然又是一阵乱。下午散值以后，陶科长和同事们没等我和李君回家，就把我们拖到东安市场的广东馆子吃边炉。八时以后，满街灯火，坐着人力车回家。可是一进大杂院，我就有一个新感想，身为农商部秘书上办事，每日和总长接近，教我回家来，同卖切糕的王裁缝李鞋匠一块儿打伙儿，这透着不成话。同事知道了，岂不要讪笑我？赶快找房子搬家。黑暗中王裁缝叫道："张先生回来了，恭喜呀！"我高声道："你们知道我当秘书了？我告诉你们，天下没有不开张的油盐店，我不能永久倒霉。许多人想走赖夫人这条路子，花钱受气，总走不通，你瞧，我这里可是肥猪拱庙门，他自来。"喂！罪过，怎好把赖夫人比肥猪。

我得意忘形，见屋子里点了灯，也忘了门锁过没有，一脚把门踢开，笑道："秘书回来了，赖夫人身边……"我话未了，只见死去的祖父拿了马鞭，我父亲拿了板子，还有教我念通了国文的萧老先生拿了戒尺，一齐站在屋里。我祖父喝道："我家屡世清白，人号义门，你今天做了裙带衣冠，辱没先人，辜负师傅，不自愧死，还得意扬扬。你说，你该打多少？"我慌了，我记起了儿时的旧礼教家庭，不觉双膝跪下。我父亲喝道："打死他吧。"那萧先生就举手在我头顶一戒尺。我周身冷汗直淋，昏然躺下。……哈哈！当然没有这回事，读者先生，你别为我担忧！

八十一梦

第二十四梦 一场未完的戏

我坐在人丛中一个座位上,忽然惊悟着,我面对着一个大舞台了。舞台前面垂了紫色的幕,我不知道里面有怎样一种情形要呈现出来。但我手里拿了一张戏情说明书,可以预先知道一二了。前面几个大字写着,五幕大悲喜剧"???",没有文字把这戏名说出来,这出戏是怎样称呼它呢?还好,旁边另外有几个小字注明了是"一个问号"。这倒有趣,戏剧就是给人生写出一个谜面,于今在谜面上再写一个问号,这出戏要看得人莫名其妙。然而不管它,我也是既来之,则安之,就把这一个问号看了下去。至多是把我这脑子落在一个问号里而已。

再看看这纸单下面,是现实剧团同人努力演出,接着是剧情介绍。看戏之前,先看明白了剧情,这是减少兴趣的,所以我不看它,先将戏中人和演员表对看了一下,正好是一声锣响,灯光熄灭,紫色的幕缓缓展开了。台上的灯光照着,这是一个中等家庭的屋子,木器家具里有一个碗橱,有一个保险柜,一张账桌。正中悬了一幅《试虎图》,旁边配上一副对联:"千古英雄唯我是,万般人事看谁骄"。这个我倒知道,是改的袁枚《咏钱》诗。哦!原来这轴画中执鞭的黑脸人是财神爷。

在一旁的木椅上铺了皮褥子,一个精瘦的老人穿了旧绸的长袍马褂,斜躺在椅子上,口里衔了一支二尺长的旱烟袋,手托住伸到椅子外面来。一面吸烟,一面咳嗽。一个老太婆戴了老花眼镜,坐在铁柜子上补破袜子。那眼镜短了一只腿,她用粗线代替着,缚在耳朵上。这上面,可以看出这是一位省俭持家的人。她身穿蓝布罩褂,两只袖子是新接的,颜色深浅不同,也是她不重衣饰的一个佐证。她看了那老翁一眼道:"你瞧,咳嗽到这个样子,还要吸烟。"老翁道:"我躺在这里无聊得很,吸口烟解个闷。"老婆子道:"那么,你为什么要躺在这里?"老翁道:"为了咳嗽。"老婆子道:"咳嗽是怎样来的?"老翁道:"你好啰唆,气管不舒服,自然会咳嗽。"老婆子笑道："却又来,气管不舒服,才觉得无聊,怎么你又只管吸旱烟去刺激气管呢?"老翁咳嗽着站了起来,弯了腰只管咳嗽。

一个穿笔挺西服的少年,走了进来,笑道："这就是个矛盾,为了吸烟咳嗽,为了咳嗽无聊,为了无聊又吸烟。"老翁在大袖笼子里取出了一个手巾卷儿,抹着髯子嘴,另一只手的食指指着少年道："你无论什么,都有一套理论。无论做什么事,你都没有干好。吸烟咳嗽,你也有理论。可是到了跳舞场里,整大卷子钞票,塞在舞女手上,那就不管是什么理论了。无事不登三宝殿,你来到这里有什么事?"老太婆低了头补裤子,只当没听到。少年掏出一只金制的扁平烟盒,取着烟卷,掏出打火机,吸了烟,背了手,在台口来往着,笑道："自然也有一套理论。现在先不说这个,我倒要问问你老人家,士龙这一本账,算清楚了没有?他好吃懒做,而且还把许多不堪的话来指摘家庭。"老翁放了旱烟袋,将手慢慢地理着长胡子,默然不作声。

老太婆把袜子放下,站起来迎着少年问道："士鸣,你说你说,那小流氓又做了什么坏事了?那贱女人生的东西,不会做出什么好事的。"士鸣道："你说是坏事吗?他还以为是本领呢?他看中了洗衣服王大脚的那个女孩子,天天跑到河边上去和那女孩子扯淡。"老婆子立刻两手取下老花眼镜,将一个食指点着老翁道："喂!老先生,你听到没有?你听到没有?"老翁把冷旱烟嘴子放在口角里吸了两下,然后抽出烟嘴来,摆了两摆头道："我没有听到。士龙是我的儿子,士鸣也是我的儿子。要管我都管,要不管我都不管。"老太婆道："我的儿子我会管,你的儿子,不,那不过是你申二难弄来的现世宝罢了。"

申二难又把旱烟袋放在嘴里吸了两口,然后向士鸣招了两招道："来,你告诉我,士龙怎么和王大脚的女儿有来往的?"士鸣将手指上的大半截烟丢了,又重新燃了一支烟衔在嘴角上,笑道："事关整个家庭的荣誉,我不能不说。士龙现在每日到店里去坐一会子,算是点了一个卯,立刻就到王大脚家里去了。"申二难听了这话,有点沉吟的样子,把旱烟袋放到嘴里去。这申士鸣就大讲孝道,在身上掏出打火机来,左手托了旱烟袋,右手伸出打火机来代燃着烟,因道："爸爸,自今以后,

八十一梦

你老人家要在店里多坐一些时候才好。"申二难道:"为什么?"士鸣向申老太看看,笑道:"不说也不行,得罪了他就得罪了他吧。爸爸,实告诉你,士龙在店里,绝不空手出门,钱也好,货也好,总要拿一些走。就是钱与货一样也不拿,到厨房里去也要抓一把米或者提一把小菜走。"申老翁吸着烟沉吟道:"那……"士鸣道:"你当然会觉得这件事奇怪的。他为了追求那个穷女孩子,极力去求王大脚的欢心,他总这样做。他以为我们铺子里资本雄厚,给他浪费几个钱……"申老太婆抢着接嘴道:"什么呀?他是浪费吗?他哪像你和士聪这一对浑小子,事情也不干,在人面前又要充阔佬。只有大把的钱向外掏,人家可有心眼,知道你兄弟两个是申二难正正堂堂的儿子。他这小婆养的没有地位,财权还是老头子掌着,你兄弟两个管不了他,把店里东西,明抢暗偷地向王大脚家运,运走一样是一样。运出去的东西那就是他的了。"申二难道:"让我去调查调查,若真有这件事,我一定不能放过他。"他说着话时,站起身来在碗橱旁边,取出了一支树根手杖,连连在地上顿了几下,摇着头道:"果然如此,真是无可饶恕。"

士鸣抢上前两步,拦着他的去路,手在袋里掏出一张字条来,捧着送到父亲面前,微鞠了躬道:"爸爸,我这一笔账,请你核销了吧。"申二难迟疑着道:"我知道,你无事绝不找我。"申老太走过来两步,扯着士鸣道:"他有钱不能这样花,愿意人家偷,愿意人家抢,你请他核什么账,你也去和那小流氓一样,天天去偷他的,他也就不作声了。"申二难招招手道:"拿来让我看看。"说着,在衣襟纽扣上挂的眼镜盒子里,取出眼镜来,在鼻梁上架着。士鸣笑道:"我知道,爸爸是不用自来水笔的。"说着,立刻跑到账桌子边去,在笔筒里取出一支毛笔在砚池里醮得墨饱了,弯了腰送过来。申二难两手捧了账单斜了身子就着光线看了,连摇了两摇头道:"太多太多,到上海去一趟,怎么就花费这样多钱?"申老太太把脸凑上来,问道:"他花了多少钱?"申二难道:"不用急,我核销就是了。三千多块还算少吗?我也不能把这些钱带进棺材里去,还不是留给他们花吗?他们等不及我死,在我生前花光了也好,也让我看看,钱是怎么花光的。"说着,他已将笔在账单上签了字,随着将笔向地上一丢,转身走了。

申老太太听说是三千多块钱，倒抽了一口凉气，坐在旁边椅子上，向士鸣呆望了很久，才问道："孩子，你不能再跳舞了。"士鸣笑道："妈以为我花的钱过多吗？"他架了腿，躺在父亲躺的那木椅上眼望了天花板，向上喷着烟。申老太道："你把银钱看得太容易到手了。"士鸣道："我多花了吗？哼！我们大舅那样花钱，才是一位能手呢。少说一点，我们店里的钱，他已亏空五万上下了。"老太道："你怎样老在我面前说他的话？"士鸣道："你老人家要知他名义上在店里是经理，实际上他是一个老板了。他是你的兄弟，是我们的舅父，而他又是一位内行。几年以来，店里上上下下，全是他的人，你敢换掉他吗？而且你又把妹妹给他做儿媳妇，亲上加亲。"

说到这里，布景里面有人唱起京戏来。随着通里面的门开了，一个穿蓝绸袍子，歪戴了毡帽的白面少年走了出来，笑道："大哥，你敲了爸爸一笔大竹杠，分两个钱我用用。"说着，伸出一只巴掌来，向士鸣摇了两摇。申老太指着他道："士聪你怎么弄成这么一副形象？你看。"说时，牵了他围在肩上的花绸围巾抖了几抖。士鸣道："爸爸不在这里，实在的情形，我是可以告诉母亲的，士聪在大舅手上支钱用，简直没有限度。我知道士聪今天早上，还在店里账上动用了五十块钱，怎么这时候，又来敲我的竹杠？"士聪伸手在士鸣西服袋里一扑，掏出一张相片来，交给老太，笑道："你老看看这位摩登小姐漂亮不漂亮？这是大哥正追求着的好友，而且也是舅舅给介绍的。"士鸣道："你就让妈看吧。哪一个有钱的少年，不追求着几个异性？"

他在弟弟正式攻击之下，毫不介意，反是掏出纸烟来吸着，架起腿来，斜靠在那铺皮褥子的椅子上。申老太接过那相片倒并不要看，却向地上一丢，瞪了眼道："你们兄弟两个，是我一个肚皮里养出来的，也不好好地合作。你们两个人摩擦得越凶越嚷，士龙那贱种越开心。"士聪含了笑，在地面上捡起那相片，交到士鸣手上笑道："你是得宠的大臣，奏本奏不倒你，承认失败。不过我这两天，实在过不过去，向你通融两百元用一用。我可以和舅舅商量，教他在店里账上拨一笔款子还你。要不然，我在爸爸面前，揭破你的秘密。"

八十一梦

士鸣接过相片,向衣袋里揣着,鼻子里哼了一声,冷笑道:"你的信用,不够在爸爸面前揭破我的秘密。"士聪坐在账桌子边来翻了两翻桌子上的流水账簿,盖上了账本,将手一拍道:"我爸爸糊涂透顶,店里整千整万洋钱交给大舅去蚀本,家里这本油盐柴米账,可记得一文不差。"申老太太还是戴了老花眼镜补袜底,这就放了针线,两手捧了眼镜,向士聪道:"你瞎说些什么?在店里账上支钱,大舅没有让你称心,是不是?"士聪拍了肚子道:"大舅一本糊涂账,都在我肚子里。他近来藐视我,做事不大瞒着,有几笔账我已经抓着凭据了。老娘亲你补那袜底做什么?你一辈子不穿袜子,也不够大舅一场麻将输。大舅口里,自然也是一套克勤克俭。早上喝着燕窝白木耳的甜汁,可是对徒弟们训话,你们要省俭呀,要讲俭德呀,他娘的,这种人……"

申老太太站起来喝道:"士聪,你疯了!满口胡说,这小冤家大概又闹亏空了,你分几个钱他用吧。回头你爸爸进来了,听着这些话,又让我受气。"士鸣坐了起来笑道:"要说揭破我的秘密,我是不怕的。不过为了帮大舅起见,大家能息一点事就息一点事。士聪,我这里分一百元你用,够不够?"士聪将脖子一歪道:"你不用敷衍我,我今天决计闯一点小乱子,真要大家息事,我要涨价,得给我四百元。反正你一下子就敲爸爸三千呢。"士鸣道:"怎么只五分钟的工夫就涨了两百元?"士聪伸着手道:"你那好纸烟,送一支给我尝尝。"

士鸣取出烟盒来,倒很客气地递他一支烟。而且将打火机打着了,替他将烟燃上。士聪坐着喷了烟,昂了头微笑道:"五分钟涨价两百元,这是很对得起你的事,要不然,哼!"申老太太道:"士鸣你就把四百元给他吧。"士鸣叹了一口气道:"我遇到这样一个兄弟,我没有办法。"于是在身上掏出支票本子,用自来水笔填写一张支票给士聪。士聪接了支票在空中扬了两下,笑道:"哥哥你心疼吗?心疼你就拿回去。"说着,他将头上歪戴的帽子扯了扯,便开着门要走。

士鸣招招手道:"拿了钱就走?我有两句话和你商量商量,成不成?"士聪手扶了门回转头问:"什么事?"士鸣道:"我问你,我们这产业,你是愿意做两股分呢?你是愿意做三股分呢?"士聪走回转来,将手指头在桌面上画了两个字笑道:

"不就是关于士龙的问题吗？这件事，依着我是很容易办，就说他不是爸爸的儿子，靠着我们人多，外面有舅舅，里面有母亲，一脚把他踢出申家的门就算了事。虽然爸爸不愿意，权在我们手里，这样做了，他也没奈何。你们既要吃羊肉，又怕膻，说是这样硬干不好。这就天公地道地说，他实在是爸爸的儿子，不过是如夫人生的罢了，三一三十一，也分他一股。好在所分是公司的不动产，至于现金和货物，他并不清楚，随便点缀他一点，就行了。这样还是我们兄弟俩占便宜。可是你们又不能忍耐。拖泥带水，天天闹家务，天天想办法，闹得生意不能做，娱乐也不能安心享受一下。甚至不能好好吃一顿饭，睡一宿觉，真是何苦来？"他畅畅快快地说了一套，士鸣没有搭言。

申老太弯了腰，踉踉跄跄到士聪面前来，将手指点着他，哆嗦着道："你……你……你……你是我的儿子？你简直是汉奸！你爸爸讨姨太太的时候，几乎把我气死。不是我里里外外，遇事谨慎，我早滚蛋了，今天哪又能让你兄弟两个做大少爷二少爷？好容易熬到那贱女人死了，士龙贱种又长大了，一波未平，一波又起，你父亲说，他一个无娘的孩子，何必理会他，只当多养一个闲人吧。我也是一番好心，把他容留下来。于今他人大心大，简直要做店里的老板了。他要再得一点势，抓了店里的权，你们赶得他走吗？他记起前仇，恐怕连店门口躲风避雨，也不许你们站一下呢，将来只看你两个讨饭罢了。"

士聪被他母亲连指带骂地数说着，他只有仰着脖子连连地向后退了去，瞪了大眼，望着申老太太道："你不要急，你只要有办法，我也赞同。"他退到了一扇窗子下，偶然回头向外看去，就向外点着头道："我来了我来了。"他扭转身推门出去，遥遥地听到门外一阵汽车喇叭响。申老太太叹了一口气道："话又说回来了，也无怪老头子不能相信你们的话，人家养的儿子，每天总还跑到店里去一趟，做一点表面功夫给人看。你两人只晓得向老头子要钱，有了钱就去吃酒赌钱玩女人。"士鸣道："不要唠叨了。我刚才说几句话，已经引动爸爸的肝火了，看看下文怎么样？我暂时出去一次。"申老太太道："趁着你兄弟在这里，你爸爸不在这里，我想和你们商量商量，你看，又闹一场没结果。"说着，伸手将桌子拍了一拍。士鸣已走

八十一梦

出门去了,却听着门外有人哈哈道:"不忙不忙,等我和你母亲说几句话然后一路走。"

随了这话,一位穿蓝布长袍黑胡子人,拖了士鸣一只手一路笑了进来。申老太起身笑道:"大舅回来了,早来一步就好,你看这两个在这里胡搅了一下午。"这位大舅且不忙说话,却伸手在大袖子笼里去摸索了一阵,摸出了一只白手巾包来,解开那手巾包,有两个苹果两个蜜柑,都放在桌上,笑道:"今天中午,有人请吃饭。我在席上带来几个水果给姐姐尝尝。"说着,取了一个苹果,将白手巾拂拭一阵,把苹果递到申老太手上。她接着苹果看了一看,笑道:"这是天津苹果,很好的,这里恐怕要卖到四五角钱一斤吧?"大舅笑道:"就因为你老人家里平常舍不得买了吃,所以我带一个回来给你尝尝。"申老太将那苹果翻来覆去看了几遍,又递到鼻子尖上闻闻,笑道:"这苹果在南方是不容易找到。"说时,回头望了士鸣道,"你看,我们也是手足,我们彼此儿女一大群了,还是这样相亲相爱。再看你和士聪这兄弟俩,就是仇敌一般,你一枪我一刀的总是谁放不下谁。"士鸣坐在睡椅上缓缓的喷烟,脸上带了微笑。

那大舅老爷便拱拱手道:"姐姐,不要啰唆他们吧,他们就很和气。至于为了不相干的事小争小吵,那没关系。凡事只要大体上过得去就是了。我这两个外甥,大体上是说得过去的,呃!姐姐。"他特意把话提重了一层,然后把身子向申老太太面前就了一就,手摸了胡子,正了脸色道,"说到顾大体这个问题,就不能不说到士龙身上来。他在店里,总也是个少老板。"申老太太沉了脸色道:"谁承认他是少老板?"大舅倒觉自己这句话大意之至,透着难为情的样子,舌头在嘴里打旋转,连忙说了"这这这",接着笑了一笑。申老太把脸色放和平了,点点头道:"我也知道你是个老好人,什么人都不愿得罪。外面人都这样叫他,你当着人的面,也只好这样敷衍着他了。大舅,你说你说,你说他在店里怎么了?"

她似乎很着急,两手操了那副老花眼镜,一会儿架在鼻子上,一会儿又取下来,只管仰了脸向大舅望着。大舅笑道:"这件事,我就不说,姐姐也该知道。他在店里和柜上的徒弟、厨房的挑水司务都成了好朋友,甚至约着这些人在街上小酒店里吃水酒。"申老太气得把身体乱颤,连连地道:"实在不成体统,实在不成体统。"说时,在屋子里来回地走着,表示她心里那一份愤慨。大舅在怀里掏出纸烟盒子来,取出一支烟放在盒盖上,先用三个指头平搓着,头微偏着,只管出神,然后淡笑道:"失体统不失体统呢,这倒无多大关系,我看这孩子,似乎他另有一番心意,那就是把这些人一齐笼络到手,成为他的心腹,真有那一天逼得我们……"他说"我们"两个字,觉得欠妥,立刻顿住了,改口道:"逼得你们和他周旋起来时,他就有他的党羽了。"

申老太提到了士龙这个名字,就似乎十分生气,这时坐在茶几边,手扶了茶几,弯了腰只管咳嗽着。大舅看到,立刻两手捧了一只痰盂过来,放在她面前,皱了眉道:"你这咳嗽的毛病,不能让它拖下去了,应当请个医生瞧上一瞧,我有一位熟医生,可以不花钱把他请了来。"申老太咳嗽完了,在怀里掏出一方粗布手绢,擦抹了嘴脸,因道:"士龙这东西若不赶出去,我和士鸣、士聪三个人,只有离开申家让他了。提到了他我就心里难过,心病是神仙都治不好的。"大舅道:"我得了信,说是姐夫找他去了,这是你们的错。"申老太道:"不该让老头子去质问他吗?"大舅道:"姐夫的耳朵就最软,你们还有什么不明白的?这个时候,士龙多半在堆栈里和伙计捆扎货包。姐夫若是找到货栈里去,看到他一身灰又是一身汗,再想到士鸣、士聪我这两位外甥少爷,他对士龙还有什么可说的?他进店去,我总是陪着,免得他看见的和我们所报告的不同。在家里就是你们的事了。"申老太道:"大舅这话对了,你既知道堆栈里不能让他去,为什么不想法子拦着,倒又回家里来了呢?"大舅笑道:"我听了这个消息,早已派伙计把他拖到店里去了,我特意回来知会一声。我打听得王大脚的女儿喜欢看戏,我已经买了两张票送士龙,今天晚上,他必定邀那女孩子去听戏。姐夫回来,你只说让他解闷,要他一路去听戏。我送士龙是包厢票,你们可以坐那最普通的座位。姐夫在戏馆子里碰到了士龙和那女孩子,他就不能忍了。"

士鸣躺在椅子上听到,便笑道:"我大舅,真是智多星吴用,想出来的主意,又毒又辣。"申老太指着他骂道:"你这东西真是狗咬吕洞宾,不识好歹。"大舅笑道:

八十一梦

"老姐姐你不知道,我向他许了一个心愿,还不曾还愿,所以他恨我。"说着,他去到士鸣身边,连连地拍了他几下肩膀,笑道:"我的贤外甥,走,我请你。"那士鸣哈哈一笑,跳起来挽着手走了。

我看戏的人看到这里,倒有点感想。觉得这位编戏的人,有些烘托过甚。姨太太的儿子,正太太的儿子看着是外人,而母亲的兄弟,倒成了一党。异母兄弟非踢出去不可,而自己家私,可以让母舅吞蚀。利己的心事,谁能说人人没有,而打苍蝇喂斑鸠,这种人岂不是愚蠢透顶?

我正这样想着,一个穿蓝布工人衣服的小伙子,头上戴了鸭舌帽,从从容容地走进来了。他取下帽子,向申老太一鞠躬,叫了一声妈。申老太好像没有听到,戴上眼镜,自补她的袜底。这小伙子走近了两步,又向申老太道:"妈,我爸爸不在家吗?"申老太重声道:"哪个是你的妈,要你胡巴结乱叫,你的妈死了,你到土里去叫她吧。"我看戏的人,就明白了这就是他们所要拔去的眼中钉士龙。

士龙道:"这就难了,我回家来见你老人家不叫,说我要造反,连妈都不叫。我叫妈呢,你老人家说是胡巴结。我做晚辈的,自己要尽自己的礼节……"申老太取下了老花眼镜,将手在桌上一拍道:"废话少说,你来做什么的?你说,这是我们家的账房。"士龙微笑道:"我也不会进账房就偷就抢,而况这账房我也有份。"申老太拿起桌上的算盘,就向士龙砍去,口里骂道:"这账房你也有份?哪个说的?我打死你这杂种。"士龙见来势很凶,假使那算盘打在头上,那许没有命,因之两手夺住那算盘,很和缓地道:"你老人家不必生气,让我慢慢解释。"申老太两手一面夺算盘,一面叫道:"你们来救人哪。姨太太生的儿子打嫡母,谋财害命!"

她一阵喊,老老少少男男女女拥进来上十个人。其中有个上烫发下穿高跟鞋,身套绸衣的摩登女郎,气鼓鼓地跑上前,两手一扯,把算盘夺过,瞪了眼道:"你要造成逆命案吗?"士龙冷笑道:"三小姐,你也把这种大罪来压迫我吗?我回来并无恶意,更不是向父亲要钱。我在堆栈里清理了一个礼拜的货物,这里头有点问题,我开了一张清单来向父亲报告。母亲见了我不分皂白,开口就骂,举手就打。这一算盘打了我的脑袋,恐怕就不能完整,我举手把算盘挡住,母亲就说我打了她了。"三小姐瞪了眼道:"你当面撒谎,我亲眼看到你两手夺住算盘的,你怎么说是挡着呢?"士龙冷笑道:"三小姐,你真的要下毒手把逆伦的大罪加在我的头上?我只是一个人,自也百喙莫辞,你打算怎么办呢?"这三小姐大声道:"怎么办?把你捆了起来,送到法院去重办。"她说这话,跑到桌子边伸手重重地拍了几下。随着她拍桌子的时候,把脸色沉下来,向申老太道:"妈,你还不叫这些佣人把他捆了起来。"申老太也拍了桌子道:"你们吃我的饭,不替我管事吗?姨太太生的儿子打着我了,你们还不和我捆起这强盗来?"

就在这叫骂的时候,有一个很壮健的雇工,站在士龙身后,突然伸着两手,拦腰一把将士龙抱住,喊着大家快来。于是厨子丫头子老妈子一齐向前,对着士龙拳脚乱下。有个不能挤上前的老家人,便匆匆忙忙找了一根长麻绳来。包围的群众,有人接过麻绳去,很快地真把士龙捆着。群众散了开来,只见士龙满脸是青紫伤痕,两只手紧紧地被绑在身后,头发是蓬乱了,衣服也撕破了,不过他并不懊丧,还仰着脖子,挺了胸脯子,站在屋子中间。那三小姐却在里面拿出一根皮鞭子交给在申老太手上,而且两手还伸着把申老太推了一推。申老太拿了鞭子指着士龙的脸道:"我现在提出三个条件,你得一一地答应我。第一,从今日起,你不许姓申。第二,你即日离开这个码头。第三,你不许对老头子说一句话。要不,我立刻将皮鞭子打死你。你说,你说,你接受不接受?"

台上扮演申士龙的人还没有开口,台下的看客里面,却有人大声喊着道:"不要屈服呀!"这一声大喊,把戏园子里紧张而寂静的空气,立刻打破,严守秩序的人,当然也就嘘嘘嘘地要遏止这种声音。可是那个人刚喊过去了,第二个人又跟着大喊地站了起来,他两手举着道:"被压迫的青年,一齐联合起来。"这句大喊,把戏台下埋藏的一把火种突然爆发,于是全戏场东南西北角,全有人站起来大声喊着青年们联合起来!立刻全戏场的人,纷纷起立,有几个快乐的,索性跳上舞台。这样一来,这一幕戏就无法向下演去,两幅紫幕突然地垂下。我坐在纷乱的人潮中心想,这是怎么回事?这是怎么回事?演戏人明白吗?看戏的人又明白吗?

八十一梦

第三十二梦　星期日

桌上放了一封信,墨迹淋漓的,还是极新鲜的字迹。拆开来一看,上面写着:

某某兄:今天又是星期,我们自昨晚起,下了一个最大的决心,这个星期日,绝不打牌,但是怎样消遣呢?看电影,是三年前就看过的影片,而且有一张片子在汉口还温习过一次。听京戏,听我内人唱两句,比他们好。听川戏,我耳朵还没有那种训练。听大鼓书,有些书,我都听得能唱了。这真是一个不易解决的问题,今天怎么混过去?本来呢,每日办公回来,未尝不感到这时光无法消遣,但在街上兜两个圈子,打八圈麻将也就过去了。星期日,尤其是无聊,街上兜圈子,人碰人,实在可以止步。虽然也还可以打牌,但这半月来,把第三个月的薪水,都预支来输了一半了。实在应当变更作风,邻居古松兄,就是变更作风的一人,曾花二十元置了一副围棋子来代替中发白。然而我是一手屎棋,他又不和我下。此外,只有两种办法……

我看到这里,且把信先放下不看。心里暗下想着,我这几位朋友,除了以上所说的那几件消磨时间的办法而外,他们还有什么办法?而且还有两种。因此,我总想有半小时之久,依然不得要领,只好再掀开信纸来,跟着看下去。那上面原来是这样接下去的。

两种什么办法呢?第一种,我和朋友去借些书来看。然而这有一个最大的苦恼,自从干这劳什子以来,书就成了仇人,一捧了书就要打瞌睡。白天睡足了,晚上会失眠的。第二种呢?倒也干脆,就是买一瓶安眠药水来,喝上一饱，死了拉倒，活了找不着刺激，又办不了什么事。哈哈！这到底是笑话，你不要害怕。我还有个第三条路，便是让内人自己上菜市，买了一点小菜回来烧着吃午饭，请你先一两小时来摆摆龙门阵。然后喝一两杯大曲，吃着干烧鲫鱼、椿芽炒蛋和蒜苗炒腊肉，饭后并请你和我们设计，下午怎样消遣？你若不来，那些小菜我吃不了事小，这大半天日子怎么过去呢？真不是假话，我欣慕门外山脚下打石头的那些石工，早上便来工作，晚上时洗脚睡觉，他绝不发愁这日子不容易过去。宇宙待我很好，我太对不起宇宙。问题越说越远了，但实际些，还是望你看到信就来，即请早安。弟吴士干拜手。

我看到了这封信，不由得大笑了一阵。一个失业的人，穷极无聊因而要自杀，那是可能的。一个有职业的人，而且收入相当宽裕，也要无聊得自杀，社会上的事就不容易让人揣测了。然而这吴先生需要我去谈天，也就情见乎词。我只得把要做的事停止，前去访问他。

他所住的一幢上海弄堂式房子，上下三层楼，自然带有卫生设备。而最妙的，便是上海弄堂式房子，由后门进出的习惯，这里也有了。虽然他这幢房子，大门对了弄堂的空旷所在，然而他家还是由后门进厨房，转到客堂间的后面去上楼。

我转过了厨房，就听到前面客堂间，劈劈啪啪一阵搬弄麻将的声音。这楼下是另外一户人家，我不便去探望。上了楼梯口，我叫了一声士干，他就在房子里笑着答道："请进，请进，我已经等久了。"我走进屋子里去，见士干穿了西服，踏着拖鞋，架腿坐在布沙发上，两手捧了一张报看。他桌上也放了一张报，在社论栏里，看到密密层层地圈上好几行圈圈。我笑道："士干，你真是我们新闻记者一个好友，连社论都过细地看过了。"士干放下了报，站起来笑道："你所说是极端的相反，大概我有事的时候，几天都少看报，至多是看看题目。到了我没有事的时候，不但是社论，广告我也看的。这对新闻记者无干。今天这张报上的社论，我就看过了三遍，最后我用墨笔把说理动人的句子圈点了起来。其实我对这国家大事，倒不那样操心，只是太太带老妈子买小菜去了，让我等得太无聊。"说着，打开抽屉,取出纸烟听来敬烟。他又呵了一声道:"你戒了纸烟,还是抽一支吧,不抽烟岂不更无聊?"我笑着让他坐下,问道:"你怎么老说无聊的话?以前你太太没来,你一个人住在旅馆里,你说无聊,还情有可原,现在……"

士干和我排坐着的,他伸手按住我的手,把头就过来,对我耳边低声道:"现在我感到太太没来以前,比如今舒服多了。我回来了,她天天照例是不在家,而……"他没有说完,笑着摇摇头。我笑道:"总是在外面打牌,而你又不能劝阻她吗?"士干笑道:"还不光是这个。消费方面,也感到家在故乡和家在重庆,有十与一之比。假使太太在故乡没有来,我每月寄百十元钱回去,家里要过极舒服的日子。现在重庆这个家,每月是一千五百元到两千元钱的开支,家里老太太,按月还要寄百十元去。加上各种应酬,简直不堪想象,原来是在南京积蓄的几个存款,带到重庆来,按月补贴早用光了,这次过年,不是武公送我二千番,就是个大问题。"我笑道:"你倒有这老上司帮忙,好在他们也不在乎。"士干道:"不在乎?现在除了两种人,靠俸给生活的人,谁不是贴本?武公的就每月由八千贴到两万。"我道:"你说的两种人,是哪两种人呢?"

士干还没有答复我的话,只听到一阵高跟鞋声,吴太太掀着门帘子进来了。她虽然是三十以上的人,化起妆来还是很摩登的。新烫的卷云头,每个云钩式的头发,都是乌光的。在蓝布罩衫外沿露出里面红绸长袍。她笑道:"呵,张先生来了。我上菜市去的,身上弄得脏死了。"其实,她那件罩衫,不但干净,而且还没有一点皱纹,我已知道她说脏死了,是指着穿布衣而言的。我笑道:"吴太太亲自上菜市买菜请客,至少,恐怕弄脏了丝袜子,真是不敢当。"

吴太太在烟听子取一支烟卷吸着,吴先生擦了火柴燃着。吴太太喷出一口烟来,笑着摇摇头道:"丝袜子穿不起,不怎么好的,也要廿块钱以上了。张先生有朋友从香港来没有,代我们带一点东西来。"我笑道:"半天云里飞来飞去的朋友,我不大多。"此时楼下有人高叫着吴太太。她向士干笑道:"你看,我一说话,把事情忘记了,你下去替我打几牌,我去烧小菜。"士干笑道:"岂有此理?我去打牌,你去烧菜,把来宾撒在这里独坐吗?"吴太太道:"张先生当然可以去看牌。"士干道:

"人家可不像我们这样一对赌鬼。"我笑着欠身道:"吴太太还是去治公,我和士干聊聊天。府上不是有一位下江娘姨吗?她足可胜任去烧小菜的。"吴太太笑道:"可是可以做的,不过一两样菜,还是我自己动手放心些。"她正在考虑这问题,楼底下又在高声叫着吴太太,她来不及说,径自下楼去了。

士干摇摇头笑道:"真是没办法。可是也难怪她,两个孩子都没有带出来,这里又很少亲戚来往,除了打牌,没有什么来消磨时间。她曾一度兴奋着要去找职业,可是说起薪水来,总不过百余元,又鼓励不起她的兴趣。再说,住的这个地方不好,前前后后十几幢房子,几乎每家都有一副麻雀牌留着消遣。只要少了牌友,彼此都有凑角的义务。不然,你下次约人,人家不来。纵然不打算约人,女太太最讲面子。人家约着来了,不去不好意思。所以太太们的雀战,也是个骑虎难下之势,自己想不来,而邻居来约了,只有去。除非输得太多了,牌友存一番恻隐之心,说是某太太输得太多,不必约她吧。然而输了又需要捞本,所以在许多原因之下,是成天成夜地打牌了。"

说话时,她家的下江娘姨,走来倒茶,只是微笑。士干道:"你笑什么?这还不是真情?现在找老妈子,她第一件事,就要问太太打牌不打牌。太太打牌的话,少要两块工钱也干。平均每日分五毛钱头钱,一个月也分十五块钱呢。"娘姨站在一边微笑,等他把牌经说完了,笑问道:"太太买了好新鲜鲫鱼,怎样做呢?"士干笑道:"新鲜鲫鱼罢了,还要加个好字。"娘姨笑道:"很大,总有半斤重一条。"我道:"价钱可观吧?"娘姨道:"平常有七八块钱,可以买到了,今天礼拜恐怕要对倍。"我听了这话,不觉身子向上一升,望了她。她点点头道:"真的,我不撒谎。"我向士干笑道:"在下江,我们餐餐吃鱼,有时真吃得腻了,何必花这么大的价钱买鱼吃?"士干道:"在南京,在汉口,我们对于鱼并不感得很大的兴趣,可是到了重庆,就非常地想吃鱼。每个星期日,同事要到我家里来吃家乡小菜,这鱼就是不可少的一样。我想鱼价之高,也许是下江人好吃,把它抬起来的。"

那娘姨静静地站在一边,手提开水壶,直等他吩咐鱼要怎样吃,不料他老是说。士干想过来了,因笑道:"我想喝点鱼汤,就是萝卜丝煮鲫鱼罢。"娘姨道:"有火腿炖鸭子。"他笑道:"我提调不来,干脆你去问太太吧。"

娘姨去了,我笑道:"你的菜,办得这样丰盛,不是小菜,而是大菜了。"士干道:"在重庆有家眷的旅客,每个星期日,对于同事,有这种义务。好在这并不花我主人的钱,来宾是自吃自。"我道:"原来是摊公分,我该摊多少呢?"士干将手掌连连摇着,笑道:"非也。无家眷的同事,不能不找一个地方打牌。打牌,无不抽头之理。难道主人还能干收头钱吗?就把这个来垫补小菜钱了。平常打二十圈牌,大概可以抽百十块钱头子,除了开销佣人和买纸烟,吃一顿,我还赚一点钱,吃两顿,我便蚀本,牵长补短,每月倒不因此增加什么负担。负担在自己凑角而又每场必输。"我笑道:"你贤伉俪,都是此中能手,何至于场场输?"士干道:"这有一个原因的。输了自然是输了。赢了呢?越觉得这是意外财喜,并不拿去抵偿往日所输的,更不会留着将来去输。太太拿着胜利品,一定是去商场或百货公司,钱多则买衣料,钱少则买香皂手巾,或卤菜。我呢,也不会留在身上,到街上买点零碎。巧呢,遇着三朋四友吃顿小馆子。因此,往往赢拾块钱,反要花六七十元。所以输了是输,赢了也是输,岂不是场场输?这赌钱废时旷日,劳民伤财,甚至伤了朋友们的和气,实在不成其为娱乐。今天我要你来聊天,就想躲开这一场赌。"

一言未了,早听到楼梯上一阵皮鞋响。有人大声笑道:"为什么躲开这场赌?我们老远地跑了来凑这个局面,主人翁不赏脸吗?"随着这话,进来三个中年人。一个穿西装,两个穿青呢中山服,外面套着细呢大衣。在重庆,这是一种生活优裕者的表现。士干和我介绍着,全是他的同事。穿西装的叫熊守礼,两个穿青呢中山服的,叫牛有廉、马知耻。他们见我穿一件破旧的蓝布褂,不怎么和我应酬,也不介意。

熊守礼在茶几上烟听子里取出一支纸烟,塞在嘴角上,两脚提了两服裤脚管,人向沙发上一倒,坐了下去,然后擦火柴点着烟,喷出口烟来,表示得意,接着道:"昨晚吃醉了,现在还没有醒过来。"士干道:"哪里有应酬,会把你酒坛子灌醉了?"熊守礼笑道:"没有女人的地方,我是不会醉的。昨晚在花……"他说到这里,突然将手捂住了嘴,笑着低声道,"你太太在哪里?"士干笑道:"没关系,在楼下打牌。你们的行动,她也管不着。"熊守礼道:"自然是管不着,可是我们在这里信口胡说,有引诱人家先生之嫌。"马知耻将放在沙发上的报纸拿起来看了一看,笑道:"一天到晚,也不知忙些什么,今天连报都没有看。"牛有廉将手敲了茶几道:"不谈闲话,老吴,我们正为找你而来,你的意思怎么样?"士干笑道:"你看,一大早我太太已经让邻居拖了去凑角了,现在我自己家里又要凑角,这未免不像话。我买了真的茅台,大家在这里喝两杯,饭后我们再找个地方去消遣。"熊守礼道:"哪个上午喝酒?"士干道:"我今天实在不愿打牌,无论三位做什么事,我都愿意奉陪。"马知耻道:"报上登着话剧的广告,我们看话剧去。"熊有礼连连摇着头道:"要说赏鉴艺术,我根本不懂。要说去听宣传,这一套,我们比演戏剧的还知道得更多。"士干笑道:"他这个人未免太煞风景。"

牛有廉突然站起来,将挂在衣架上的帽子拿在手上道:"若是不打牌,我看看几位朋友谈天去。"士干道:"我不是你的朋友吗?谈天我不会吗?何必另去找人?"有廉道:"你是有家有太太的朋友,不陪你没有关系。有一班朋友,重庆没有家眷,住在旅馆里,星期日这一天万分无聊,就希望朋友去谈天。我们喝一壶茶,抽几支纸烟,彼此都混过去半天,自己方便与人方便。"士干道:"虽然都强调无聊,可是也没有意义。"马知耻一拍腿道:"不,谈天很有意义。我告诉你一件事。我有几个朋友,每逢星期在一处谈天,结果,就合资囤了两千元的东西。其初,当然是好玩。看看摆的龙门阵,对与不对,就是把本蚀光了,好在也不过每人几百元。不想过了两个星期,竟差不多获了三分之一的利息。于是他们继续往下干,现在已经凑合了一个小公司了。拿薪俸过日子的人,不做一点买卖,真是不行。"士干拍了手笑道:"来来来,我们立刻开一个兼营商业座谈会,我们来找一个题目谈谈,也许谈出什么办法来。靠薪水过日子,现在总是感到不够,实在该想个生财之道。"口里说着,两手掌互相搓着,似乎很急于这个座谈会的成功。

我坐在一边,也就很想听听这些先生们的商业眼光。就在这时,门外有人问道:"吴公馆是这里吗?"士干迎出去,接了一封信进来笑道:"你们不用发愁没法子消遣,现在消遣的法子来了。"说着,抽出信纸,两手捧了念道:

八十一梦

天气渐长,又逢星期,怎样得过,真是问题。来了二友,牌瘾来兮,连我在内,三个差一,若是好友,快来救急。

两浑

熊守礼笑道:"那里三差一,看这信的口气,是牟国忠来的。"士干笑道:"除了他,还有谁呢?他每次差角,就到这里来拉我,若是不去,一定他要发脾气。现在好了,有三位在此,可以随便去一位。"马知耻笑道:"那更属不妥。我们现成的局面还凑不起来,若是走掉一个人,这里反成了三差一的局势,那又叫谁到我们这里来凑呢?"士干笑道:"我今天实在不能奉陪啰,我老早约了这位张先生到这里来谈天的。"

我听说,只好站起来道:"假使为了我在这里,拆散了各位的牌局,那我就先行告辞。"他们正为了这牌局之成否,犹豫不定,那个送信的人却在门外喊道:"吴先生,去不去吗?"马知耻将手平伸,作个围拢人的样子,口里连道:"都去都去,好久没有打扑克,我们到老牟家里凑一桌扑克去。老吴,你对这个不感兴趣吗?"士干笑道:"打扑克,你们说一句就是了,也不打听打听扑克牌什么价钱?前一星期,已经涨到八十块钱一副。打起来不怎么讲究,至少也要买两副扑克牌。这是一个小录事的一月薪水了。"马知耻道:"要是这样说,我们什么都不能干了。这是当录事的一个月薪水,岂不是当勤务的两个月薪水了吗?"士干道:"你外行,你外行,当录事的怎样能和当勤务的打比?"

一言未了,一阵高跟鞋子响,吴太太跑进房来了,看到大家站着,便笑道:"怎么大家都要走了?不打牌?"熊有礼两手一拍道:"你们先生不来,我有什么法子?"吴太太笑道:"没有这个道理,诸位特意地来了,让诸位失望回去。士干不来,我来我来。"士干道:"楼底下那桌牌怎么办呢?"吴太太道:"只有这四圈了,我请了一个替工。"士干透着这太不像话,回过头来向我望着笑道:"一个人打两桌牌,你所见这个新闻吗?"吴太太笑道:"你是孤陋寡闻,怎么没有?大名鼎鼎的女法学士，她一个人同时可以打四五桌牌呢。王妈，来，搭桌子。"她口里喊着，把三位来宾，一齐拦住。将送条子来的那个特使，打发走了。

女仆听到自己家里打牌，精神奋发，在楼下邀了一位同志上楼，不到十分钟，就在屋子中间把牌场面摆好。我被挤着坐在屋角落的小沙发上。虽然士干还陪着我谈话，可是他坐在他太太身后的椅子上，脸对了我道："你看罗斯福总统的和平运动，能够实现吗？"我还不曾答复呢，他回过头去，看到桌上有人和下牌来，他一拍手道："唉！太太，四个头的白板，是好东西，你怎么不吊头？"吴太太道："你知道什么，我放出了东风去，庄家和三番。"吴先生理输了，搭讪着递我一支纸烟，我笑道："我还是没有开禁，依然戒着纸烟。"他自己擦了火柴点着烟抽了，笑道："东战场现在我们打稳定了。我们的游击队，有时可以打到上海附近去。"吴太太回过头来道："士干你来看看我这手牌怎样地打？"吴先生便抽着烟向太太怀里的牌看，实行参谋职责。我看到这种情形，吴先生实在不能安心陪客，倒不必徒然在此打搅，便向他道："我到街上买一点东西去，回头再来。"吴太太听说，回过头来道："不打牌，看几牌又有什么要紧呢？打过这四圈，我们就吃午饭了。"我道："我在街上遛一遛再来吧。"说到这里，也不再等主人翁的许可，我就戴着帽子走出来。有牌牵连住了的人，他是不会怎样客气的。吴先生送我到楼口，也只说得回头要来，并不强留。

我走上大街，抬头一看，正是一个阴雾天，在人家空档里去看半空里的山头，都像画家用淡墨在旧纸上勾的一点影子，轮廓不清，街两旁店家都明上了电灯，街上湿黏黏的，似乎洒过一阵细雨。唯其如此，街上走路的人挤成了群，街中心的人力车延长着一条龙似的飞跑过去站，汽车边站着等公共汽车的人就有几百人。越是这种情形，我越不敢坐车子，只在人行路靠里，缓缓地走着。

忽然后面有人叫道："老张，我陪你一路走。"我回头看时，士干穿了漂亮的皮鞋，追上来了。他道："预备的那些菜，中午来不及做好，改了晚上吃了，我们出来吃小馆子。"我道："你太客气了。家里有人打牌，自己又出来陪朋友吃馆子。"士干道："这种情形就太多了。自己和朋友订了约会，就不能不去，而家中有三位朋

八十一梦

友来凑一桌牌,又不得不打。这样也好,让这些找牌打的友人,以后少到我家里来两次。我们早一点到馆子里去,去晚了,怕没有座位。"于是我们先走进一爿改良的川菜馆子去。可是,不用我们上楼,只在楼口上,就看到拥挤着一群进退狼狈的男女。出得店来,我们改向一家平津馆子去。

这里究竟是北方人的作风,进门一个小柜台,里面坐着一位戴瓜皮帽穿青布马褂的账房先生,他满脸笑容地站起来,迎着比我们先进去一步的三位女士道:"您啦,真对不起,没有座位了。"士干回头向我一笑。我道:"我有一个见解,这种中式的菜馆子,一定满是人。那上等馆子,价钱太贵,下等馆子,有些人不屑去,或者还有办法。"士干对于我这个提议,却也赞同,但他不好意思先引我到下等馆子里去,便走一上等馆子来,像我们两人,不能去找雅座房间,自然是先到小吃部去。

这里一间大敞厅,约莫有二十副座头,除了每桌都有人坐着而外,有好几副座边上,都站着人等缺,弄得送菜送饭的茶房,一手捧碗,一手挡着,侧了身子走。这还是初春天气,每个茶房额角上的汗珠子,豌豆般大,滚将下来。进门的账桌边,就立有夫妇两个。只看这位夫人穿了灰鼠大衣,脸上涂得红红的,两只耳朵上,挂了两个大银圈圈,一阵阵香气,向我们鼻子送来,十分摩登。在那位先生之后还有穿青呢中山服的汉子,夹了大皮包。在这一点上看起来,当然是一位大阔人。除为了吃馆子,要他站着等候人吃饭,那岂是可能的事?士干向我笑道:"这又不行了怎么办?"我先走出大门来,然后笑道:"我的判断错误。我以为向来吃大馆子贵东西的人少,想不到大馆子比中式馆子还挤。那么,我们找最小的馆子吃去吧。"

于是又碰了两回壁,最后还是在大街里面巷子口上,找到一爿纯粹旧式川菜馆子。店里说是楼上有地方,及至上得楼来,也仅仅靠窗户有一张小桌子空着。但我一看那桌面油腻的,想到这里做出来的东西,是不会怎样干净。一个感觉如此,第二感觉立刻发生,索性对全楼观察一下,这楼板就是潮湿着带一层黑泥。左右两堵墙边,虽都摆了一个粗瓷痰盂,但盂子的脏水和纸片,都齐了盂口,而楼板上还有几块浓痰。我实在不能来连累请客的士干再跑了,就眼不见为净,面朝着外坐了。士干也觉这地方不怎么舒服，胡乱要了两菜一汤吃饭，为了其中有一碗炒鸡丁与牛肉，开账来竟是三十三元七角，给茶房七张五元钞，连小费还嫌少呢。茶房送上一粗碗冷水和两条灰色的手巾把来，手巾上腾着热气把汗臭味送过来。我们都不愿领教，要了几块擦碗筷的方纸，将嘴抹抹，便出来了。士干道："这吃得太不痛快，我们看电影去吧，也好出出这口闷气。现在一点钟，两点半钟这场的票子，总可以买到的。"

我对于这提议，也无可无不可。不料到了电影院门口，那一块六尺长方的"客满"大字牌子，已横立到马路边上来。士干道："什么？开映电影还一个多钟头，就客满了，难道这些人坐在里面静等着吗？我不愿回去了，回去就是坐牌桌子边看牌，太让人意气消沉了。前面一家戏园子演话剧，我们看话剧吧。"

话剧是三点钟开演，也许有位子。我对于他不回去看打牌这一点表示同情，便又随着他再走一个剧院，到了那门口，见沿台阶一直到马路上，都站满着男女顾客。门口墙上，悬着两块黑牌，上写白粉字：今天日晚两场票均售完，诸君原谅。士干道："好哇，索性连晚场都满座了。老张，你和我出一个主意，让我躲避今日下午这一场牌局。"我道："到郊外走走，好吗？"士干道："天气这样坏，什么意思，而且我们用什么交通工具坐到郊外去呢？"这话是对了，要到郊外去，除非运动自己两只脚，像士干这种身份的人，不会轻轻松松走三里路。

我们在街上人行路上走着，还考虑着这消遣的问题，在一问一答之间，常是让走路人把我们挤开了。士干把我拉到一块空隙地方站住，因道："你的意思要我遛遛大街。你看街上这些人，许可我们慢慢遛吗？我们到公园里坐茶馆去好不好？"我笑着望了他，他道："明知无聊，但我要避开家里的牌局，我总得在外面混半天。"

由了他这话，于是我们又走到公园里去，那山坡上不多的几棵树，虽稀疏地生长了一点嫩叶芽，而这阴暗的天气，风吹到脸上，还很有一点凉意，这似乎还不是个坐茶亭的时候，可是站在山坡路上，老远向茶棚里看去，见里里外外，全是人影晃动，哄哄说话声。我便站住了脚笑道："不必过去了，这里也是客满。"士干笑着,依然地向前走着。看时,果然茶亭里外,除了桌子茶几不算,靠栏站一带椅子,也没有一张是空的。士干见一个茶房提着开水壶在座位中间来往着,一把将他拉住,因问道:"我问你一句话,你们这里还有茶碗没有?"茶房愕然,望了他道:"茶碗怎么会没有?"士干道:"有茶碗就好办,你随便给我们两个人先拼两个座位。若连茶碗也没有了,那我们只好再作打算。"茶房这才明白了他的意思,转着头四处张望了一下,指着亭子角上道:"那里还可以加两个凳子。"随了他这一指,有人在茶座丛中站了起来,高抬一只手,在人头上向这边招了几招。士干笑道:"老柳在这里,有办法了。"

这老柳是彼此的朋友,他长一脸的大麻子,终年穿着破皮鞋和蹩脚西装,另成一种形态。但他极会说笑话,索性取号柳敬亭别号麻子。因为他这样取号了,我们倒不好叫麻子,就叫他老柳。老柳笑道:"这里来吧,我们正欠着两个股东呢。"我们顺了他的招呼走过去,见那里三位陪着他,也都是士干的老友。我们挤了坐下,以为加入股份,是加入吃茶股份,就没有接着向下说这话。老柳便向士干道:"加入股子的话,你怎么不搭腔,难道你另外有什么好买卖可做吗?"他道:"我有什么买卖?你说得我莫名其妙。"老柳道:"你真不懂的话,我就来告诉你。"说着,将食指沾着茶,在桌面上写了两个字道,"我们这个,组织了一个公司,借了这点力量。"说着他又在桌面上写了四个字,笑道,"大批的运着甜的咸的向下跑,船也不空回来,运着穿的用的这样来回一次,就是一二百万呢。因为这样一来我们要弄点外快,谁也不能拦阻。我们现在知道,这样东西。"说着又将茶水写了几个字,笑道,"不久的将来是又要涨钱的。因为这一点计划,还没有发表出来,社会上是不知道的,趁此我们把货买二三百件到手上,就派它每件只涨在百元以下,我敢说十天半月之后,我们可以弄到三四个月的生活费。我们商议两日,计划完全定了,就是定金方面,我们还差一二千元,想加入两个股子,而你对某方面又是有办法的,正说着你呢,所以看你来了,我们欢迎之至。"

士干听了他这一篇话,立刻满脸是笑,两眉连闪了几下,回头倒向我问道:"老张,你看这事我能干吗?"说着,伸手搔搔头发。我笑道:"将本求利,有什么不能干？若说到身份上去，你们的头儿大买卖也干了，你们作他这千分之一的小买卖，有什么不能干？不过老柳说的这些话，我还不大懂。就依你们的计划，这些货物，总也要六七万元的资本。多少钱一股呢？怎么加入两股只要千元？"老柳笑道："你只会提起笔来写得天花乱坠，说到实际来，你怎么会知道？我们订货，是在公的大的数目上，搭小的数目，并不须先付货款，只向出货的方面，凭某种力量说这么一句话，到了货卖出去了的时候，将人家的钱去提货就得。"我昂颈想了一想，点头笑道："我明白了，我明白了，这是什么将本求利，这是因势求利罢了。"老柳笑道："不管是将什么求利，但我们是规规矩矩做生意。我们卖出去的货照市价，当然不多赚老百姓一个钱，这绝不能说是犯法。而况……"我笑着摇摇手道："你急什么，我也并没有说你犯法。"

　　说到这里，老柳似乎有点气馁，他在身上取出纸烟盒子来，张罗着将纸烟敬了一遍客。他在口角里衔着烟卷，偏了头做个沉吟的样子，约五分钟，突然将桌子一拍道："星期害死人。"我虽知道他这是王顾左右而言他的玩意，但这句话是惊人之作，不由我不问他一声。我道："人人都望星期，怎么你说星期害死人呢？"老柳又用手指蘸了茶水，在桌上写了几个字道："今天早上，有人要把这么两件存货出卖，十二点钟以前需要现款。这虽是两件货，可要五千多块钱成交，今天是星期，银行不办公，我无法可想。但我知道，这货到手，至多搁三天，可以赚一千块钱，眼见一只鸭子要煮熟了，却让它飞去，岂不可惜？便约了那人十一点钟等我回信，自坐了一乘人力车，把上下半城跑了一个遍，找了七八位朋友商量这件事。究竟五千元的数目，不容易凑合，跑一头的汗，分文无着。我还存一点私心，想把这生意拖延一日，到了星期一，我和银行里朋友合作就有办法了。可是见着这位朋友时，他已经把货物卖给一个江苏人，五千五百元成交。我白瞪眼，把脸皮都急红了。那位江苏人，倒有点过意不去，请着我到西餐馆子里吃了一顿西餐，用去他百十元，又买了一听纸烟送我。"我道："他何必这样客气呢？这一笔生意，他也许是蚀本买卖，为什么他倒先请客？"老柳笑道："这江苏人是个生意经，他是找好了受主，才去把货买下的。在人家那里领了下来的是六千二百元，买货拿出去五千五百元,一转手就赚了七百元。"我笑道:"老柳,你怎么就有许多奇遇?"老柳笑道:"这无所谓奇,更不是遇,只要你肯跑腿,肯与市侩为伍,就可以发小财,因为在物价涨落方面,我总比普通商人要知道早两三天,买进卖出一下,就可以赚一笔钱。我举一个例,我断定了在三天之内,火柴要涨价,假如你不嫌麻烦,今天就买三五百块钱火柴,在家里囤着,一个星期之内,我保险你赚百十块钱。可是你要嫌着在市场里挤进挤出,有失书生本色,那就没有办法。有眼光,在重庆市上,极容易混。只要一千元资本,每星期囤一次货,出一次货,每月准可以赚一位简任秘书的薪水。一千块钱日用品,并没有好多,一不占地位,二不难搬,三也不难收集。就说火柴吧,老张,假使你有点兴致,我们马上凑你一百块钱,到纸烟摊子上零收一批货试试。现在市价,零卖是九毛一包,一百块钱火柴,也不过一大网篮。你把这篮火柴摆在家里不要动。一星期之后,我出一百二十块钱向你收买,只要你肯。"

他这一篇话,侃侃而谈,不但我们这一桌人听出了神,就连左右隔壁两桌下江朋友,都停止了谈话,来听他的。我笑道:"你这话自然头头是道,但问题的关键,是你何以敢断定火柴会在三天以内涨价?"老柳见两旁有人注意他,微笑了一笑。士干笑道:"你听他信口胡说。他有办法,身上还穿的是这套蹩脚西装?"这句话让老柳激动了,满脸个个麻子眼里,都透出了红色,头一偏道:"我要胡说,你砍我的脑袋当尿壶。"说完,将指头蘸着茶水,写了两个字道:"他们的后台老板,你们知道吧?他们以五百万元的款子,在做贩卖日用品的生意。"说着,将写的几个字抹了,又写了字道:"这是我的熟人,他是走什么路子,大家也知道。自昨天起,开始囤火柴,已经囤了这多草字头了。"随了这话,他很快地在桌上写了两个数目字。

士干对于这种议论,似乎有一点戒心,便将眼睛望了他,学一句北平土话道:"你不怕捣娄子?"老柳笑道:"捣什么娄子?做买卖也不是犯罪的事。我想起一个故事来了。当年张作霖当大元帅的时候,公开对僚属演说,'不错,我有钱。但是我的钱,是做大豆生意换来的'。究竟这种人痛快。于今的人……"忽然有人叫道:"老柳,你在这里,哪里找不到你。"

看时,见一个穿西服的人,胁下夹了新旧二三十本书走过来,老柳一介绍,是某会的秘书黄君。我们这里，又挤下一个座位，添了一碗茶。他把书放在桌上，大家分着翻翻，有幽默杂志，有电影杂志，有《译文》杂志，此外有两套一折八扣书，一是《红楼梦》，一是《三国演义》。老柳笑着将一个指头点了他道："在这些书里，可以看到老黄的闲情逸致了，何至于把《三国演义》都得拿来再翻一翻？"黄君一歪脖子道："好！你瞧不起《三国演义》？你向书摊子上去打听打听吧。三年来缺货最早的是这套书。我和朋友预先约了三个月，后来亲自跑了五次，今天才把它借到。"士干道："这种书我们还是做小孩子时候看的，现在怎么会想起来去翻翻它？"黄君笑道："原先每逢星期日，总不免到新书店里去站站书摊子，带几本杂志回家，现在我就没有这兴趣了。第一是杂志上的文章，找不到新花样。有些文章，简直是我们在办公厅里摆龙门阵说的话。第二是香港、上海来的杂志，价目太贵，一块多钱买一本小册子，只能看二十分钟。假如要杂志来消磨这个星期日，总要二十块钱才够。"

　　说着，他做鬼脸，将舌头一伸，又摇了两摇头，接着道，"三来呢？在内地印的杂志，印刷过分地欠着高明，纸又坏，手一掀就破了。我的目力不好，手又是汗手，土纸杂志于我不适宜，现在我们几个朋友专门彼此换着借书看。开始自然互换杂志，后来杂志换完了，就换一折八扣书看。不想在这里面居然找出了趣味。其实一折八扣书已经涨到照实价再加若干了，然而我们还是这样叫它，算一算比两三块钱买一本小册子便宜得多，合适的，我们也采办一点。"我笑道："黄君此论颇得我心，但是这样，未免与抗战无关。"老柳把头一昂道："与抗战无关？我觉得不做有碍抗战的举动，这就是爱国分子了，你看看这茶棚子里坐着谈天的人，谁是在干着与抗战有关的？"黄君皱了两皱眉，笑道："说句良心话，国家待我们不薄，我们真没有把什么来贡献给国家。上办公室去，无事可做，抽烟喝茶看报，至多是陪着大家开几小时的会，罚坐一回。出来了，遛马路找朋友是上等。此外是不必说了。我也不知道这些人都干着什么这样忙。今天我走了三个旅馆，两家小公馆，全没有找着人。"老柳笑道："你总算不白跑过这天了，走许多地方找朋友。"黄君笑道："我找着朋友又有什么事，还不是谈天吗？最后，我想着，总也有和我一样因没有

八十一梦

乐子而来上茶馆的,所以到这里来。不想,果然碰着了。"

话说到这里,大家已都感着无话。在高处向下俯视,见山冈下面两条马路,高亮着一批路灯。其中有一位孔君,外号老南京的,笑道:"天晚了,走吧,我们到老方家里去打八圈吧。"说着,他举着两手,伸了一个懒腰。士干向我看了一眼,笑道:"为了躲开牌局,外面跑了这一天,结局,还归到打牌上去。"老柳笑道:"老张,你认识得老方吗?虽然,他的太太,你一定认得!"我笑道:"你不像话。"老南京低声笑道:"真的,老柳的话没有错。"说着,把脑袋伸到桌子中心,将话报告给大家。他道:"此公是秦淮睥睨一世的歌女。"老柳笑道:"可是不说破,见了面,谁都不认识她。也不过三十岁吧,不想老实到那个样子,脸黄黄的也不抹胭脂粉,总穿件蓝布大褂,除了上小菜场买小菜,绝不离开先生一人出门,有道是浪子回头金不换。"他说着,将手敲了桌沿,表示击节赞美之意。老南京道:"老方倒很大方,并不讳言以往的事,太太虽不出门,二三规矩朋友到他家打小牌,倒是欢迎的。因为太太哪里不敢去,在家也太无聊了。"士干听了这话,不觉兴奋起来道:"你们说的这位方兄,我也认识的,他竟有此艳福。我知道,他家去此不远,拜访他去。我真想着南京,见见熟人也好。"老南京道:"去,我们奉陪。但是要凑一位牌角的话,你可不能推辞。"士干笑道:"去了再说吧。"

于是茶座上人,因了这话,分作两部分,一部分另找办法,一部分去访秦淮河上睥睨一世的人物。我不认识这位方先生,当然不能去。去的是老南京、老柳和士干,加上主人翁,正好一桌牌。走出茶亭,士干向我笑道:"你也无事,到我家里吃晚饭去。"我听他的口音,简直是不想回家吃饭了,因道:"我没有星期,本来是抽空陪你,现在该回家了。"于是先走过分岔路去。隔了一丛短树篱笆,听到士干问:"他们家打多大的?"老南京道:"消遣消遣,至多小二四。"笑音不断渐渐远了。士干躲了一天的牌局,是不是会去打牌呢?这就非我外行所能知了。

第三十六梦　天堂之游

身子飘飘荡荡的,我不知是坐着船还是坐着汽车。然而我定睛细看,全不是,脚下踏着一块云,不由自主地,尽管向前直飞。我想起来,仿佛八九岁的时候,瞒着先生看《西游记》,我学会了驾云,多年没有使用这道术,现在竟是不招自来了。我本没有打算到哪里去,既是踏上了云头,却也不妨向欧洲一行,看看英德在北海的海空大战。于是手里掐着诀,口喝一声:"疾!"施起催云法来。糟了,我年久法疏,催着云向前,不知怎么弄错了,云只管高飞。我待改正我的航线时,抬头一看,只见云雾缥缈之中,霞光万道,瑞气千条,现出一座八角琉璃的楼阁。楼前竖立着一块直匾,金字辉煌,大书"南天门"。咦!我心想,乱打乱撞,跑到天上来了。上天堂是人生极难得的事,到了这里,这个机会不能错过,便索性催了云向前去。

到了南天门,云消雾散,豁然开朗,现出一块大地,夹道洋槐和法国梧桐罩着下面一条柏油路,流线型的汽车,如穿梭一般地走着。"天上也跑汽车?"我正这样奇怪着,不知不觉下了云端,踏上大地,但我要向南天门走去,势必穿过马路中心的一片广场,无如这汽车一辆跟着一辆跑,就像一条长龙在地面上跑,哪里有空隙让我钻过去?我站着停了一停脚,只见广场中间,树立了一具大铁架,高约十丈。在铁架中间,嵌着铁条支的大字,漆了红漆,那字由上至下,共是八个,乃是"一滴汽油一滴脂膏"。我想究竟神仙比人爽直,这一滴汽油一滴血的口号,他们简直说明了血是人民的脂膏。但血字天上也用的,就是路边汽车速度限制牌下,另立了一张标语牌,上写"滚着先烈的血迹前进"。这标语奇怪却罢了,怎么有"先烈"字样?难道天上也起了革命?我对于所见,几乎至蚂蚁之微,觉得都有一种待研究的价值。

忽然有一只巴掌按住我的肩膀,问道:"你是哪里来的?要到哪里去?"我回

八十一梦

头看时,是位身材高大的警察,我望了他,还没有答复,他又道:"你是一个凡人,你凡人为什么到天上来?"我对于他这一问,当然答复不出来,根本我就是无所谓而来的。警察道:"那很好,我们邓天君,正要找个凡人问问凡间的事情呢。"说着,带了我走进南天门,向门旁一幢立体式的洋房子里走去。

在那门框的大理石上,横刻了一行很大的英文,乃是"Police Office"。这英文字我算认得,译出汉字来是警察署。天上应该有天文,而我所来的,是管辖中国的一块天,据我寸见,应该用汉文。不然,为什么天上都说汉话呢?但周围找了一遍,除了这块英文招牌,实在没有其他匾牌。无疑的,我是被带到了警察署。好在我自问也并没有什么罪,且随了警察走进去。这立体式的洋房里面,一切都是欧化的布置,那巡警带我乘着电梯,上了几层楼,先引着见过巡长,坐在待审室里,自行向上司报告去了。

不多一会儿,出来两个人,很像洋式大饭店的西崽打扮,穿着两排铜纽扣的青制服,向我一鞠躬,笑道:"督办有请。"我心里又奇怪了,守南天门是几位天君,在《封神榜》《西游记》上早已得着这消息了,怎么变成了督办?且随着这位西崽走去,看督办却是何人?推开一扇玻璃的活簧门,远远看到一位穿绿呢西服的胖子,上前相迎。我不用问他姓名,我已知道他是谁。他生了一副黑脸,长嘴,大耳朵,肚皮挺了起来,正是戏台上大闹高家庄的猪八戒。

我笑道:"哦!是天蓬元帅。"我情不自禁的这一声恭维,又中了他的下怀,他伸手和我握了一握,让我在一边蓝海绒沙发上相对坐了。他笑道:"我已接了无线电,知道足下要到。"说了这句,声音低上一低,把长嘴伸到我肩上,笑道:"那批货物,请今晚三点钟运进南天门。这座天门是我把守,我不查私货,你放心运过来是了。至于要晚上运进来,那不过遮遮别人耳目,毫无关系。"他说这话,我有点不解。但我又仿佛有人托我从东海龙王那里带一批洋货来,便道:"有猪督办做主,我们的人就很放心。但是南天门过了,三十三天,只进一关,后面关卡还多呢!"猪八戒张开大嘴,哈哈大笑道:"你们凡人,究竟是凡人,死心眼儿,一点不活动。这南天门既归我管,货运到了我这里,就可以囤在堆栈里,把龙宫商标撕了,从从容容地换一套土产品商标。天上的货在天上行销,不但不要纳税,运费还可以减价呢。三十三天怎么样?九十九天也通行无阻。管货运的这个人,提起来,密斯脱张也该晓得,就是托塔天王的儿子哪吒。这两年天上布成了公路网,因为他会骑风火轮,正好利用,这交通机关的天神,你也应当联络联络。"说着,猪八戒在西装里掏出一张电报货单来看了一看,一拍大腿道,"这批羊毛可惜来晚了三天。"

我是个新闻记者,少不得乘机要探一下消息,便问道:"羊毛市价下落了吗?"猪八戒道:"虽没有大跌,却是疲下来了。你不知道,因为天上羊毛缺货,现在受着统制,改为公卖了,这货要早到三天,人会抢着收买囤积。于今大批的羊毛,由我堆栈里向人家仓库里搬,未免打眼,只好我自己囤起来了。"我笑道:"天蓬元帅调到南天门来洪福很好。"猪八戒将肚子一挺,扇了两扇大耳朵,笑道:"实不相瞒,我这样做,也事出无奈。我除了高老庄那位高夫人之外,又讨了几位新夫人。有的是董双成的姊妹班,在瑶池里出来的人,什么没见过,花得很厉害。有的是我路过南海讨的,一切是海派,家用也开支浩大。我这身体,又不离猪胎,一添儿女,便是一大群,靠几个死薪水,就是我这个大胖子,恐怕也吃不饱呢。密斯脱张远道而来,我得请请你,你说吧,愿意吃什么馆子?"我道:"那倒不必。请猪督办给我一点自由,让我满天宫都去游历一下。"猪八戒垂着脑袋想了一想,因点点头道:"这个好办。"就按着电铃,叫进一个茶房来,说是请王秘书拿一封顾问的聘书来。

茶房去了,又进来一位穿西装的少年,手里拿着整套公事,猪八戒扯着他到客厅一边,叽咕了几句。那西装秘书,就用这边写字台上现成笔墨,在公事上填了我的名字,原来这聘书连文字和签字,都早已写好了的,现在只要填上人名字就行。猪八戒笑着将公文接过,递到我手上来,笑道:"虽然这是拿空白公文填上的,但也有个分别。奉送密斯脱张这样头等的顾问,截至现在为止,还只二十四位呢。"说着,又给了我一个证章,笑道,"公事你收着吧,不会有多少地方一定要查看你的公事。你只挂上这证章,就有许多地方可去。你若要到远一些的地方去,我有车子可送你。"我笑道:"坐汽车?"随着摇了两摇头。猪八戒道:"你不要信街上贴的那些标语。我坐我自己的车子,烧我自己的汽油,干别人屁事。"我听到猪八戒这样说,分明是故意捣乱,我更不能坐他的汽车了。当时向他告辞,说是要去游历游历。猪八戒握着我的手,一直送到电梯口上来。他笑道:"假如找不到旅馆,可以到天堂银行去,那五六层楼,两个楼层都招待我的客人。"我知道住银行的招待所,比住旅馆要舒服得多,便道:"我极愿意住到那里去,请猪督办给我介绍一下。"猪八戒笑道:"何必这样费事?密斯脱张身上挂的那块证章就是介绍人。要是密斯脱张愿意住在那里的话,我们晚上还可以会面。"说着,连连将大耳朵扇了几扇,低声笑道,"许飞琼董双成晚上都到那里去玩的。"这猪八戒是著名的色中饿鬼,我倒相信了他的话。他向我高喊着谷突摆,我们分手了。

出得南天门警察署,便是最有名的一条天街。这时,我已做了天上的小官,不是凡人了,便坦然地赏鉴一切。据我看,名曰天上,其实这里的建筑,也和北平、南京差不多,只是路上来来往往的人,和凡间大为不同。有的兽头人身,有的人头兽身,虽然大半都穿了西装,但是他那举动上,各现出原形来。大概坐在汽车上的,有的是牛头象头猪头,坐在公共汽车里的人,獐头猴头,自然人头的也有一部分,但就服装上看来,人头的总透着寒酸些。

我正观望着,有一个赶着野鸡车的车夫沿着人行路溜,就向我兜揽生意,那赶车夫是著名的古装,头戴青纱头巾,身穿蓝布圆领长衣,是个须发皓白的人头。手里举着一支尺来长的大笔,当了马鞭子。车子上坐着两男一女。一个男子是狗面,一个男子是鼠头,穿了极摩登的西服。那女子是穿了银色漏纱的长旗袍,桃花人面,很有几分姿色。可是在那漏纱袍的下面,却隐隐约约地露出了一截狐狸尾巴。我原想搭坐一程,尝尝这公共马车的滋味。可是我还不曾走近马车时,便有一阵很浓厚的狐臊臭气,向人鼻子里猛袭过来。我一阵恶心上涌,几乎要猛可地吐了出来。

我站住了脚步,让这马车过去,且顺着人行路走,这就看到两个科头穿布长袍的人,拦腰系了藤条,席地而坐,仿佛像两个老道。他们面前摆了好些青草,有一个木牌子放在上面,牌上写了四个字:"奉送蕨薇"。这倒引起了我的好奇心,便向这两人看了一看,其中有一个年纪大的,须发齐胸,笼着大袖向我拱了两拱道:

"足下莫非要蕨薇？请随便拿。"我看这人道貌岸然，便回揖道："请问老先生，摆着这蕨薇在这里，是什么意思？"那人笑道："在下伯夷。"指着地面上坐的人道，"这是舍弟叔齐，终日在首阳山上采蕨薇，尽饿不了。因知此间有很多没饭吃的人，特意摊设在街头，以供同好。"我道："谨领教，难道天上还有没饭吃的人吗？"一言未了，只见一个彪形大汉，身穿儒服，头戴儒冠，腰上佩了一柄剑，肩上扛了一只米口袋，匆匆而来。到了面前向伯夷、叔齐深深两揖道："二位老先生请了，弟子是仲由。敝师今日又有陈蔡之厄，特来请让些蕨薇。"我一看，这是子路了。他说敝师有陈蔡之厄，莫非孔夫子又绝了粮？伯夷笑道："子路兄，你随便拿，可是我有一言奉告。还是那句话：'丘何为栖栖者欤？'请回复尊师，不要管天上这些闲事。做好人，说公道话，那是自找苦恼。你看，鲁仲连来了。"

说时，一个叫花子走过来，身上皂葛袍，拖一片，挂一片，披了满肩的长头发，打着赤脚，在路边一溜斜地走近。子路迎着道："连翁，如何这样狼狈？"鲁仲连摇着头道："不要提起。我遇了司马懿的那群子孙，由家里打得头破血流，滚出大门口来。我生性多事，不能不理，便劝他们，怎么不好，也是骨肉，不可动辄流血。不想这班混账东西，看我穿着一件布衣，说是我没有说话的资格。不分皂白，把我这个劝架人，饱打了一顿。"子路一听，满面通红，就去拔剑。伯夷连忙拦着道："你又多事，你先生还在家里挨饿呢。"

子路听了这话，按剑入鞘，盛了一口袋蕨薇转身就走，这倒教我为难了。我站在这里，自然可以听听三位大贤的高论，可是跟了子路走去，又可以见见先师。我是向哪里去好呢？我正犹疑着，那子路背了一口袋蕨薇，已经向大路走去。我想，纵不跟了他去，至少也当追着他问他几句话，于是情不自禁地，顺着他后影，也跟了去。约莫走有几十步路，忽然有一辆流线型的汽车，抢上前去，靠着人行路边停住。车门开了，有三个男人、两个女人下来，一齐拦着子路的去路站定。三个男子，都穿着笔挺的西装，女人自然是烫发旗袍高跟皮鞋。

子路走向前问道："各位有何见教？"最前站着的一个男子，就深深点头道："我们五人都是梁山泊义士。我是毛头星孔明，这四位是矮脚虎王英，一丈青扈三

八十一梦

娘,菜园子张青,母夜叉孙二娘。"子路听说是群强盗,先是怒目相视,随后又哈哈大笑起来,因骂道:"我骂你这伙狗男女,也不睁开你的贼眼。我随夫子到处讲道德说仁义,只落得整日饿饭,现时在伯夷、叔齐那里,讨了一些蕨薇拿回去权且度命。天上神仙府,琼瑶玉树,满眼都是,你一概不问,倒来抢我这个穷书生。但是,我仲由是不好惹的。纵然是一袋子蕨薇,也不能让你拿去,你快快滚开,莫谓吾剑不利。"孔明一鞠躬笑道:"大贤错了。我们弟兄虽然打家劫舍为生,却也知道个好歹。我们有眼无珠,也不会来抢大贤。"子路将布袋丢在地上,已提手按剑柄,要拔出来,听了这话,且按剑不动,因瞪着眼道:"既不抢我,你们拦住我的去路做什么?"孔明道:"不才亮为圣门后裔,听说先师又有陈蔡之厄,我特备了黄金万两,馒头千个……"

子路不等他说完,大喝一声道:"住口!我夫子圣门,中华盛族,人人志士,个个君子,以仁义为性命,视钱财如粪土,万姓景仰。你也敢说'圣裔'两字?你冒充姓孔,其罪一。直犯诸葛武侯之名,其罪二。在孔氏门徒面前,大言不惭,自称义士,你置我师徒于何地?其罪三。我夫子割不正不食,肯要你的赃款吗?"说毕,呛啷一声,一道银光夺目,拔出剑来。那孔明见不是头路,扭转头走了。同路的四位男女也没有多说话,抢上了汽车,呜的一声开了走。子路插剑入鞘,瞪着眼睛望了,自言自语道:"这是什么世界?"缓缓地弯下腰去,拾起那一袋子蕨薇。我见他怒气未息,就不敢再跟了他走,只好远远地站住。见先师这个机会,只好放过让他走了。

我站在路边,出了一会神,觉得"天堂"这两个字,也不过说着好听,其实这里是什么人物都有,彼此倒不必把所看到的人都估计得太高。因此我虽在路边走着,却也挺胸阔步地走。不要看这是行人道上,所有走路的人,都是人头人身。虽偶然也有两三个兽头的,杂在人堆里走,不像坐在汽车马车上那些兽头人神气。我正站着,前面有一群人拦住了去路,看时,有的是虾子头,有的螃蟹背,七手八脚,有的架梯子,有的扯绳子,忙成一团,正在横街的半空,悬上长幅横标语。我看那上面写的是:"欢迎上天进宝的四海龙王",下面写着"财神府谨制"。这在凡间，也算敷衍人情的应有故事，我也并不觉得有甚奇异之处。可是自这里起，每隔三五爿店面，横空就有一幅标语，那文字也越来越恭维。最让我看着难受的，一是"四海龙王是我们的救命菩萨"，一是"我们永不忘四海龙王送款大德"，下面索性写着"五路财神赵公明率部恭制"。这都罢了，还有百十名虾头蟹背的人，各拿了一叠五彩小标语，纷纷向各商店人家门口去张贴。上面一律写着："欢迎送钱的四海龙王"。

正忙碌着，有人大声喊起来："我的门口，我有管理权，我不贴这标语，你又奈我何？"我看时，也是一位古装老人，虽然须髯飘然，却也筋肉怒张。他面红耳赤地，将一位贴标语的虾头人推出了竹篱门。那虾头人对他倒相当地客气，鞠着躬笑道："墨先生，你应当原谅我们。我们是奉命在每家门口贴上一张标语，将来纠察队来清查，到了你府上，独没有欢迎标语，上司要说我们偷懒的。"那人道："这绝对无可通融。四海龙王不过有几个钱，并不见得有什么能耐。你们这样下身份去欢迎他，教他笑你天上人不开眼，只认得有钱的财主。我不能下这身份，我也不欢迎他的钱。我墨翟处心救世，赴汤蹈火，在所不辞，什么四海龙王，我不管那门账！"

那人正眼看我一下，这四海龙王，不过有起身的消息说到这里，许多散标语的人，都拥过来了。其中一个身背鳖甲、上顶龟头的人，将绿豆眼一翻，淡笑道："墨翟先生，你有这一番牢骚，你可以到四大天王那里去登记，他们一高兴，也许大者拨几十万款子，让你开一所工厂，少也拨一万元，让你去办一种刊物，鼓吹墨学，可也养活了你一班徒子徒孙。你在大门口和我们这无名小卒，撒的什么酸风！你的这一番话，不是打，胜于杀。"把这位墨老先生气得根根胡子直竖，跳起来骂道："你这些不带人气息的东西，也在天上瞎混，你不打听打听你墨老夫子是一个什么角色？"他这样大喊着，早惊动了在屋子里研究救国救民的徒弟，有一二十人，一齐抢了出来，这才把这群散标语的人吓跑。墨翟向那些徒弟道："我们苦心孤诣，在这里熬守了三年，倒为这些虾头鳖甲所侮辱。虽然我们苦可救世，死而无悔，但这样下去，却不生不死得难受。你们收拾行李，我即刻引你们上西天去。"于是大家

八十一梦

相率进篱笆门去了。

我在旁边看着,倒呆了。这位墨老夫子有点傻,已有两千多年了,还在谈救世。叹了一口气,我信步所之,也不辨东西南北。耳边送来一阵铮铮琵琶声,站定了脚看时,原来走到一条绿荫夹道的巷子里来了。这巷子两边,都是花砖围墙,套着成片的树林,在树叶里露出几角泥鳅瓦脊,和一抹红栏杆,乐器声音正由这里传出。我觉得糊里糊涂走着,身上乏力,脊梁上只管阵阵地向外排着汗珠,突然走到这绿巷子里来,觉得周身轻松了一阵,便站定了脚,靠着人家一堵白粉墙下,略微休息一下。

就在这时,有几位衣冠齐整的人,一个穿着长袍马褂,一个穿着西装,狗头兔耳,各有两只豺狼眼,四粒老虎牙,轻轻悄悄走了过来。在他们后面,有个人头人推着一辆太平车子,上面成堆地堆着黄白之物,只看他们那瞻前顾后的神气,恐怕不会是做好事。在我身边,有一丛蔷薇架,我就闪在树叶子里面,看他们要做什么。

就在这时,那两个狗头人,走到白粉墙下,一扇朱漆小门前,轻轻敲了两下。那门呀的一声开了,一个垂髻丫鬟,闪出半截身体来。这个穿长袍马褂的,在头上取下帽子,深深地鞠了个躬笑道:"不知道夫人起床没有?"丫鬟道:"昨夜我们公馆里有晚会,半夜方才散会,所以夫人到现时还没有起床。二位有什么事见告?"穿西装的挤上前去,也是一鞠躬,他笑道:"夫人没有起床,也不要紧,我们在门房里等一下就是。"丫鬟笑道:"门房?那里有点人样的人才可以去的。二位尊容不佳,那里去不得。"穿西装的笑道:"我们也知道。无奈我有这一车子东西,要送与夫人,不便在路上等候。"丫鬟道:"既是这样说,就请二位进园子来,在那假山石后面厕所外站站吧,别的地方是不便答应。"

我想人家送了一车子金银上门,按着狗不咬屙屎的定理说起来,这丫鬟却不该把这两个送礼的轰到厕所里去。我正犹疑着,这两位送礼人,已经推了那辆车子进去,给了三个铜钱,将那个推车子来的车夫,打发走了。就在这时,有个卖鲜花的人,挽了一篮子鲜花,送到耳门口交那丫鬟带了进去。

丫鬟关门走了。我将出来，正好遇着那个花贩子，便和他点点头，说一声请教。那人看我是个凡人，便上下打量了一番，因问道："这里不是阁下所应到的地方，莫非走错了路？"我道："我是由凡间初到天上的，糊里糊涂走来，正不知道这是哪里？"那人笑道："这地方是秦楼楚馆的地带。"我道："哦！原来如此！刚才有两个人送了一车金银到这耳门里去，那丫鬟倒要他们到厕所外面去候着，那又是什么缘故？"花贩向耳门一指道："你不问的就是这地方吗？"我点点头。他道："这是一位千古有名的懂政治的阔妓女，李师师家里。"我道："既是李师师家里，有钱的人，谁都可以去得，为什么刚才这丫鬟无礼，连门房都不许他两人去？"花贩笑道："你阁下由人间走到天上，难道这一点见识都没有？他家里既有门房，非同平常勾栏院可比。李师师是和宋徽宗谈爱情的人，她会看得上狗头狗脑的人？他们也没有这大胆子来和李师师谈交情，他那整车子黄的白的是来投资的。"

我听了这话，恍然大悟，怪不得那两个狗头称李师师做夫人了。花贩笑道："看你阁下这种样子，倒有些探险意味。在这门口，有所大巷子，那是西门庆家里。你到那里去张望张望，或者可以碰到一些新闻。"我想，这不好，到天上来要看的是神仙世界，不染一点尘俗才好，怎么这路越走越邪？但是到了这里，却也不能不顺这条路直走。

出了这巷子口，果然坐北朝南，有一所大户人家。那里白粉绘花墙，八字门楼，朱漆大门，七层白石台阶上去，门廊丈来深，四根红柱落地。在那门楼上立了一块横匾，上面大书："西门公馆"。左右配挂一副六字对联，上联是"励行礼义廉耻"，下联是"修到富贵荣华"。我大吃一惊，西门庆这样觉悟，励行"礼义廉耻"。我正犹疑着，只见一批獐头鼠目、鹰鼻鸟喙的人，个个穿了大礼服，分着左右两班，站在西门公馆大门楼下台阶上。同时，也就有一种又臭又膻的气味，随了风势，向人直扑了来。就在这时，有个小听差跑了出来，大声叫道："西门大官人，今天有十二个公司，要开股东会，没有工夫会客，各位请便，不必进去了。"这些人听了这话，大家面面相觑，作声不得。早是鸣的一声，一辆流线型的崭新汽车，由大门里冲了出来。那些在门口求见的人，在躲开汽车的一刹那中，还忘不了门联上"礼义廉

八十一梦

耻"中的那个"礼"字,早是齐齐地弯腰下去,行个九十度的鞠躬礼。那汽车回答的,可是由车后喷出一阵臭屁味的黑气来。

那车子上的人,我倒很快地看到,肥头胖脑,狐头蛇眼,活是一个不规矩的人。身上倒穿着蓝袍黑马褂,是一套礼服。我心想这是何人?由西门庆家冲出来。心里想着,口里是情不自禁喊了出来。身后忽有一个人轻轻地道:"你先生多事?"我回头看时,有一个衣服破烂的老和尚,向我笑嘻嘻地说话。我看他浑身不带禽兽形迹,又穿的是破衣服,按着我在天上这短短时间的经验,料着这一定是一位道德高尚的僧人,便施礼请教。老和尚笑道:"我是宝志,只因有点讽刺世人,被足下同业将我改为济癫和尚,形容得过于不堪。好在我释家讲个无人相,无我相,倒也不必介意。"我听说果然猜着不错,是一位高僧,便先笑了。

宝志知道我笑什么,因道:"虽然穿破衣服的不一定是志士仁人,但穿得周身华丽的,也未尝没有自好之士。好在天上有一个最平等的事,无论什么坏人,必定给你现出原形来。刚才过去的,就是西门庆。他不是小说上形容的那般风流人物了。"我道:"既然坏人都现出原形来,为什么坏人在天上都这样威风得了不得呢?"宝志笑道:"你们凡间有一句话,见怪不怪,其怪自败。天上不是这样,见怪不怪,下学上爱。"我对于"下学上爱"这四个字,还有点不大理会,偏着头沉吟一会,正待想出个道理来,那宝志便又出了他那滑稽老套,却在我肩上一拍道:"不要发呆,人人喜欢的潘金莲来了。"

我看时,一辆敞篷汽车上面坐着一个妖形女人,顾盼自如地,斜躺了身子坐在车子上。我心里也正希望着这车子走得慢一点才好,看看到底是怎么一个颠倒众生的女人。倒也天从人愿,那汽车到了我面前,便吱呀一声停住。只见潘金莲脸色一变,在汽车里站立起来,这倒让我看清楚了,她穿了一套入时的巴黎新装,前露胸脯,后露脊梁,套着漏花白绸长衣,光了双腿,踏着草鞋式的皮鞋,开了车门,跳下车来。

街心里停下车子卜来,这是什么意思?我正疑惑着,潘金莲却直奔了站在路当中指挥交通的警察。我倒明白了,这或者是问路。可是不然,她伸出玉臂,向警察脸上,就是一个巴掌劈去。警察左腮猛可地被她一掌,打得脸向右一偏。这有些凑近她的左手,她索性抬起左手来,又给他右腮一巴掌。两耳巴之后,她也没有说一个字,板着脸扭转身来,就走上车去。那汽车夫正和她一样,并未把下车打警察的事认为不寻常,开了车子就走了。

我看那警察摸摸脸腮,还是照样尽他的职守。我十分奇怪,便向宝志道:"我的佛爷,天上怎么有这样不平的事?"宝志笑道:"宇宙里怎么能平?平了就没有天地了。譬如地球是圆的,就不能平了。"这和尚故意说得牛头不对马嘴,我却是不肯撒手,追着问道:"潘金莲能够毒死亲夫,自然是位辣手。可是在这天上,她有什么……"宝志拍拍我的肩道:"你不知道西门大官人有钱吗?她丈夫现在是十家大银行的董事与行长,独资或合资开了一百二十家公司。"我道:"便是有钱,难道天上的金科玉律也可以不管?"宝志道:"亏你还是个文人,连'钱上十万可以通神'的这句话都不知道。"我笑道:"我哪算文人,我是个文丐罢了。"宝志笑道:"哦!你是求救济到天上来的,我指你一条明路。西天各佛现在办了一个普渡堂,主持的是观音大士,你到那里去哀告哀告,一定在杨枝净水之下,可以得沾些油水。"

我听了这话,不由得脸色一变,因道:"老禅师,你不要看我是一位寒酸,叱而与之,我还有所不受,你怎么教我做一个无能为力的难民,去受观音的救济?换一句话说,那也等于盂兰大会上的孤魂野鬼,未免太教斯文扫地了。"宝志将颈一扭,哈哈大笑道:"你还有这一手,怪不得你穷。我叫你到普渡堂去,也不一定教你去讨吃讨喝。这究竟是天上一个大机关,你去观光观光也好。"我笑道:"这倒使得,就烦老禅师一引。"宝志道:"那不行。我疯疯癫癫信口开河,那有口不开的阿弥陀佛,最讨厌我这种人,让我来和你找找机会看。"说着,他掐指一算,拍手笑道:"有了有了,找着极好的路线了。"说着扯了我衣袖,转上两个弯,在十字路口,一家店铺屋檐下站住。

不多一会儿,他对了一辆汽车一指。究是佛有佛法,那车子直奔我们身边走来停住。车门开了,下来一位牛头人,身着长袍褂,口衔雪茄,向宝志点头道:"和尚找我什么事,又要募捐?"宝志笑道,"不要害怕。我不是童子军,不会拦街募捐。我这里有一位凡间来的朋友,想到普渡堂去瞻仰瞻仰大士,烦你一引。"他又向我笑道:"你当然看过《西游记》,这位就是牛魔王。他的令郎红孩儿,被大士收服之后,做了莲花座前的散财童子,是大士面前第一个红人儿。你走他令尊的路子,他无论如何,不能拒绝你进门了。"我才晓得小说上形容过的事情,天上是真有,便向牛魔王一点头道:"我并不需要救济,只是要见见大士。"牛魔王笑道:"这疯和尚介绍的人,我还有什么话说? 就坐我的车子同去。"

我告别了宝志,坐着牛魔王的车子,直到普渡堂去。牛魔王在车上向我问道:"阁下希望些什么? 可以直对我说。我听说该堂在无底洞开矿,可以……"我笑道:"大王错了,我不是工程师,我是个穷书生。"牛魔王笑道:"那更好办了。该堂现办有个庵庙灯油输送委员会,替你找一个送油员当。"

说着话,车子停在一所金碧辉煌的宫殿门前。一下车就看到进进出出的人都是胖脑肥头的。他们挺着大肚子,又有一张长嘴,虽是官样,而仪表却另成一种典型。我低声问道:"这些长嘴人,都是具有广长之舌的善士吗?"牛魔王笑道:"非也! 俗言道得好,鹭鸶越吃越尖嘴。"我这才恍然,此群人之后,又有一批人由一旁小道走去,周身油水淋漓,如汗珠子一般,向地下流着。牛魔王道:"此即送油委员也。因为昼夜的在油边挡来挡去弄了这一身,油太多了,身上藏不住,所以人到哪里,油滴到哪里,阁下无意于此吗?"我向他摇摇头道:"我无法消受。我怕身上脂肪太多了,会中风的。"说着话,我们走过了几重堂皇的楼阁,走到一幢十八层水泥钢骨的洋房面前,见玻璃砖门上,有鎏金的字,上写"散财童子室"。牛魔王一来,早有一位穿着青呢制服,专一开门的童子,拉开了玻璃门让我们进去。我脚踏着尺来厚的地毯,疑心又在腾云。向屋子里一看,我的眼睛都花了。立体式的西式家具,乱嵌着金银钻石。一位西装少年,齿白唇红,至多是十四五岁,他架了腿,坐在天鹅绒的沙发上,周围站着看他颜色的人,黑胡子也有,白胡子也有,竟是西洋人也有。谁都挺直地站着,听他口讲指划,他见牛魔王来了,才站起身来相迎。牛魔王介绍着道:"这是大小儿散财童子。"又将我介绍他道,"这是志公介绍来的张君。"善财见我是疯和尚介绍来的，也微笑着点个头道："How do you do？"我瞪了两眼，不知所可，接着深深地点个头道："真对不起，我不会英语，可以用中国话交谈吗？"牛魔王道："我们都是南瞻部洲大中华原籍，当然可以说中国话。我有事，暂且离开，你们交谈吧。"

于是他走了，善财离我也在天鹅绒的沙发上坐下。我有点儿惭愧，辛苦一生，未尝坐过这样舒适的椅子。我极力地镇定着，缓缓坐了下去，总怕摩擦掉了一根毛绒。散财童子也许是对宝志和尚真有点含糊，留我坐下之后，却向那些站着的长袍短褂朋友，摇了两摇头，意思是要他们出去。我不知道他们怎么那样道法低微，受着这小孩子的颐指气使，立刻退走，而且还鞠了一个躬。

善财见屋中无人，才笑道："志公和我们是好友，有他一张名片，我也不能不招待足下，何必还须家严送了来？而且我也正要请志公出来帮忙，在盂兰大会之外，另设几个局面小些的支会。每一个支会里都有一个分会长，有十二个副分会长。每个会长之下，有九十六组，每组一个组长，一百二十四个副组长。"听了这话，不觉啊呀了一声道："好一个庞大的组织。"散财童子道："也没有多大的组织，不过容纳一两万办事人员而已。"我道："大士真是慈悲为本。这样庞大的组织，所超度的鬼魂，总有百十万。将来欧战终了，对那些战死的英魂，都周济得及。"散财童子道："那是未来的事，现在谈不到。这次超度的人数，我们预计不过一两千鬼魂而已。"

我想，小孩子到底是小孩子，纵然成仙成佛，童心是不会减少的。超度一两千鬼魂，天下倒要动员一两万天兵天将，十个人侍候一个孤魂野鬼，未免太周到了。因问道："用这么些个办事人，给不给一点车马费呢？"散财童子笑道："这也是寓周济于服务的办法，当然都有正式薪金。便是一个勤务仙童，每月也支薪水一百元。我办事认真，我酬劳也向来不薄。我打算在这些支会里，添五百名顾问，招待客卿，大概每位客卿，可以支夫马费一千二百元。这点意思，请你回复志公就是了。"

我听了这些话，我觉得这小子还是想吃唐僧肉那副狂妄姿态。说多了话，他

八十一梦

看出了我是个凡夫俗子,一脚把我踢下九霄云。我没长翅膀,又没带航空伞,知难而退吧,于是起身告辞道:"先生这番好意,在下已十分明了,我马上去答复志公,不敢多打搅。"善财起身送到门口,问道:"你要不要我派人送?飞机汽车都现成。"我自然不敢领受,道谢了一番。

走出他这个院落,心里倒有些后悔。多少凡人朝南海,睡里梦里,只想见一点观音大士的影子,我今天见着了大士寸步不离的侍卫,怎能不去拜访拜访呢?正这样踌躇,只见一辆小跑车风驰电掣,向这小院里直冲了来,恰是到我面前,便已停住。车门开了,出来一位十四五岁的小姑娘。她虽是天上神仙,却也摩登入时,头上左右梳上两个七八寸的小辫,各扎了一朵红辫花。上身穿一件背心式的粉红西服,光了两条雪白的大腿,踏着一只漏帮的红绿皮鞋。由上至下,看她总不过是一个洋娃娃之流,没有什么了不得。

我想着,这个小女孩子,怎么胡乱地向机关里撞?可是这位小姐,不但撞,真是乱起来,她周围一望,似乎是想定了心事了,然后回转身跑到汽车上去,将那喇叭一阵狂按,仿佛像凡间的紧急警报一样。这种声音,自然惊动了各方面的人前来看望。这些人里面有锦袍玉带的,有戎装佩剑的。至于身穿盔甲、手拿斧钺的天兵,自是不消说的。他们齐齐地跑了上前,围了那小女孩子打躬作揖,齐问龙女菩萨何事?我这才恍然大悟,原来是这位法力无边的女仙。若根据传说,好像她也是一位罗刹公主,至少是一员女张飞。于今看起来,却也摩登之至。

那龙女道:"什么事?你不都应该负责。我刚才在九霄酒家请客,菜做得不好也罢了,那茶房只管偷看我,这是政治没有办得好的现象。来,你们和我去拿人。"她说时,说什么"柳眉倒竖,杏眼圆睁",恰恰是一副苹果脸儿紧绷着。两条玉腿,地上乱跳。吓得文武天官,个个打颤,面面相觑。龙女喝道:"你们发什么呆?快快派了队伍跟我走。"说着,那些身披甲胄、手拿斧钺的天兵,个个把手一招,七八辆红漆的救火车,自己直逃前来。于是龙女架了小跑车在前,救火车队紧随在后,响声震地,云雾遮天,同奔了出去。

我想这一幕热闹戏,不可错过。心里一急,我那自来会的腾云法,就实行起来。手里一掐催云诀，跟着那团云雾追了上去。究竟凡人不及神仙，落后很远。我追到一片瓦砾场上，见有一个九层楼的钢骨架子还在，架子上直匾大书"九霄大酒家"。龙女的小跑车，已不知何在，那救火车队，已排列着行伍，奏凯而还。我落下云头，站在街上，望了这幢倒塌楼房，有点发呆。难道不到两分钟，他们就捣毁了这么一座酒楼？

正是沉吟着，却听到身后有微叹声，连说："天何言哉！天何言哉！"回头一看，一人身穿青袍，头戴乌纱，手拿朝笏，颇像一位下八洞神仙，他笑道："老友，你不认识我了吗？"他一说道，我才明白，是老友郝三。我惊喜过望，抓住他身上的围带道："我听说你在凉州病故了，心里十分难过，不想你已身列仙班，可喜可贺。"郝三笑道："你看看我这一身穿戴，乌烟瘴气，什么身列仙班？"我道："你这身穿着，究竟不是凡夫俗子。"郝三道："实不相瞒，玉帝念我一生革命，穷愁潦倒而死，按着天上铨叙，给了我一个言官做。在九天司命府里，当了一位灶神。"我道："那就好，孔夫子都说，宁媚于灶。俗言道得好，灶神上天，一本直奏。你那不苟且的脾气，正合做此官。不过你生前既喜喝酒，又会吟诗，直至高起兴来，将胡琴来一段反二簧。于今你做了这铁面无私的言官，你应当一切都戒绝了。魏碑还写不写呢？"郝三笑道："一切是外甥打灯笼——照旧。此地到衙门不远，去逛逛如何？还有一层，你我老友张楚萍，也做了灶神，你也应该去会会他。"我道："他虽是革命一分子，死得太早呵！论铨叙恐怕不足和你一比。"郝三道："他民国四年实行参加过胶州半岛的东北军行动，而且只有他在上海坐西牢而死，玉帝也可怜他一下。"我道："到底天上有公道。我的穷朋友，虽不得志于凡间，还可扬眉于天上。好好好，我们快快一会。"郝三道："我们在衙门面前，小酒馆很多，我们去便酌三杯。"

于是我二人一驾云，一驾阴风，转眼到了九天司命府大门前。那衙门倒不是我们凡夫俗子想的那么煤烟熏的，一般朱漆廊柱，彩画大门，在横匾上，黑大光圆，写了六个字"九天司命之府"，一笔好字。郝三笑道："老张，你看我们这块招牌如何？"我连声说好好。郝三笑道："又一个实不相瞒，这是我们的商标。我们这是

八十一梦

清苦衙门,薪俸所入,实不够开支,就靠卖卖字,卖卖文,弄几个外快糊口。敝衙门虽无他长,却是文气甚旺,诗书画三绝,天上没有任何一个机关可以比得上我们。"

说着话,我们到了一爿小酒馆里,找了一个雅座坐着。郝三一面要酒菜,一面写了一张字条去请张楚萍。我笑道:"凡间古来做言官的,都是一些翰林院,自然是诗酒风流。你们九天司命,千秋赫赫有名的天府,密迩天枢,哪里还有工夫干这斗方名士的玩意?"郝三斟上一杯酒,端起来一饮而尽,还向我照了一照杯,低声道:"我现在是无法,以我本性说,我宁可流落凡间,做一个布衣,反正是不在其位,不谋其政。于今做了一位灶神,应该善恶分明,据说密迩天枢,可是……就像方才龙女小姐那一分狂妄,我简直可以拿朝笏砍她。然而……"我道:"你既有这分正义感,为什么不奏她一本呢?"郝三将筷子夹了碟子里的炝蚶子,连连地向我指点着道:"且食蛤蜊。"

我一面陪了他吃酒,一面向屋子四周观望。见墙上柱上,全是他司命府的灶君所题或所写的,便沉吟着笑道:"我不免打一首油诗送你。司命原来是个名,乌纱情重是非轻。"一首诗未曾念完,忽听得外面有人插嘴道:"来迟了一步,你们已经先联起句来了。"随了这话,正是我那亡友张楚萍。他一般的青袍乌纱,腰围板带,较之当年穿淡蓝竹布长衫,在上海法租界里度风雨重阳,就高明得多了。

我一见之下,惊喜若狂,抓了他的衣袖,连连摇撼着道:"故人别来无恙?"楚萍两手捧了朝笏道:"依旧寒酸而已。"郝三让他坐下,先连着对干了三杯。楚萍笑道:"你刚才的那半首打油诗,不足为奇。我有灶神自嘲七律一首,说出来,请你干一杯酒吧。"便念道:

没法勤劳没法贪,斗条冷凳坐言官。明知有胆能惊世,只恐无乡可挂冠。
多拍苍蝇原痛快,一逢老虎便寒酸。吾侪巨笔今还在,写幅招牌大众看。

我笑道:"妙诗妙诗。不想一别二十年,先生油劲十足了。"楚萍笑道:"我们在司命府干了两三年,别无他长,只是写字作诗的功夫,却可与天上各机关争一日短长。"郝三笑道:"这是真话。你这次回到凡间,可以告诉凡人,以后腊月二十三日,不必用糖果供我们灶神了。反正我们善既难奏,恶也难言,吃了凡人的糖,食了天下俸禄,全无以报,真是惭愧之至。"

说到这里,大家都有些没趣。我更将话扯开来,问道:"我想起了一件事。老乡那位好友韩先生,让齐燮元骗到南京杀了,是一位先烈,现时应该在天上了。"老郝道:"他在东岳大帝手下报应司里当了一位散仙。"我道:"以先烈资格参加报应司里去,那也正合身份。只是干一名散仙,没有实权,又未免是吟风弄月一番了。"郝三笑道:"他这个散仙,倒不像我们这样自在。他们那里人常对我司命府的人说,你们也在灵霄殿上大小奏个两本才好。你们奏了本,我们才有案子可办。你们老不奏本,大佛宇宙之间就没有恶人,这报应从何而起?"我道:"既名散仙,为什么还办案?"郝三道:"也就因为散仙太没有事做,觉得不大好。于是报应司有个科律斟酌委员会,由东岳大帝发下案子来,教他们根据金科玉律,加以斟酌。可是一年之间,也没有二十件案子发下,而散仙倒有三十六天罡之数,因之每位散仙,一年只摊到办大半件案子。"我笑道:"讼庭无声,这正是政治清明之象,又何必一定要天天有案可办呢?但不知散仙一月拿多少薪俸。"楚萍道:"当散仙的人,比我们书呆子身份又要高些,每月可以拿到六百两银子。"

我听了这话,且放下杯筷,掐指一算口里念念有词,一六得六,二六一十二,因笑道:"每位散仙,一年拿七千二百两银子。以一年半办一件案子而论,那是一万零八百两银子。乖乖隆的咚,天上办案子好大的费用,我们凡间山野草县的清闲衙门,一万元至少也要办一千来件案子。"楚萍笑道:"你这是刘姥姥进大观园的看法。"郝三皱了眉笑道:"久别相逢,我们且说些个人的境遇吧。"

于是我们丢了这些天上的观念,闲谈别况,酒尽三壶,菜干五碟,大家有点醉意阑珊了。忽然酒保进来问道:"哪位是郝司命?东岳府报应司有人送信来。"郝三道:"你看,说曹操曹操就到了。"因叫酒保把送信人叫了进来。那人呈上了信,说是请回一个字条。郝三教他在外面等着,拆了信看过一看,回头将信交给我道:"让你凡夫俗子见识见识。"我接过信来看,上面写明的是:

八十一梦

　　耕仁吾兄文席：三天不见，得诗几许？弟得有瑶岛琼浆，足供一醉，未知何日命驾来寓，当扫榻以候也。兹有求者，弟顷分得一案，是大荒山土地，吞蚀山上野鸡两只情事。无论是否属实，太不值一办。然弟忝列东岳散仙，已有两年了，向上司再三要案，方得此件，若让与别人，又不知再要闲散多少时候。聊以解嘲，只得接受。而弟戎马半生，未谙法律，案子到手，又转加惶恐。盖如何斟酌，无从下手也。吾兄文章不必言矣，法律极熟，此等割鸡小事，倚属可办，尚望代为审查交下案件，为拟一处分书，以救倒悬。

　　毋任感谢。附上司交来原案一件，阅后请掷回。企候回示，即颂吟安！

　　　　　　　　　　　　　　　　　　　　　　弟复炎拜上

我笑道："韩先生急了，把以解倒悬的话都使出来了。"郝三道："一个大马关刀，痛快惯了的人，你教他咬文嚼字去弄几百几十条，当然用违其长。"说着，向酒保讨了一支笔，在信封背面写了六字：遵办遵办别急！把信笺取下，将信封交来人带去。我们继续着喝酒。我向来涓滴不尝，今天他乡遇故，未免多饮三杯，只觉脑子发胀，人前仰后合，有些坐不住。楚萍问道："老张，你预备在哪里寄宿？"我含糊地说着是天堂银行。楚萍道："你凭着什么资格，可以住到那里去？"我说是猪八戒介绍的。这两位老友听着默然，并没有说话，我也就昏昏沉沉地睡着了。醒来时，二友不见，桌上有一张纸条，还是打油诗一首：

交友怜君却友猪，天堂路上可归欤？故人便是前车鉴，莫学前车更不如！

我看了这首诗，不觉汗下如雨。你想，我还恋着如此天堂吗？

第四十八梦　在钟馗帐下

端午节来了,朋友送了一张画的钟馗来,我无意地放在桌上,妻却代为在墙上张贴起。我笑道:"卿意云何,咱们还闹这档子迷信?"她道:"一年到头,不是闹穷,就是闹病。这间茅草房里,毫无生气,你瞧这钟馗,右手拿了剑,左手指着,涌起一部连鬓胡子,直瞪了两眼,倒也和文人吐吐气。"我笑道:"此亦韩昌黎送穷之意也,姑置之。"

这样,也不知经过了多少时候,我拿了一部贾子新书看,正在有意借他人酒杯,浇自己块垒的时候,却见钟进士自墙上冉冉而下,站在椅子后面,巍然一伟丈夫也。我立刻起身相迎,深深一揖,因道:"钟先生真来了,可以说是蓬荜生辉了。"钟馗笑道:"我此来也有些三顾茅庐之意,敝处还缺少个秘书,就请不弃粗陋,一同前去。"我失惊道:"无论小子怎样狂妄,也不敢到锦心绣口的钟进士面前去卖弄笔墨,这实在不能从命。"钟馗道:"阁下倒也有自知之明,不像那些御用品有斯人不出之概。不过请你当秘书,那是给你面子的话。其实我们那里需要一个制标语的宣传员,阁下既是新闻记者,这一职当然得心应手。"我道:"但未知钟先生现在所统率的是什么机关。"钟馗道:"你当然看过那一部《钟馗斩鬼传》,虽然小说家言,迹近荒唐。而究其实,我所干的,十倍于此,我现在受上帝敕旨,为诛妖荡怪军大元帅,统领可多可少的神兵,绥靖宇内。大本营上不在天,下不在田,去此不远,念头一转便到,你且随我去。"

说着,他袍袖一拂,我不知不觉跟着他到了一个所在。看时,一幢营帐里列了长案,也无非堆了一些文书笔砚,只是在这帐后壁上,却悬了一面大镜子,清光射人,镜框子上刻有四个字:"物无遁形"。我突然遇到,不觉打了一个寒噤,向镜子里一看,心肝五脏,无一不现,不免倒退了一步。钟馗笑道:"不要害怕。凡干大事的人,幕后总不免藏着一样东西,这也不过我幕后一物。我因为我所接触的人物,古今中外,无奇不有。好人是无须说了,但也有朴实无华,不事外表的,以貌取人,失之子羽,我不敢说能免此,就我自己而论,也就为了这一副丑相,为明君所弃。有这镜子,可以和我选择许多人。至于坏人呢?谁敢带了一副真面目来见啖鬼的钟馗呢?所以来见我的,在外表上看去,无一不是万里千里挑一的正人君子,有了这面镜子他就不能骗我了。俗言道:高烛台照不见自己脚下,我是要从自己脚下照起而已,并无别意。有人说:张天师难治脚下的鬼,那是笑话。自己脚下有鬼,怎能斩尽天下妖魔?我之异于张道士者在此。"

我听了这一篇话,才知道钟元帅这番用意,心想幸而我是无意踏入这权威之间的,要不然,我有丝毫求名求利的心事,一来就坏穿了。这样,我是更不能不谨慎将事地随了钟馗进帐去。同时,就有两个穿蓝布战袍、戴蓝布方巾的人走了进来。我想起《斩鬼传》里面的含冤负屈两位将军,料着并非别人,首先起身相迎。钟馗介绍着,果然是一位含冤指挥,一位负屈参谋,他们和钟馗一样,人虽旧物,其名纵新。那含冤向钟馗呈上一张电报,因道:"这人不见经传,此电可怪,请元帅一看。"钟馗看过了微微一笑,把那电稿交给我。看时,上写:

至急,前线探投九天荡妖除怪钟大元帅钧鉴:阅报见我公受上帝敕旨,扫荡妖气,以五月渡泸之精神,作万里立柱之伟业,下风遂听,大喜欲狂,遥想环宇澄清,指日可待,谨代表九幽十八层地狱二万三千万正直鬼魂,向我公致敬。郁席赞九顿首。

我看了这通电文,因道:"此电系致敬的老套,倒也并无恶意。"钟馗笑道:"你哪里知道,这是我斩鬼之时,留下来的余孽之一,是势利鬼一路的东西。你只看他这名字,隐隐约约,含了有隙必钻的用意在内。他凭着什么能耐,可以代表二万三千万正直鬼魂?对于这路人物最好是不睬。睬了他,他就作恶更多。"

我正犹疑着,有小卒入帐报告,营外有一位郁代表,带了东西前来劳军。钟馗向我们笑道："你看如何？这就来了，便道也好，让他进来见我，告诉他小心了。"于是钟馗手下的卫队，枪上刺刀出鞘的，穿着鲜明盔甲，列在帐前两旁，我和含冤负屈都隐入帐后，远远看见一个人，身穿蓝衫，头戴方巾，白面长须一个古儒生的样子，俯伏进来。他仿佛像那愚民烧拜香，朝着这中军帐，一步一揖一步一叩首，十分恭敬。

钟馗坐在帐里，先就喝问道："来的是有隙必钻吗？"郁代表在帐外拜倒在地道："上禀元帅，小民叫郁席赞，是儒为席上珍的意思，有隙必钻是刁民代取的外号。"钟馗道："这且不管他，你到这里来什么意思？"郁席赞伏在地上叩了三个响头，然后从容地回禀道："小人听说大元帅为宇宙间扫除毒害，便是小人，也在受惠之列，特意代表九幽十八地狱，前来表示敬意。至于随带的那些劳军礼品，虽不过是些腌菜豆腐乳之类，但实实在在都是老百姓在自己身上掏出来的钱，也可说千里送鹅毛。"钟馗听了，微微笑道："这样说来，你倒是劳苦大众里面的优秀分子。我的朋友都托我访求这项人才，不想倒在无意中碰到，很好很好！但不知道你愿意干什么工作？"那郁席赞听了这话，情不自禁地站了起来，身子向前一钻，把头伸到帐门里面来，又不住地叩头，两行眼泪，像挂线一般流着。钟馗道："虽然我有意要你去干一份工作，就与不就，权在于你，为什么你要哭了起来？"郁席赞道："非是小人不愿就，只因小人自视，纵然有点才具，但是四海茫茫，决没有什么人理会小人。今大元帅一见之下，就答应加以提拔，还是生平所不曾有过的境遇，怎不感激涕零？"

钟馗听了他这些话，且不细辨他所说是真是假，回头看看镜子里面的人影，倒是白面长须，分明是个善头，至于心肝五脏，因他外衣里面，衬了一件胶布褂裤，这胶布最容易沾染颜料，遮隔透视，也看不出他转着什么念头。钟馗想着，此君是有名的坏蛋，怎么到了今日见面之下，却是所传失实呢？他正是如此犹豫，不免回头再向镜子里看去。这一下子，却查出破绽来了，便是这人的脑门心上，头发缝中，有一道裂痕。那裂痕半圆的一匝，直伸到后脑去。

钟馗笑道："郁先生，你何必过于谦恭，我们都是读书人，正要惺惺相惜。"说着,走出位来,两手来将他挽起。郁席赞更是受宠若惊,便站起身来,打躬连道不敢,钟馗乘他不提防,伸手在他头上一撕,随着那裂缝所在,掷下一块厚皮,正是他外面表现出来的面皮。在这面皮之下,现出他的真面来,却是紫蓝绿恶蛇皮一般的颜色,那耳目五官,更是不容易去分辨。钟馗不由得哈哈大笑道:"你好大的胆,敢戴了假面具来骗我。"说着,手提剑起,向他劈去。可是这军帐上有几个蛀虫蛀了的小窟窿,那郁席赞身子一缩,就由那窟窿钻跑了。钟馗无从追赶,气得提起剑来,只在假面具上乱劈一阵。

我由帐后迎了出来,因笑道:"幸是钟先生身后明镜高悬,要不然,怎样会看出来这个满身斯文的人,是一位假面具的恶魔。"钟馗道:"刚才迟几秒钟,让这妖魔逃去,别的不打紧,这东西在我这里无隙可钻,恼羞成怒,势必去勾结丑类,图谋报复。我军刻不容缓,今晚必定要穷追上去,免得这些丑类集合一处,又另有图谋。关于军机大事,我自然不便多说,退到一边去。"

看过钟馗《斩鬼传》这部小说的人,自然都会知道钟馗所统率的这一部神兵,在这神字上是玄妙得令人不可捉摸的,我也不在这时去捉摸他们一些什么,只有听候钟元帅的话,教我干什么,我就干什么。他倒并不要我制标语口号这些宣传品,不过在对外是些安民告示,对内是些行军规则。他也曾对我说,制标语口号,那是对方的拿手好戏,在这上面,让他一着,却也没有关系。这样,我就做我分内的工作。

到了四更天,钟馗下令前进。天色大明,我们到了两山之间夹峙的一座山堡,堡上旗帜飘扬,鼓角齐鸣,倒也像是有严整的警备。钟馗下令,就遥对了这关口,在一座小山头上扎营。钟馗将我叫到中军帐里头,向我笑道:"有件大功,要你去立,你可能去?"我道:"我手无缚鸡之力,能立什么大功?"钟馗笑道:"正是需要你这手无缚鸡之力的人去办这件事。前面这座关,叫着阿堵关,守关的主将叫钱维重。他本不姓钱,他以为人生在世,只要有钱,什么问题都可以解决,就改了现在的姓名。唯其如此,所以他尽管守着关口,可是放着大批的生意买卖人来往。你可以装着一个商人,带了两车子货物进关去看看。"我笑道:"这是间谍了,我一个书呆,干这样的精密工作,那岂不会误事吗?"钟馗道:"虽然那么说,什么也不必你打听,你只带了两车货进城,在关里住一夜,就立刻回来。"我道:"能这样自由吗?"钟馗道:"你与我无冤无仇,我也不能平白地害你。"说着,不由分说,就派了几个兵士,强迫着我出了军营。

我糊里糊涂地带了两部骡拖货车,向这阿堵关前进。这里进关,是一条人行大道,出我意料,却是一点战斗意味没有,肩挑负贩的人,就在这路上来来往往。我带了两大车货,由四匹骡子拖了向前,也就心里安定些。到了关口上,虽然看到有盔甲鲜明的兵士,手拿了刀枪剑。可是这些做生意买卖的人,成了个熟视无睹的姿态,继续着向前走。

我想,要人家不疑心,一切要装得很自然,和其他做生意的人一样。不然,我白送了性命,还误了钟元帅的大事。于是我故意缓走了两步,贴近大车进行,表示我和这大车是一个集团,缓缓地走到了那守卒面前了,我见前面有一个卖桃子的小贩,放下一筐桃子,却向那队守卒的班长递过几个桃子去。那班长将桃子捧着顿了两顿,眼注视这小贩这样,这小贩又递了几个桃子过去。那班长才微笑了一点头,意思是放行过去。我想,原来只要行这一点小贿赂,这并不难办。我这两大车,全是棉纱,不知钟馗营里怎么会有了这个东西。照着贩桃子的那小贩,就给那守卒班长几个桃子,难道我也就给他一卷棉纱吗?一小卷棉纱,既无用处,也不容易卖钱。但时间却不许我考量,两辆大车,已经到了城门下,走近了这班守卒。我急中生智,在身上摸出了一张五元钞票,暗捏在手。等到那班长走近一步时,我便将钞票交给他,他看到是五元一张的便点了头笑道:"呵!今天才回来,这次买卖好哇?改天街上吃茶。"我含糊地答应着,大模大样进关,心想,这也太容易打发了,两车子棉花,也不过五元的贿赂,就放过去了。

我这念头转过,才知道我是大大的错误,原来这是第一个城门的月城口。转一个弯,有比较大的城门,站着更多的守卒,一个小将官,身披软甲,腰横绿皮剑鞘,露出宝剑柄,柄上坠两挂红穗子,直眉瞪眼,瞧着进城客商。这已不是月城口那样马虎,无论什么担挑车引的货物,都要歇下来让守卒们检查一番。在检查的时候,货主就向站在将官面前一个侍卫,悄悄地手一伸。不用说,这是我在前面已实行的那个法子。我想,刚才送那班长五元,他很客气。这是一个小将官,加十倍奉俸,大概可以打发过去了。于是在身上又摸出了五十元钞票,等车子停着检查的时候,我也把这钱送到那侍卫手上。他看了一看,面带笑容,向那将官轻说了一声。到底是一位将官,颇有身份,面上那股子威严,略松了一松,便点头道:"这人,我认得,是常来常往的一位商家,不用检查,让他去完税吧。"我听了这话,才恍然大悟,原来这两次贿赂,还与正式纳税无干,我看后面要进关的货担货车,还是很多,不要拦了人家的去路,立刻引了车子进关。

　　果然在关左侧有一座小洋房,门口挂了一块直匾,大书特书"私货严厉检查处"。进关的商贩,都把货物停在门口敞地上,再等候检查,我怕做错了手脚,露出了破绽,只歇在远远的,偷看别人的动作,见是经几位查货员看过了货物之后,给予一张字条,然后商人拿了字条进房去了。每个人手上,都拿好些钞票,看那样子,是去纳税了。

　　不一会,查货员到了我这货车面前,看了一看,向我道:"你就是这两车棉纱?"我道:"是。"他道:"你就是这两车棉纱?后面还有吗?"我道:"没有。"查货员对我上下看了一看,冷冷地道:"你当然懂得这里规矩,我说一声,你这是私货,你就全部充公。"我说:"是是是。我是初次押车,不懂规矩,听你先生吩咐吧。"查货员道:"凭你这两车货,给个二三百元,也不算多。过多了,你也拿不出手。"我也不再等他说一字,立刻数了两百元钞票给他,他在手拿的单子上,用自来水笔填了一张,撕下来,交给我,微笑道:"你老板真是初次押车,一向没会过,你不是谎话。我索性指示你,大概你这车货,照定章要纳一万元的检查费。你和那位稽核说一声,这车上有一包纱是他朋友带给他的,请他收下。那么,他只要你纳一两千块钱就算了。朋友,我不白花你的钱呵!"说毕,笑着去了。

　　我拿了那单子一看,上面石印好了现成字句,中间留几个空格,是自来水笔填的。上写"查得商人赵二,由口外运来土纱两车,共计十二包,委系土产,并无其他私货物,及一切不法事情,请稽查后放行,年月日私货严检处章"。看这张字条,由头至尾，并无一个要纳税的税字，不过是完成一回检查手续而已。可是贩货的人，都拿了这张条子到屋子里纳税，仿佛这是一种彼此默契于心的事。多此一举的检查放行，就不知其用意何在。尤其是那下面代我填的名姓赵二，姓是第一，名是第二，他倒是不费思索地代填了。相反的，这就可以想到所谓检查是怎么一回事。

我拿着这字条，就随了那络绎不绝的人，也挤到屋子里去。哦呵！这里好忙的公事，像银行里的布置一样，纵横两个柜台，外面站满了贩卖私货的商人，纷纷向柜上递款。我看到一位身着长袍、头戴方巾的人，坐在写字楼边，满脸正气。只看大家收款的人，想是一个权威。管他是不是那查货员所说的稽核，便遥遥地向他点了一下头。他便走近来，隔了柜台问我有什么事。我道："你先生是……"他道："我是这里总稽核。"我笑道："对了。我有一个朋友，托我带一包棉纱交给总稽核。"他立刻笑着点头道："有的有的，有这么一回事，东西在哪里？"只这一刻工夫，他的正气，完全消失，带了两名工人出来跟随我到车子边，抬了一包纱走。

那总稽核将我衣襟一拉，悄悄地引我到内会客室里来，随手将门掩上。深深一揖，请我坐下，他表示很亲切的样子，笑道："你们商家也很可怜，既要送礼，又要纳税，那未免太冤。你送了我一包纱，照现在的价钱，已经是可观，再要你照定章还税，我良心上也说不过去。这样吧，我给你一点便利，说这是公家所用品，给你一份执照，可以免费过去。不过，那你就太占便宜了，你何以报我呢？"说时，伸过手来，连连拍了我几下肩膀。我道："请总稽核吩咐就是，我无不照办。"他眯着两眼向我一笑道："你再送我一包纱，好吗？"

我想这家伙真是贪心不足，平白地收了几千元的贿赂还想个对倍，可是我根本不在乎这一车棉纱，只要能达目的，丝毫不用顾惜，因道："就勉遵台命，若是你先生肯帮忙的话，一回成交二回熟，在关外的商人，愿意在下回奉送十万两礼金，只要求一件事，他们的货进关的时候，免于检查。"稽核听到十万这个数目，不免脸色一变，但立刻又微笑着向我道："你阁下说的，是一句笑话吧？哪里有这样值钱的货，愿花十万两请求免查？"我道："你先生且不问有这事没这事，只问你能不能做主，假使你能做主的话，我明天就把款子送过来，同时，货也进关。你还是要现

八十一梦

款呢？还是要支票呢？"

他听了这话，不由得抬起手来，连连搔着头发，皱着眉，可又向人微笑，因道："你先生倒像是个诚实商人，我信得过的，但是你所说的这批商家，不要是贩运违禁品的吧？"我笑道："但是他们预备下这么些运动费，不管如何，他们也可以带进关来的，你先生若不要这笔款子，也是好过别人。至于你怕我开玩笑，我这两车棉纱，还相当地值钱，我愿意拿来作抵押。我明天若不带十万现款来，你就把两车东西没收了。"

那稽核听到我说话这样过硬，便笑道："你先生和我开玩笑，是不会的。不过我想到这一笔大买卖……"说着，又抬起手来，连连搔了几下头发，表示着踌躇的样子。我道："既是贵稽核觉得困难，我自然也不便勉强。"他忽然跳了起来，将手拍了颈脖子道："我拼着丢了这顶乌纱帽，有十万块钱，我哪里不能安身立命？好好！请你明天来。不过有一层，我也另外有个要求。支票我不放心。那样多的银子，我也带不动，你们折合市价，给我金子吧。有了金子，你们就尽管闯关相过，我在关口上亲自等着你们。你们运来的货，是车运是驮运，或者是担子挑？"我道："这三种运法都有。"那稽核沉吟了一会道："既是担子挑的也有，大概这里面不会有什么笨重东西。我守这关口子很多日子了，从来没出过乱子。"

这时我心里想着，这家伙真是利令智昏，糊里糊涂地就答应了我的条件，但这事究竟出乎常情，假如他一下子觉悟过来，他一定会反悔的，便向他微笑道："我们的话，既是说好了，我也不妨对阁下透露一些消息。要求免费进口的货，也并没有什么了不得，只是值钱而已。你阁下要的金子，也许他们不必远求，在担子上就可以拿得出来。"

那稽核听了这话，昂头想了一想，笑道："莫非他们带的就是硬货？若果如此，我想，太便宜了。"我道："只要贵稽核放他们痛痛快快过关，我想事后他们多少再补送一笔，也未尝办不到。"说着我起身便要告辞。那稽核虽觉奇怪，也究竟怕将生意打断了，站起来深深和我作了三个揖，又执住我的手道："我们倾盖成交，兄弟快慰生平，等我兄再来，在舍下设筵欢迎。内人是歌舞班出身，教她找了几位老同志来,贡献一点小玩意。"我连道谢谢。他道:"我兄道谢,那就太生疏了。小女今年十五岁,教她也拜在足下当干女吧。"他一面许着很多好处,一面亲自送我出关。

我想不到有这样意外的收获,回到大营,就把详情向钟馗报告了。他笑道:"我说如何?这世界是贿赂胜于一切。"于是他在一晚之间,征发了几百辆货车,将长短兵器,一齐放在货车里,神兵都扮着挑夫车夫模样,押了车子向关里进发,我骑马在前引道,去关口还有半里路上下,便见总稽核带了七八公人打扮的角色,站在路边等候。他也举着两面丈来长的杏黄旗迎风飘荡,旗上面大书"欢迎金矿工作人员过境"。我倒有些犹疑,怎么把我们一行,当了开金矿的?那总稽核倒也十分见机,他也是笑盈盈地迎到我马前,来向我低声笑道:"此地风俗,对开金矿的最为崇拜,所以兄弟这样举旗欢迎,好请痛快过关。"我也预先得了钟馗的指示,把身后一辆四轮大车指给他看道:"送先生的礼物,都在这车上,请你先去过目。"他笑道:"何必这样忙呢?难道我还怕各位过了关会赖债不成?"但他口里虽如此说,人已走近车子,打开车厢门一看,里面黄澄澄地堆着金砖与金条,他早已心房乱跳,两脚软瘫了动弹不得,他已是让这动人的东西吓慌了。

我回头问道:"我们可以进关了吗?我们路上这些车辆,只等着你先生一句话。"他听着才醒悟过来,笑道:"是是是,我已在关上打过招呼,有我这两面杏黄旗子引路,什么地方都可以去。这一车子东西,似乎兄弟应当压解了走。若同路进关,透着有点不便。"我道:"这个不妥吧?到了关口,守关的人,不要我们进去,我们又奈他何?"那稽核看到了一车子黄金,恨不得将身子钻入车厢,和金子化成一块才好。现在眼睁睁看到金子摆在前面,不能带走,十分着急,然而我说的话,又是人情至理,他无可回驳。在黄金车边站着呆了一呆,因道:"这样吧,我压了这车子先走,你们随后就来。"

钟馗装扮一个行商,他正站在我面前,听了这话,便抢着答道:"好好,就是这样办,我们只要有人引路,我们自然会冲了过去。"我听到他说出了一个冲字,觉得有些露出马脚,然而那位稽核员,全副精神,都注意在那一车金子上面,钟馗所说的是什么,他并没有理会,自己跳上那辆骡车,接过赶车人的马鞭子,唰唰几声,将

八十一梦

骡子鞭得飞跑。那些跟他来欢迎远客的人，莫名其妙，也就随在车子后面跑。钟馗督率装兵器的车子，更不肯放松半点，紧紧地随后跟着。

果然那些守关的兵卒，看到两面欢迎杏黄旗在半空飞扬着来，后面跟了一道长蛇阵的车辆，都也毫不介意，由着他们过去。那些车子进了关，并不远去，都停在检货所门外的广场上。钟馗看到了车子都到齐了，这就差手下亲信兵士，向天空抛了三个流星号炮，在轰轰轰三响之下，所有押车进关来的人，各在车子上抢得兵器在手，同时有人把荡妖军的大旗由车厢里取出，就落下欢迎旗，利用那旗杆，把这军旗迎风展了开来。

关卒见飞军从天而下，早就吓坏了。各人丢了武器，或背包裹，或提皮箱，纷纷逃跑。有的跑得太匆促，提箱盖不曾关得牢，盖子飞开来，撒了满地的钞票，这样一来，前面的人，回转身来，要捡点回头货，而后面跟着的人，见财有份，抢上前一步，就地拾起来。大家见了钞票，忘了性命，钟馗带的神兵抢上前去，一个个斩尽杀绝。

那位引狼入室的总稽核赶走了一骡车金子，拼命在前面逃跑，钟馗催马向前，紧紧跟着，他见事情已急，跑到路边臭泥沟里去藏躲。来了一个野狗，嗅到他周身铜臭，以为是一堆臭屎，一口把他脑袋咬掉。他要的那车黄金，正是毫厘不会带走。

阿堵关上这一阵纷乱，早把守将钱维重惊动，关里的二道关口，早早闭了。钟馗进到关前，只见城墙上悬了一幅白布，大书特书"与荡军决一死战"。钟馗以为钱维重必定开关前来迎战，便摆下阵势等候。不想一小时二小时地顺延下去，城里寂然无声。他一声号令，向城进攻，先进城的神兵，打开关来让我们大队人马进去，大家只叫得苦，原来关中守军跑得毫毛未留下一根。这里面地势低洼，全是烂泥，下马不得。据探子报告，钱维重把面上三尺地皮都已刮了走，落下这般情形，比清室空野计划还要厉害，大队人马只好再退出二关扎营。

钟馗在中军帐里召集会议，因道："钱维重是我必须斩除的恶魔之一，难道让他逃走不成？"含冤参谋便笑道："在下倒有一个以毒攻毒之计，凡是贪财的人，还只有以财来治他。"于是如此如此,说了一遍,钟馗拊掌大笑道:"此计大妙。"

那含冤参谋,驾着云雾走了,不到大半天,他手牵一串大金钱,每个钱眼套上一个人,如戴枷一般,用大钱将人枷住。其中第一个,猪一般肥的便是钱维重。钟馗站在中军帐前,便笑问:"这批家伙如何就擒?"含冤报告道:"在下到刘海大仙那里借了这串金钱,摆在大路上。这钱果然是宝物,放出万道光芒。钱维重带领千百辆车子,满载金珠,要到美洲新大陆去做黄金大王,他看到路上这样大的金钱,不肯放过,下了车亲自来审查。他对于金子的鉴别力最丰富,看出这钱是十足赤金,便伸头钻入钱眼,肩上挂着一枚要送上车去。他的老婆儿女,怕钱会落到他人手上,也照样钻入钱眼,各在肩上挂起一枚。哪知道这串钱的绳子,却在我手上,我念动真言,钱眼缩小,把他圈上,就牵狗一般牵来了。"

钟馗望了钱维重道:"一个人要钱也不过为了衣食住行。你有了这样多的资财,要拿千百辆车子来装,你就是吃金子穿金子,你这一生也够了,为什么你见了钱还是要?对你这种人一刀一个,未免太便宜了。"便叫士兵们在中军帐前架起电炉锅,就把钱维重身上带的金条金叶子熬了一锅金汁。所有他家人不问男女老少,一齐灌瓢金汁。于是他们外套金钱内饮金汁,收拾了最后一息的生命。而身穿蓝布长衫,口喝绿豆稀饭的我,由他们看来,是天堂地狱之比了。

这时钟馗收复了阿堵关,休兵一日,再行前进。晚间他在案上批阅地图,一个人却哈哈大笑起来。我们在帐下办公的人,都有些愕然。含冤参谋便问道:"元帅为何发笑?想必胜算在胸。"钟馗道:"你有所不知,由这里去三条路,都是坠入魔道的。另两条路不谈,单说向西的这一座关叫作混虫关,里面是浑谈国。"含冤笑道:"这名目就够有趣。当年晋朝人士如王衍之流,崇尚黄老,喜说不着边际的玄学,这叫清谈。如今有了浑谈国,浑者清之对也。莫非这里人都是谈酒色财气的?"钟馗道:"非也。酒色财气虽不是高谈,究竟是情欲中事。你也不见谁谈酒色财气,会有人打瞌睡。这浑谈国的人,有一种习惯,每天要聚拢千百人在一处浑谈一阵。虽然人多,而谈者只有一个首脑人物,至多两三个,其余都是被派来听谈话的。他们所谈,没有准稿子,上自玉皇大帝,下至臭虫,谈话的人肚子里有什

八十一梦

么谈什么。甚至谈话的人肚子里什么都没有,由他的幕宾,拟上一张稿子,到了谈话的时候,他捧着念上一遍,念完了,连他自己也不知道谈着什么。"含冤参谋点头笑道:"如此如此,果然是浑谈。"钟馗道:"其浑尚不仅止此。每谈话总有两三小时,谈话地方不甚重要,那还罢了,被派来听话的人,还可以坐着打打瞌睡,转转念头,若是遇到那重要的地方,听谈话的人要挺直地站着听。时间已久了,脑筋发胀,两目无光,两耳无音,两腿发酸,浑浑然不知身在何所。浑然一堂,如醉如痴……"

钟馗说到这里,忍俊不禁,又哈哈大笑起来。含冤参谋笑道:"果然浑得厉害。所谓混虫关,那就是指这辈混世虫而言了。晋人清谈,尚且误国,这样浑谈岂不误尽苍生?"钟馗将手拍了桌子道:"正是如此。我原来想着这个国家的人民只是浑谈,也无大过。可是这样浑谈下去,不到他人种灭绝不止。我为挽救这一区苍生起见,只好先讨伐这浑谈国了。"说毕就发下命令,明日五更天明造饭,在青天白日之下,正正堂堂,向混虫关进发。

我在钟馗帐下过了多日,胆子也就大得多。听说要到这样一个奇怪的地方去,也就十分高兴。次日早起,随了钟馗部队,在大队后面前进。一路经过几个村庄市镇,很少几幢整齐的房屋,十分之八九,是有墙无顶,有门无窗的屋架子,有些连屋架子也没有,只是一块建屋的基地。老百姓成群结队就坐在树荫下,纷纷议论。他们谈得起劲,虽然看见大兵由路上经过,也不理会。后来我们走到一个水泥坑面前,见坑上树立一块丈来长的石碑,上面大书特书"凌云大厦奠基典礼纪念碑,一八四〇年立"。

钟馗在马上四周一看,不由得张开络腮胡子的大嘴,哈哈大笑。负屈将军问道:"元帅又想起了什么笑料?"钟馗将马鞭指了纪念碑道:"你看,这屋行奠基礼,今已足足一百年,这凌云大厦,还是一个泥坑。这落成典礼应该还有几千年呢!"

一言未了,又听到水泥坑外有一阵鼓掌声。钟馗令负屈督队前行,却下马带了我和含冤到竹林子里看去。到时,见林子里一片草地,颇也平整。在竹子林上挂一块木牌,上面大书"凌云大厦设计委员会"。在草地上有二三十个须发苍白的老人，盘膝而坐。正面有一位胡须更白更长的老人，在那里演说。他道："我们这大厦要有十八架升降梯，要自备有两个自来水井，有个小发电厂，必须拿去和纽约大厦比上一个高下，方不负我们先人那一番惨淡经营的苦心。"我听到这些话，心里想着，这个设计委员会，还是这批老头子父亲所留下来的，那奠基碑上写的一八四〇年，大概倒不是伪造的古物。心里正忖度着，钟馗却是一位急性人，不肯稍待，向前大喝道："这些老不死，你们在这里说些什么？在做梦吗？"其中胡子最长的站了起来，向他微微一拱手道："请了，阁下何来？我们在此筑室道谋，自己干自己的事，却也与阁下无干，气势汹汹地开口伤人，意欲何为？"钟馗瞪眼道："岂但开口伤人？我简直要把宇宙间这批造粪机器斩尽杀绝。我告诉你，我是钟馗……"这些老头子听到这个姓名，再也不来设计了，爬起来就跑。

别看他们是胡须苍苍的老人，跑起来向后转，却比青年要利落得多，不到几秒钟已是踪影全无。钟馗笑道："世上议论多的人，都像这批老头子，一看形势不对，立刻就跑。只凭这几个老头子，也就可以表现这浑谈国是个什么国家。现在我们可以分三路向混虫关进攻。"含冤参谋就向钟馗道："依卑职意思，这般人也没有什么大恶，只是自误误人，若要诛伐，未免过分。"钟馗道："就凭你说'自误误人'这四个字，也就罪有应得了。但我也不是一个好杀的人，果然自今以后，他们不自误误人，我也可以成全他们。只是这些人废话成性，有什么法子可以纠正呢？"我便向前道："元帅若有好生之心，我们到了关下，写一封信去招降吧。果然他们降了，我们在这国度里特立一个条款：'说废话者处死刑。'那么，大家不说废话，就只有埋头工作，既不自误也不会误人。"

钟馗沉思了一会，微笑道："到了关下再说。只怕二位这番好意，这些混世虫无福消受。"于是我们走到大路上，骑着马，加上一鞭，不多久，也就追上了大队。进行未久，已到关口。远远见那关城在重重叠叠的山峰外，把两山的谷口，起立一道高墙，墙上用白粉粉着底子，写有丈来见方的标语："会而后议，议而后决，决而后行。"城关上却静悄悄的一点动静没有，只是关着两扇城门。

钟馗因含冤主张招降，他也没有下令急急攻打关口，就下令在城外平原上扎营。写好了一封招降书,用箭射入城内,这信上限定十二小时内答复。好在大家料这关里的人定也不会有什么抵抗能力,坦然在营里休息等候关内的答复。还是下午三点半钟射进城去的最后通牒,直到次日下午两点五十分,还没有答复过来。钟馗认为他们是置之不理了,便要下令进攻。在这时,到达了下午两点五十五分,外面传达兵进帐报告,有关内两名代表请见。

钟馗笑道:"这些家伙,真有耐性。一定要等到这最后五分钟,才肯来答复,我且暂缓进攻。"说着,就着传达兵请那两名代表进来。钟馗虽是一员武将,到底是个十足的文人出身,在礼貌上面依然十分的讲究。既是浑谈国有了代表了,却无论他们来得早迟,却也不能与人以难堪,便差着我和含冤到营门口欢迎。那两位代表穿了玄色西式大礼服,手拿高帽子,微弯了腰站在大路边,身体战战兢兢的,显然在惶恐的情态中,我向前还没有说上一个字,他那里已是齐齐鞠躬下去。

我心想,只看他们这份可怜的样子,对于钟馗招降的话,也绝不会有何异议。便引道进营,到参谋帐篷里来,这两位代表,倒像是待宰割的羔羊,先在帐篷外顿了一顿,远远向帐篷里面张望着。及至看到帐内也并没有什么特殊之处,方才慢吞吞地进来,先不说话,向我们又是一鞠躬。我看着倒是不忍,因道:"先请坐下吧,钟元帅很容易与你们和平解决。"一个代表道:"我们不敢多耽搁,关里面也正等着我们的回信。请二位代呈钟元帅,元帅射进关去的信,我们收到后,开了一个紧急会议,商量了几个办法。现在关内还在开会,办法没有决定,因已到钟元帅所约的限期,恐怕元帅误会了,特意差我们两人前来禀明下忱。"

含冤脸色一正道:"这话不对!我们这边既决定有限期,你们就应当在限期以内答复。到限期不答复,我们就认为是拒绝了我们的建议。至于你们开会没有开完,那是你们自己的责任,我们不管。"两位代表听了,又再三鞠躬,只是央告。他道:"一个国家的和战大计,不是平常小事,当然要讨论一番,这种大计,讨论不容易解决,也是常事,决非敝处故意推诿。"含冤虽然板着脸子,没有作声,可是我看到他们那一种局促不安的样子,想他们也是事出无奈,便道:"这件事,我们也不能做主,且请等一下,我们先回禀元帅,看他意见如何。"两个代表只管鞠躬,口里连说拜托拜托。

我们回到中军帐里,向钟馗说了,他一言不发,拔出腰间的宝剑临空一挥,便削除了一只桌子角,大喊一声道:"他们把'讨论'两字误尽了事,落个国号'浑谈'。事到于今,又想把'讨论'两字来误我吗?先斩这两个狗头再说。"我们见钟馗发了大怒,这事也就越透着僵。鼓儿词上说的也有,两国相争,不斩来使,这两个当代表的,似乎不能不放他们回去。我便斗胆向前禀道:"若是元帅不许可他们的要求,也应当让这两人去回个信。"钟馗撅着胡子,瞪了眼睛,倒默然了一会,最后向我道:"你直去告诉他们,我耳朵里讨厌他们所说的那一套开会的话。若把开会来搪塞我,就是教我头痛,那我不管什么法理人情了。"

我和含冤二人匆匆出来,把钟馗的话,告诉了那两位代表,他们虽吓得魄散魂飞,一个代表却答道:"既然如此,我们回去赶快召集紧急……"含冤抢上前去,伸手蒙了他的嘴,因而瞪着眼道:"你还要说这些话,我就不保障你的生命安全了。"两位代表见口头的话说不得,而口头禅又一动就会说出来,这倒教他没有了词儿,只管站着发呆。

含冤道:"我看你们为难,和你担点干系,你赶快回去报告,教他们在一小时以内开关投降,我来请钟元帅从缓进兵。假使过了一小时,那结果就教你们去想吧。"那两位代表连声"是是"走了。含冤故意挨过半小时,才到中军帐向钟馗报告,又劝钟馗再等候半小时。光阴似箭,转眼又到了限期,看看那混虫关上,并无一些表示,那钟馗再也忍耐不住,立刻下令向关口进攻。

军队本来就准备好一切的,一声令下,真是风起云涌地攻向关口,那两山峭壁间一道关城,依然静悄悄的。这里喊杀声如潮水起落一般,声音非常洪大,可是那关城上也只有两个人伸头向外张望一下,立刻不见踪影。这里大军发动,自是按捺不住,地动山摇之下,一拥便斩关而入。大家进了关,见这里面虽也有两条街道,这时空荡荡的,并没有一个人。然而有几处高大一些的屋子,门口还挂着各种委员会的招牌。更有一种宫殿式的大厦,在门口悬一块议政堂的大招牌,前面停有一辆四轮马车,车上面堆了很多的印刷品,仿佛是还没有来得及搬进里面,人就

八十一梦

跑了。

我们正张望着,钟馗督率一队卫兵已经赶到。他拔出宝剑来,指着那招牌道:"名字倒也堂皇,我们不能不去看看他们议了些什么。"说着跳下马来首先奔进大门。当然大家都有一种好奇心,要看看这以开会见长的国家,他们的会场有什么特别之处。转过两层台阶,见迎面是一所门户洞开的屋子,门口悬了一块长木牌子,上书"十八会场"。奔进场去,很大的一个会堂,约莫有两千座位,都是每张小书桌,配上一把小沙发。文具是不必说,桌上有茶壶有纸烟,还有瓜子花生仁碟子。另有一个纸签,压在玻璃板下,上写五个字:"请勿打瞌睡"。四周是吊楼,上面分着厢位,挂了牌子是来宾席。正中议台,是个镜面形,除了议席的桌椅而外,有广播器,有照相机,而最妙的是左面木架上悬了一面大锣,右面木架上支起一面大鼓。旁边各有一木槌,上写"睡眠者未过半数,禁止使用"。

含冤看了这些,首先哈哈大笑道:"这样看来,这里不是议政堂,倒是催眠堂了。何以到这里的人,都有要打瞌睡的毛病?"钟馗道:"这何用说?这是讲台上的演讲词,有以逼迫所致!"说着话,大家巡视了这会场一周,看来看去,这里除了会场议事规则,也就是些会议记录,找不出什么例外的东西,于是我们出了这会议室,另找一个会场去。一连找了四五所会场,大小不一,内里设备,无非如此。而这议政堂,会场实在是不少,里外上下共有七十二所,钟馗看了长叹一声。

我们出了这议政堂,就向关里街道看去,家家门户洞开,并无一人。钟馗也正诧异着,向我们道:"他们成天成夜地开会,何以一点办法没有?甚至逃走的时候,连大门也来不及关。"我们脑子里面,也和他一样,漆黑一团,想不到这是什么缘故。忽然一阵风迎面吹来,就听到很多人的喧哗声。钟馗道:"是了,他们必然是在郊外备战。"于是指挥了所部的神兵,向着风头迎了过去。

约莫走了十里路,却看到面前丘陵起伏,簇拥了一片遮断云天的猛恶松树林子。那嘈杂的声音,就是由那树林子里放出来,钟馗怕里面有什么险恶的伏兵,不敢猛可地冲进去,且把队伍在树林子半里路外驻扎了,观看动静。派出很多侦察兵,到树林四周去探察消息。不多时,侦探纷纷回报,说是浑谈国的人,在这树林子里开紧急救亡临时大会,并没有什么军事布置。那一阵一阵嘈杂的声音,是他们在会场喊口号。

钟馗听了这话,闹得气不是,笑又不是,手扶了腰间的剑柄,只是坐了发呆。负屈向前问道:"元帅有何妙计,对付这群混世虫?"钟馗摇摇头道:"诛之则不胜诛,不诛则无以去害群之马。"负屈道:"卑职倒有一条小计,可以对付这般混世虫。"钟馗道:"你有什么妙计?我想除非教他们烂了舌头。"负屈道:"虽不是教他们烂了舌头,却也同教他们烂了舌头差不多,我的意思随他们去开会,随他们去喊口号,我们只把他们林子团团围住,将溪水阻塞起来,他们说得口渴了,找不着水喝,他们没有法子浑谈下去。"钟馗道:"这也不是治本之道,姑试之吧。"于是一声令下,神兵就对这森林来了个大包围。

那林子里面叫也好,闹也好,全不理他。这样有两日两夜之久,林子里渐渐无声,又过了两日夜,实在一点动静也没有了,大家这才放了胆子,进林子去搜索。首先让我们看得惊心动魄的,便是树荫下面,纵横躺着几百具死尸,在那些尸首身上面有一幅白布,横挂在树中间,上面大书特书"临渴掘井讨论委员会"。钟馗站在尸场中,昂头长叹了一声道:"造化不仁,以万物为刍狗,宇宙故意生就这批好谈的人,至死不悟,我虽奉令扫荡天下妖孽,可是根本办法还是请求上苍少制造妖孽为是。"

他为主帅的人,都这样不忍了,我们也就更觉得上帝残酷,把许多人给说死而后已,大家便找死尸最少的所在去休息。我和负屈,走到树林外层一丛小树下平地上坐着,以为这个地方是不会有人谈死了的。负屈坐下去,却在刺棵上发现了一个纸条,上写"求水设计委员会小组会议"。就在那草地外面,一横一直躺了两个尸身。我们看到,不由得不流一身冷汗的时候,我也就走出这个人间惨境了。

八十一梦

第五十五梦　忠实分子

我常这样想,假如在报纸上登一则广告,征求最忠实的人领奖一百元,那么,不难把全市的人,都变成宇宙里最忠实者。反过来,有一群难民征求最忠实者,每人捐助一百元,那恐怕忠实者,就变成了人类中最少数的分子。那么,到底这人类里面忠实的人多呢,还是少呢? 这不是幻想可以得到的结果,我得着一个机会,在忠实者的实验区里把这个问题解决了。

那天我在午睡时候,揣想着我对谁说的话应当加以信任,而窗户外面有人叫道:"张先生你相信我吧! 我能带你到一个地方去看宇宙里最忠实的人,但是你当给我一种报酬。"我随了这话出来看时,是一个七八岁的男孩子,天气太热,他周身一丝不挂,赤条条地站在墙荫下。我站在门边向他望着道:"呵! 你能知道宇宙里什么叫忠实不忠实吗?"小孩子道:"我是天生的忠实分子,我父母又都是忠厚人,天天教我怎样叫忠实,所以我知道什么叫忠实。"我想一个乳臭未干的孩子,怎样说话这样有条理? 也许是他家教育很好,便问道:"你且说这忠实分子实验区在哪里?"小孩子道:"你跟着我,你给我多少钱呢? 你给我一块钱引路费吧。"我听说,这是个小数,便慨然答应了。

他拉了我衣襟一下,光了身子在前面引路,还不到十步,后面忽然有人追了上来,口里大喊道:"那个小孩子站住!"看时,是个卖水果的小贩子,挑了担子跑过来。我站着问道:"你追他干什么?"小贩子道:"他偷了我的钱。"那小孩子两手一扬道:"我偷了你的钱? 你胡赖人。我身子光着的,偷了你的钱放在哪里,你搜!"那小贩子道:"刚才在那墙荫下,只有我两人,前五分钟,我还数着我的钱,不短一个。你一走开,我的钱就少了一半。"小孩子道:"你的钱交给了我吗? 怎么你少了钱,就向我要?"那贩子向他周身看看,黄黝黝的皮肤,有些发光。小孩子的身体,连毫毛也不见一根,慢说是藏着钱。他也无法逼着这孩子,只得叹口气就走了。

我们转过了一段山脚路,小孩子又拉了我衣襟,向半山里一丛人家指着道:"那里是忠实新村,就是出忠实分子的地方,你自己去吧,我不引你了,也不要你的钱。"他说完了,转身就走。但我觉得有异,我的衣袋被他掏了一下子。我看时,他手上捏了一把钞票与毛票在跑着。我追上去,一把将他抓住,喊道:"忠实的小孩,你偷了我的钱。"那小孩子倒不忙,笑道:"实对你说,这不是你的钱,是那水果贩子的钱。你想想,你带了这么多钱出来吗?刚才我拉你一下,借着你的衣袋里放了,现在我不过取回来罢了。"我一想,果然我身上不曾带得那多钱,他偷的不会是我的钱。我道:"虽然你没有偷我的钱,你这小东西利用我的衣袋和你收藏赃物,我也不能依你。"那小孩听说,跪在地上,连连地弯着腰道:"先生你饶了我吧。我做贼实在是没有法,我家里还有一个八十岁的老娘,等着我养活她。"我道:"你这孩子光了身子都能做贼,不会说实话。"不曾留神,被他用手使劲一拖,就把手拖开,起身跑了。我站着呆了一会,忽然明白过来,我又被他骗了一次,这样大的小孩,会有八十岁的老娘吗?那么,他说的忠实新村,不见得真有这样一个地方,我也不必存这好奇心去拜访了。

但顺了这条路向前,便看到那围住人家的白粉墙上,写有丈来见方长的大字标语,是"廉洁政治忠实人民"。我想,是了,这是小孩子说的那个忠实新村了。可是有了这小孩子的引见,我绝对也不能信任这标语是实话,我倒不敢猛可地走进去,只围绕了这堵白粉墙走。后来走到一座寨门边,见上面题了"忠实之门"四个字。有几个白须白发的老头子分站在门两边,看到我向里面张望,就有一个老头子向我拱手道:"先生莫非要到我这敝村参观吗?请进请进。"我一看他们,大布之衣,大布之鞋,倒像是几位忠实人,便也走过去问道:"这里是忠实新村吗?"老人道:"我们这里是世界上最忠实的地方,外人不可不一观。"我周围看了一看,问道:"几位老先生,站在寨门口什么意思?"他道:"我们这村里村外的人行路,需要修理,我们是让村民推选出来募捐的,这也无非是免了经手人中饱。说到这里,

八十一梦

我们就不能客气了,请先生拿出五块钱修路费。"我这才明白,难怪他欢迎我进去参观,他们的目的,是在我五元钱上。

我还在犹豫着,忽然寨门里面,一声喧哗,有二三十个青年抢了出来,不问好歹,硬把这一群守村子大门的老人给围住,只听见他们喊着:"打倒老朽分子!""扫荡贪污分子!"随着这口号声,有个三十多岁的人,站在寨门口石头上大声演讲道:"村民们,我们来解放你们来了,大家跟着我们来扫荡这些土劣。"他说时,额上青筋直冒,满脸通红,嘴大容拳。他虽喊得这样猛烈,并不见一个村民跟了他起哄。可是跟他来的人,倒不冷落了场面,劈劈啪啪,同时鼓着掌。还怕鼓掌不够热闹,又一齐跳脚。这一下子,倒是把这新村子里老百姓惊动了,有好几百人拥出来,围住了寨子看热闹。虽然几个白胡子老头,都反缚了两手,他们也没有怎么说一句话,似乎这班小伙子做的事是对的。

那位站在石头上的壮汉叫道:"把这几个老朽分子,逐出我们的忠实新村,大家有无异议?"站在石头下面的四五个小伙子,同声喊:"无异议。"那壮汉叫道:"现在我们就改为忠实新村民众大会,老百姓们,有无异议?"那四五个小伙子喊道:"现在举冒出来当忠实新村的村长,大家有无异议?""无异议,无异议!"那四五个小伙子一齐跳起来答应。那壮汉道:"请冒村长对老百姓宣布改良新村意见。"说着,他跳下去,就在这四五个喊无异议的小伙子当中,有一个人跳上石头,我看他穿了一套哔叽短衣,舒适硬扎,没有一点皱纹,口袋上照例是露出自来水笔头。胸前挂一块黑角布条,上面有四个发光体的楷书字,乃是"忠实分子"。他站定了,将两手反背在身后,挺了胸,昂起头来,大有志气凌云之感,叫道:"兄弟蒙全村父老兄弟公举为村长,实在不敢当。但这是公意,兄弟又不能推诿,只好勉为其难。关于改良新村的意见,兄弟作有二十万字的宣言,回头可以散布。总而言之一句话,我们第一要的是忠实,第二要的是忠实,第三要的是忠实。"围绕着石头的小伙子们,不问好歹,一齐鼓掌。冒村长倒不再多说,率了一批小伙子,进寨门去了。

那几个被绑的老头被一班人推推拥拥,拥出了村外,老百姓看得莫名其妙,也就要进寨去。可是那群小伙子首先抢了进去，把门关了。老百姓叫开门时，有个肥胖小伙子，站在寨墙上，向大家叫道："进村的，要一块钱的入村税。你们要进村的，各拿出钱来，领入村券。"老百姓听了这话，不问男女老幼一齐叫起来，其中有一个妇人挺身出来向寨墙上指着道："胖小子，你是什么人？随随便便就关着寨门和我讹钱。"那人道："我是新任冒村长委的征收股长，你们能够不听村长的命令吗？"

人群中有个白胡老头子，手舞长旱烟袋，抖擞着道："你们说年纪老大的是贪污分子，都赶了走。换上你们来了，没有别的，第一件事就是搂钱，你们不是贪污，干脆，你们是硬要！你们忠实？"那胖子瞪了眼道："老贼，你废话少说。要不然我把你捆起来，照破坏新村秩序办你。"这些老百姓听了，越是气，大家乱叫乱跳。可是这村子外面的墙很高，门又结实，实在无法可以进去。

闹了很久，天色慢慢地晚了，这些人既渴又饿，站得疲倦更不消说。其中有几个熬不过的，就悄悄地向大家说："虽然我们这一块钱出得太冤，可是为了这一块钱就让他们关在村外，未免太不合算，纵然让他敲了竹杠去，好在只是一块钱的小事。"这话一说，十有九个软化过来了。我在远处站着，就看到那些被摒堵门外的老百姓，三三五五交头接耳地商量。在寨墙上的人，也不止那胖子一个，有三四个人面上各带了笑容，口里衔着纸烟，在寨墙上摆来摆去。他们看到门外人是这种情形了，就有一个人伸出脑袋来向下面问道："天快黑了，你们拿不拿钱出来？再不拿来，我们就要回家去了，那你们只好在露天里过夜。"这些人就陆续地叫着："我们买入门券就是。"于是寨墙上就有两个人下来，一人手上拿一卷白纸片，一人手上提了一只蓝布口袋。这人逢人收钱，向口袋塞进去，那人就对交钱的人，各给一张白纸，这就算是入门券。这二三百一个没落下，连那说不平话的老头子，照样给了一块钱方才进去。

我直看到这班人都进村子里去了，也向前纳一块钱的捐，以便到村子里去投宿，可是走到那里，村门大开，并无一人把守，让我自由地进去。我总还疑心着这里有什么机关不敢胡闯，在门内外徘徊了很久，看那里面，实在寂寞无人，我这就

八十一梦

大着胆子走了进去。进门看时,路旁有座中西合璧的房子,里面七歪八倒地躺了几个人。有的睡在沙发上,有的伏在桌子上,有的索性倒在地板上,都是鼾声大作。桌上是酒瓶菜碗,装了鸡鸭鱼肉,骨头撒在四处。有两个穿着短衣的人,口袋包鼓鼓的,里面藏着钞票。我这就恍然,他们关门勒捐是什么用意,便故意叫了一声道:"各位先生,购入门券的来了,你们还有没有?"那屋子里所答复我的,却是呼呼的鼾声,那几个人全成了死狗,一动也不动。我笑着点头,向他们拱拱手道:"你们打倒贪污分子的,可是你们并没有人打,却也倒在这里。"可是我第二个念头立刻发生,且莫穷开心,现在要赶快去找个旅馆歇脚。不然,今晚徘徊在露天里,倒教这里的忠实分子疑心我不是好人了。

顺路向前,张眼四处观望,早有一幢半西式的楼房,立在面前。一方"公道旅馆"的招牌,在屋檐下高高挂起,这当然心里大为痛快一阵。我走到这旅馆面前,却见白粉墙上,红红绿绿,贴了许多宣传传单,其中有一张,却让我格外注意,上面大书"大减价一星期"。比这"大减价一星期"六字稍为小一点的,却是下面几行字:"本社在此三周中,按原价提取三成现金,作为慰劳前线将士之用,故实际上本社只收七成房价。诸君既住本来廉价之房,并未增加分文负担,又能慰劳前方将士,一举两得,何乐不为。"我猛然一看,仿佛这旅馆减价了。可是仔细一想,他之慰劳将士是在原价上提取。虽说他已减收三成,可是旅客并未得一文钱的便宜。

我正对了那宣传品出神,旅馆里却拥出了三四个招待,将我包围起来,争着道:"先生住旅馆吗?这里大减价。"我虽不愿进去,无奈冲不出这群人的包围,只好随了他们走。走进这旅馆的大门,看到在堂屋正中,悬了一幅直匾,大书"合群第一"。我想旅馆以合群的话来号召,倒也是对的,那么,这家旅馆,也许是最公道的一家旅馆了。我认定一个面带忠厚的茶房,由他引到三层楼上去。这茶房一面开房门,一面向我道:"先生,你算有眼力的人,到我这里来。楼下和二层楼,全不能住。那楼下外号恶虎村,二层楼外号连环套,客人到了那里,茶房就乱敲竹杠。"我听了这话,大为奇怪。怎么自己人说自己人坏话,因问道:"你们不是一个老板吗?"茶房道:"虽然是一个老板,只有我们三层楼是老板最亲信的。他们都想拆老板的台,好让自己来开旅馆。我们是忠实于老板的,宁可把这家旅馆白送给别人开,也不让这些混蛋来捡便宜。"说着话引我进房。

电灯明亮之下,倒也铺陈齐全干净。只是墙上新贴了三张字条,一条写着:"兹因电力昂贵,按房价酌加电灯费一成。"二条写着:"兹因水价昂贵,按房价加茶水费一成。"三条写着:"贵客如用铺盖,加收房价一成。"我不由叫道:"岂有此理!"茶房赔笑道:"先生觉得房间不好吗?"我道:"你们门口贴着传单,在这几天内,提取房价三成,作为将士慰劳金,并不加旅客一文房价。现在你们把旅客少不了的水、电、铺盖各加上一成费用,正好三成,补偿那损失,你们白得了慰劳的好名,负担却是加在旅客身上。借了爱国的名声,你们又可以多做些生意,这好处都是你们占了。"茶房笑道:"先生,你纵然吃点亏,只有这晚的事,何必计较?"我笑道:"你这话倒是忠实话。"那茶房笑着退出去了,我倒也休息休息。

正在这时,房门外有人喊了起来,我出门看时,正是两个茶房面红耳赤,各晃着臂膀子要打架。我不由打趣他们道:"你们这就不对了。你们楼底下,挂着大字标语,'合群第一'。上得楼来,已经知道各层楼茶房互相不和。以三层楼而论,你们应该合伙做事了,怎么又打架?"一个年老些的茶房迎着我道:"先生,你有所不知。我们茶房工资很少,不能够维持生活,各人凑点钱,贩些香烟糖果,在旅馆里卖,这小子倚恃着和账房先生有点关系,他要做九股生意,只许我搭一股。"我觉得这话,过于琐碎,就没有理他,自回房安歇。偏是左右隔壁,全有人谈天,吵得厉害。其中右隔壁有个人说口西南官话,他道:"只要照着我这个自足社会的章程去办事,无国不强,无国不富。"

我想起来了,这是一个提倡公道社会主义办自给自足社的金不取先生。他住在公道旅馆,倒也是名实相符。这位先生闻名久矣,却不曾见面,于是我走出房来,在那房间前楼廊上面踱着步子。见那房门敞开,有一位道貌岸然的白须老者,穿了碧罗长衫,右手挥羽扇,左手捏了一串佛珠,好像是一位富而好善的财主。另一个人穿件老蓝布长衫,上面还绽了几个补丁。手拿一支竹根旱烟袋,斜坐在椅子上喷烟。听他那口西南官话,就知道他是金先生。

八十一梦

那老人道:"素闻金先生大名,是位廉洁之士。有金先生出来办社会事业,我们捐款,却也放心。"金不取笑道:"兄弟生平主张,是吃苦耐劳并重,因为光能吃苦,还是不行,只是节流并非开源。必定要注重耐劳,才可以做点事情。老先生,你看晚辈为人什么事不能干?洗衣、煮饭、织布、耕田,我都优为之。"老人道:"我们也久仰先生大名,决计邀集十万元,请先生来办自足学校。今天兄弟带来的钱不多,先交金先生三千元作开办费。"金不取听说,立刻站了起来,举着右手拳头高过头顶道:"我金不取,誓以至诚,接受这十万元,实践公道社会主义,兴办自足学校,盗取该款分毫,绝非人类。"那老翁十分欢喜,立刻打开身边的皮包,拿出三千元钞票来,放在桌上。那金不取,依然斜坐在一边抽旱烟袋,并不曾正眼看上一下。老人也站起来,拱手托重一番走去。这位金不取先生送到房门口,倒回头向桌上的钞票看了三四次,就不曾再向前送了。

隔壁房子里,却有个中年妇人,抢了进来,她穿了一套紫绸白点子衣服,涂了满脸的胭脂粉。虽是胭脂粉底层,还透出整片的雀斑来。光着臂膀,套上两个蒜条金镯。我想金不取那份寒酸,还有这样摩登的眷属吗?那妇人进房,两手把钞票抓着,放在怀里。这位金不取先生,这时颇有点名实相违,他把手里旱烟袋丢了,也做了个黑虎掏心的姿势,在那女人手里将那三千元的钞票抢了去,低声喝道:"你不要见钱眼红,这是公家的款子。人家捐了款子,我们是要登报公布的。"那妇人把嘴一撇道:"你这是什么鬼话?哪一回人家捐的款子,你不是一体全收,自己用了?怎么样?有了这一批款子你就改邪归正了吗?你不要痴心妄想,以为那老头子,也许有十万块钱没拿出来,先要向人家作点信用,那实在用不着,你这件蓝布长衫和这根竹子旱烟袋,已骗得人家死心塌地了!"

金先生已是将钞票放在椅子上,屁股坐在上面,顿了脚低声道:"你只管叫些什么?戳破了纸老虎,是我一个人倒霉吗?这两个月手边没有一个钱用,东拉西扯,天天着急,你还没有尝够这滋味吗?"那妇人道:"是呀!你既知道这两个月我们尝够了辛苦滋味,现时有了钱在手,应该痛快一下,补偿补偿。"金不取道:"还有十万元没来呢。你不想这件大事办成功吗?"那妇人道:"废话少说。我今天还

117

没有吃饱饭。"说着,她就大声将茶房叫了去,因道:"你到隔壁馆子里去和我叫点东西来吃。"茶房道:"我知道,一碗光面,两个烧饼。"妇人道:"不,前几天我们吃素,现在开荤了,要一个栗子烧鸡块,一个红烧全鳜鱼,一个清炖白鸭,要一个红烧蹄膀,再来笼米粉牛肉。"金不取在旁插嘴道:"你怎么要的都是大鱼大肉?"妇人道:"你是嫌没有海菜,好,添一个红烧鱼翅。"

　　那茶房听了这话,望着她说不出话来,只是微笑。妇人道:"你以为我和你说笑话吗?"说着,两手将金不取一推,在椅子上面拿了一张一百元的钞票,交给茶房道:"你先拿去交给馆子里,然后送菜来。"茶房见了一百元钞票,立刻鞠了个躬去了。金不取道:"别忙走,带一斤真茅台酒来。"那妇人才笑道:"呵!你也馋了,晓得要喝真茅台酒。我有三个月没有好好吃一顿饭,就不该吃顿大肉大鱼吗?我告诉你,明天早上陪我到银楼去买金镯子。"金不取道:"什么?打金镯子?你知道,现在金子是什么价钱?"妇人道:"管它值多少钱,反正是别人给你的钞票,白丢了也不会有多少损失,何况还是买了硬货在家里存着呢?"金不取到了这时,似乎觉得门外有人会听到他们的说话,便在灯影下连连向她摇了手,既皱着眉又低声道:"唉!不要闹,不要闹,我陪着你去买就是。"

　　我本也无心听人家的秘密,只是偶然碰到这种事,打动我的好奇心而已。在人家那分外为难的情形之下,我便悄悄地回了房。可是这边隔壁说话的声音,又随着发生了。我虽然想不听,一来这是木板隔壁,隔不住声浪;二来这说话的是上海浦东人,那声音非常响亮。那人道:"这笔生意一定赚钱,我们的资本已经够了。因为运输困难,办多了货,也未必得来。先试办两万元,有三只箱子,可以把这些东西完全运来。到了本地呢,若像现在这种情形,我们可以赚三万元。为了我们将来其他生意合作起见,我们暂时欢迎你先生加入一万元的资本,你看至多不过是四十天的工夫,你先生可以赚一万五千元,这样的好事,差不多的人肯让出来吗?"这人一连串地说了许多,只听那人连连地说着"是是是"。我猜想那是接受他的意见了。随后,这位浦东人又道:"好,这一万元我先开一张收条给你先生。"这样子,他是转过那入股的一万元了。关于这生意经的事,我是个外行,也就没有

八十一梦

仔细向下听了去。

到了次日早上起来,我想着,离开这个公道旅馆为是。把钱交给茶房,教他去算清房钱,信步走出房门来,在走廊上等着找钱,这就看到一个黄脸汉子,穿的笔挺的西装,口角上衔了纸烟,也在这里徘徊。他听到我说的是外乡口音,便向我点点头道:"你先生也在做进口生意的?"我听到他说的是浦东口音,正是昨晚上他收入股本的人,便微笑着点点头道:"我们不敢在阁下面前谈生意经。"他笑道:"你先生也知道我在做大生意?现在经商也很难,好像只要看得准机会,一下抓住,那就稳赚钱。可是人事千变万化,你又哪里说得定?比方说,贩了大批金鸡纳霜来,偏偏今秋没有流行的脾寒症,老百姓个个健康,药贩子就大失所望了。这奎宁丸之类的玩意,倒是不好倾销的。"他正在开始讲生意经,忽然一阵楼梯响,接着有上海的口音喊了上来:"老魏,老魏,今朝有仔铜钿,可以又麻将哉。"随着这话,上来一群西装朋友,这人答道:"今朝我预备一千只洋捞本。"说着话,他们一窝蜂地拥进房去了。

我听了这话,料想他预备下捞本的一千元,一定是取之于加入新股的那一万元之内。有人曾劝我,当此薪水不足维持生活的日子,应当找着商人搭股子,谋点外快,如此看来,大有和人垫赌本的可能了。这时,茶房已经把我交付房钱的剩余,找补了回来,我也无意再在这里留恋,便出了旅馆,要找个地方吃点心去。

在旅馆门外,遥远听到有人叫了一声"我兄何来"?回头看时,是一位日久不见的老申。他已穿了一套笔挺的西装,手挥一根斯的克七搠八捣地走近来。我笑道:"士隔三日,刮目相看。我兄怎么这样一身漂亮?"他笑道:"实不相瞒,跑了一趟香港,两趟海防,略略挣了几个钱。二十年老友今天见着,应当大大请一次客。"我知道,这种做外汇生意的商家,手头极阔,五十元的西餐,算是家常便饭,他说要大大请我一顿,必系这一类的请法,然而我何必呢?便笑道:"不必不必,我来请你吃早茶吧。"老申笑道:"不是我瞧不起你们文人,你们挣几个死钱,实在没有我做生意活动,今天相遇,老实不客气,应当我请你,到了到了,就是这里吧。"

我看时,却是五六尺宽的屋巷子,门口有套锅灶,在炸油条。里面一条龙几副座头,坐满了经济朋友,在喝豆浆。这样用早点,我倒是极赞同的,不过老申说要大大请我一顿……老申见我沉吟着,拉了我一只手臂进屋去,他笑道:"任何早点,没有这样吃卫生。豆浆富于滋养料,油条经过滚油炸了,一切细菌都已杀死。"我对于他的话,无可反驳,便在人丛中挤了坐下。吃喝之后,也不过几角钱,由他看来,我虽是穷文人,我倒抢着会了账。这样,他倒未便出店就分手,因道:"老兄既是要到这里来参观参观的,这里有一位绅士王老虎,我们不妨同路去拜访一下。我和他作过好几次来往,此公不可不见。王老虎公馆隔壁,有一位钱老豹,也是一位土产经济大家,多少可以供给你新闻记者一点材料。"

我想,这几毛钱没白花,这个是我极愿意看看的。于是随他转了两个弯,见一幢带有花园的洋房,耸立在前面。花园门是中国式的八字门楼,上有一块青石匾额,大书"洁净"二字。旁边两块木板联,乃是"忠厚传家久,清廉养性真"十个大字。就这文字表示,简直是隐者之居,何以主人会叫王老虎?但他也不容我踌躇,已经在前引路,将我引导到堂屋里去。这倒是个怪现状,四壁挂着字画,左右也列了椅几,可是在屋中间,一边有四个竹席子圈了丈来高,里面黄黄地堆了饱饱的谷子。我不觉站着出神看了一会,心想为什么布置得这样不伦不类。这是第一进堂屋,进了堂屋后面的屏壁,不免向第二进屋子看去,却和那里又不同,连四壁的字书都没有,只是囤粮食的竹席子,圈了大小的圈子,一个挨着一个,堆平了屋顶。远远看到那囤子上面白雪也似的顶出一个峰尖,那正是盛放着过量的米,在那里露出来。可是在那堂屋屋檐下,还有一块红漆横匾歪斜着要落下来,不曾撤去。那匾上有四个字"为善至乐",要不然,我倒疑心走到粮食堆栈了。同时我心里也恍然想过来,这正是这位主人翁,费尽心机的生财之道。不过米谷这样东西不像别的货物,人人都用得着的,何以他公开地在这里囤积着,也没有人过问?

我正站了出神,却嗅到一股猪毛臭味,由这堂屋侧面被风吹了进来。我偏着身子,向那里看时,有一片很宽敞的院坝,沿院子四周,都栽有树木。树木下,北面是矮矮的屋子,在屋顶上冒出两个烟囱,正是大灶房。看到一排酒缸,何以知道是大酒缸呢?因为一来有酒味在空中荡漾;二来在那檐下,有十来个竹篓子,里面都盛着酒糟。这院墙靠南,是一排猪圈。远远看去小牛一般的大肥猪,总有二三十只。在猪圈大棚外,正有人在拌猪食,酒糟和白米饭,在猪食槽里满满地堆着。我想食米、酒糟、猪,这样一套的办理,却是真正的生意经。这种主人外号老虎,那未免名实不符,应该叫王狐狸才对。

正说着,却有一个讨饭的,叫着"施舍一点吧"。一言未了,只见一个穿短衣的人手里拿了一根木棍子,喝着出来。后面三只驴子似的狗,汪汪地抢着狂吠。那叫花子将手上一根棍子乱舞着,人只管向后退了去。那个吆喝着的人,不去拦阻那狗,反指着叫花子骂道:"你给我滚远些,这里前前后后都堆着粮食。"老申向他远远地招了两招手,他才放过叫花子,迎上前来答话。老申笑道:"你又何必对叫花子这样大发雷霆?你把那猪食抓一把给他就行了,也免得这三条恶狗叫得吵人。贵主人翁睡在家里不动,天天进着整万洋钱,你还怕叫花子会把他吃穷了吗?"那人笑道:"倒不是舍不得打发他们一些,只是这些人我们有点惹不起,一个人来了,就有一群人来,终日听着狗叫,也烦人。申先生今天又给我们带了好消息来?"老申点点头道:"好消息,好消息,这一下子,准保你们老爷,又要发十万块钱的财。"那人信以为真,抢着再向后一进屋去报告。

我们再走入一重院子,见两旁厢房都掩上了门,外面铁环上,用大锁反锁了。我挨门走过去,由门缝里张望了一下,却见蒲包有丈来围度,里面装着饱饱的,又是一个挨着一个,堆靠了屋顶,我虽不知道这里面堆了什么东西,但这里面的东西,不是储藏着主人翁自用的,那是可以断言。这也不容我仔细打量,主人翁已经出来了。他上穿一件麻纱汗衫,扛起双肩露出两条树根似的手臂。下穿一条黑拷绸裤子,拖一双细梗花拖鞋,手扶了一支长可三尺的旱烟袋,烟袋头上可燃着一支土制雪茄。他约莫五十上下年纪,光着和尚头,雷公脸,颧骨和额头三块突起,成个品字形。嘴上有几根数得清的老鼠胡子,笑起来,先露出满口的黑牙齿。

老申也抢着向我介绍,这是王镇守使。我一听这称呼,就有些愕然,镇守使这官衔,还是北伐以前的玩意,现在有十年以上不用了,怎么这样称呼呢?那主人翁倒受之坦然,向我点了两点头。却赖老申代我吹牛,说我是一家运输公司的股东。

大概他最欢迎这种朋友登门,乐得他满脸皱纹闪动,立刻笑嘻嘻地下得堂屋台阶迎着我上去。我看这堂屋里椅案字画,也是普通绅士人家一种陈设,在正中堂上有个特别的东西,便是在梁上悬了一块朱漆红匾,上写四个金字:"急公好义"。上款是"恭颂王镇守使德政",下款是"合邑绅士商民敬献"。

在我打量时,已经升到堂屋里,那鸦片烟的气味,不知从何处而来,一阵阵地向鼻子里强袭着。主人翁对于这事,好像是公开的秘密,并不怎样介意,两手抱了旱烟袋,向我一拱,笑道:"舍下住得偏僻,阁下远道而来,却是不敢当。"大家谦逊一番,在旁边硬木太师椅上坐下。他家里囤积的粮食,给予我的印象太深了,便笑道:"现在兄弟路上,有人要买一点米,王先生有货没有?"王老虎摇了头道:"这几天,哪个出卖粮食呢?放在家里一天,一担可以涨一二十块钱。"我道:"粮食为什么还要涨价呢?今年年成还不坏。以前说怕天干,这下了一个星期的雨,应该好了。"王老虎毫不犹豫地,答复了我三个字:"好啥子?"接了这句话他才道:"为了这场雨,把黄豆一齐打坏了。昨日一天,黄豆涨了二十块钱一担。"我道:"黄豆收成好坏,与谷子有什么相干?"王老虎道:"这些家私,都是出在田里的,自然是一样涨。"

这时,有他家人,送上三盖碗泡茶来。大概他对于我这贵客,还不错待,随了这三盖碗茶,便送上四碟子糕点来。另外还有一听开了盖的纸烟,放在桌上。王老虎向老申笑道:"我今天新请到了一个厨子,请老兄陪客在我这里午餐。这位张先生有什么麻货?分些给我。"老申见他打量错了人,又不便说破,因笑道:"张先生有是有货,他还不是像王镇守使一样?留着不愿脱手。"

王老虎自己起身将烟听子拿着,敬我一支烟,将火柴送到我面前,这像是很诚恳、很亲密的样子。他隔了茶几,伸过头来道:"张先生,你这个算盘打错了。你运输的人和我这囤货的人,情形大不相同,你囤了货不卖,岂不压住了资本?货到了地,你赶快脱手,也好得了钱,再去跑第二趟。"老申道:"这位张先生,也是个老生意经呢。这些关节,他还有什么不明白?"王老虎笑道:"别别脱脱,我就把我的意思说出来。五金、西药、棉纱、化妆品,我都要。既是张先生到舍下来了,就是看得

八十一梦

起兄弟，当然可以卖一点货给我。至于款子一层，那不成问题。银行里汇划可以，支票可以，就是现款，五七万元，总可以想法子。"我听了这话，心里就想着，这家伙真有钱，五七万现款，家里可以拿得出来。

正在这时，有几个穿童子军服的男女学生，抢进院子来。其中有个大些的人，手里拿了一面白纸旗，大书"征募寒衣捐"。王老虎看了那旗子上的字，大声问道："做啥子呀？做啥子呀？这是我的内室，你们这些小娃好不懂规矩，乱撞。硬是要不得！硬是要不得！"那个拿旗子的童子军，行了个童子军礼，笑道："天气慢慢要凉了，前线将士……"王老虎不等他说完，拿起手上的旱烟袋，高高指着屋檐柱上道："你看，我早捐过了，这不是一张五角钱的收条？"那几位童子军，就都随了旱烟袋头向柱上看看。有一个人叫道："这是去年的收条。"王老虎道："我不否认，这果然是去年的收条。去年的收条难道就不能作数吗？"那一个大点的童子军笑道："算数当然算数，不过这是去年的事情，今年请你再捐一次。"王老虎把脸啰着道："我不看你们是一群小娃儿，我真不客气。你们放着书不念，拿了一面旗子，满街满巷这样地跑，讨饭一样，二毛三毛，伸手向人家乱要。破坏秩序，又侵犯人家自由。"

那个童子军倒不示弱，也红着脸道："救国不分男女老幼，我们年纪虽小，爱国的心可和大人一样。我们也就因为年纪小，做不了什么大事，所以出来募募寒衣捐。你捐了钱我们就走，不捐钱，也不强迫你，破坏什么秩序？"王老虎冷笑道："你们也该爱国，国家大事，要等你这群小娃儿来干，那中国早就完了。废话少说，这是我的家，我有权管理，你们滚出去！"老申看这事太僵，便在身上掏出两张毛票，交给一个童子军道："各位请吧，各位请吧，我这里捐钱了。"他口里说着，手上是连推带送，把这群小孩子送出去。王老虎站在堂屋中间，只瞪了眼望着他们走去。虽是我也听到那童子军骂着凉血动物与汉奸，这位王镇守使却口角里衔了旱烟袋待抽不抽地，望了门外出神。

老申回转来向我笑道："王镇守使是最爱国的人，这一点小捐算什么，往年他购买公债，一买就是几万。不过他讨厌这些小孩子向人家胡闹，故意和他们憋这口气。"王老虎笑道:"申先生就很知道我,无论什么爱国捐,我没有一次不来的。不过我认为捐款绝不是出风头的事,所以钱虽捐出去了,我并不要收款人公布我的姓名。"老申一拍手道:"我明白了,我明白了。上次献金,听到王镇守使也献了一笔很大的数目,原来是你不肯公布。"王老虎将旱烟袋嘴子,指了自己的鼻子头笑道:"报上不是登着无名氏献金一千元吗?这个无名氏就是我。爱国要出风头,那就不是真爱国,所以我献金千元,却不愿意在报纸上露一个字。这些小娃儿他们说我是凉血动物,他们自己就是一群大混蛋。"

老申笑道:"不谈这些话了,我们还想到隔壁钱公馆里去看看。"王老虎将手指头点了他道:"这就是你不对。平常我们做些小来往的时候,你表示有主顾上门,绝不拉到别的地方去。今天这位张先生来了,我们很可以做一点生意,怎么你倒要拉到隔壁去?张先生你有所不知,这社会是个万恶的社会,专一和忠实分子过不去。我和隔壁这位钱道尹,让他们给取了两个外号,我叫王老虎,钱道尹叫钱老豹。以我为人耿直,他们叫我老虎简直是不知是非,不过他们叫钱道尹做钱老豹,倒是对的。他做官不过有家财几十万,于今经起商来,倒有八百万了。这位钱老豹见着了洋钱,犹之乎狗见了肉骨头一样,丝毫不肯放松,一口咬住,拖了就跑。谁人要和他做上了来往,那就连本带利,休想拖出一文,只有完全奉送。张先生,你不必到他那里去,有什么买和卖,就和我商量吧。"我见他步步迫上了生意经,我拿什么来和他做买卖,正自踌躇着,老申早已看透了我这样为难,便笑道:"老兄,你要办的那件事,你先去办。买卖的事,你不便当面接洽,可以交给我代表一切。"我料着他是先让我脱去羁绊,向那王老虎拱了两拱手,说声再会,便走出这存货山积的王公馆。

来的时候跟了老申瞎跑,未曾赏鉴风景,这时是个自由身子,安步当车,就缓缓地走着。这是一个两山对峙的长谷,中间一条清水石涧,流泉碰在石上,淙淙作响,点滴都留在地上,并不曾流出山去。涧两岸高大的松柏树,挡住了当顶的日光,这谷里阴森森的,水都映成淡绿色。我也是大树荫下好乘凉,顺了这边一条石板路上走,迎面忽然闪出一座玉石牌坊,上面刻有四个大字,乃是"无天日处"。

八十一梦

牌下有个箭头木牌,横向前指,上写"'福人居',由此前进"。再回头看那石牌柱上却有副七言对联。那字是:"却揽万山归掌上,不流滴水到人间"。我猛然看到这十四个字,倒有些莫名其妙,后来参悟那横匾"无天日处"四字,觉得对这个阴森的山谷孔道,却也情生于文。

穿过牌坊下面,一直向前进行,走上有十来层山坡,翻过一座小山口子,前面现出一个小小平原。这里显然是经人工修理过了,一湾流水,绕着几畦花草。迎面一座最新式的七层立体洋楼,有白石栏杆周围环绕,一条水泥面的行人路,直通到面前。我心想,在这深山大谷里,有这样好的洋房子,这是到了桃花源了。要不,这是一等……这念头未曾转完,看到这屋边有个小山丘,在浅草里用白石嵌了四个丈来见方字,乃是"俭以养廉"。对面是片草地,草地用花编字栽着,也有一句四个字的成语,乃是"清白传家"。我倒出神了一会,觉得这幢屋子,有些神秘。顺了水泥人行路,且向前走,见那洋房大门却是中式门楼,八根朱漆柱子落地。柱上也有一副对联,乃是"白菜黄粱堪果腹,竹篱茅舍自甘心"。这无论如何我猜定了,这副对联乃是旁人代拟的,而主人翁却是胸无点墨。不然,何以这样儗不于伦?

就在这时,只听到轰轰隆隆,头上马达声喧。抬头一看,一架巨型飞机,却在平原上打旋转。我看清楚了那飞机翅膀上的标志,是民航机。它虽老在头上,倒也不觉有危险性。不想我这又大意了,只在一分钟的时间,大大小小的方形圆形物,像雨点般由飞机上落下,我下意识地向一棵小松树下一钻。我不知道经过了若干时候,我才恢复了我的意志,睁眼看时,一切如常,只是这花圃里落了几个布袋,又是几个蒲包。那洋楼里笑嘻嘻地出来一群人,将地上这些东西一样一样,用木杠扛了走。在我面前不远,也有一个蒲包、一只小口袋,这两样东西都破裂了口子,可以看出是什么。蒲包里面是装着香蕉、砀山梨、苹果、美国橘子。那口袋里是大海虾、鳜鱼、北平填鸭、广东新丰鸡。在那袋子上,印有红字大印,碗大的字写得很清楚:富公馆日用品免税。

一个来四川多年的人,对于这些食物都不免有点莼鲈之恩的,现在我是个亲眼得见,而且嗅得到那种气味,怎不悠然神往？可是我对这香蕉大海虾也神往不了多时,那些扛东西的人,把这一包一袋也扛进了洋楼。我呆立了一会,想着这洋楼莫非就是富公馆？我又看看山坡上白石嵌的"俭以养廉"标语,又觉这不是富公馆了。同时我发现面前立着一块木牌上写着："平常百姓,不得在此停留"。自己不再考量,转身便走。

　　大概是我转身匆促了,所走的却不是那道山坡石板路。只见几根粗铁缆,在半空中悬着。铁缆下面,有铁杠子架的空中轨道,我明白了,这是空中电车。行驶空中,这是往年要在庐山建设,而没有实现的事,不想在这里有了。可是这轨道一直上前,并无山峰,只是直入云雾缭绕之中。这建筑也透着一点神秘,我不免向前看去。这轨道的起点,有铁铸的十二生肖,各有十余丈上下。左边一只虎头人,右边一只猪头人,各把蹄爪举起,共举了一个大铜钱。这钱有两亩地那么大,铜钱眼里,便是空中电车道,放了一辆车子在那里。就在这时,有两只哈巴狗几只翻毛鸡,踏上了车厢,车子便像放箭一般,直入云霄。我想着,这一群鸡犬要向哪里去呢？好了,那钱眼车站门告诉了我,原来那钱上将"顺治通宝"四个字改了,钱眼四方,各嵌一个大字,合起来是"其道通天"。

八十一梦

第五十八梦　上下古今

"无情最是台城柳,依旧烟笼十里堤。"一种婉转的吟诗声,顺着柳树林子传了过来。我于淡日西风之下,正站在后湖的堤上,看见紫金山依然峰影青青地举头伸到半天里。而湖上的荷叶,七颠八倒,疏落着,漏出整片的水光,颇也发生一点秋思。这诗声吟过,我颇觉着吾德不孤。正这样想着,又听那人唱了昆曲道:"无人处又添几树垂杨。"随了这声音,柳树荫下走出一个人来。身穿青绸大领衫,头戴青方巾,三绺短须,一脸麻子,手执白折扇,背了一只大袖子,顺了柳林走出,我看了不免向他注意一下。他向我一拱手道:"阁下莫非以作小说为业之张先生吗?"我立刻拱手回礼道:"倒有些失认,敢问尊姓?"他将折扇指扇着柳树道:"我姓这个,我们也算是同行。你猜我是谁?"我一时倒想不起来他是谁,因笑道:"前辈太多,恕我腹俭,实在……"他又将扇子头,指了脸上笑道:"知道我的姓,再加上我脸上的麻子,你还有什么不明白?"我恍然大悟,笑道:"原来是柳敬亭先生,怪不得刚才念着《桃花扇》的曲子。先生还恋恋这六朝烟水之乡。"柳敬亭笑道:"你我正是相同。"我道:"这是天堂,还是地狱?不然何以能与古人相晤?"他笑道:"此地上不在天,下不在地。任何古今人物,此地都可以会到。"

说着话时,我信步随了他走,已走到一片烟雾丛中,山水楼台,都隐隐地半清不楚。但听到一片铃子响:"三郎郎当,三郎郎当。"我笑道:"莫非到了剑阁?何以有这狼狈哀怨的铃声?"柳敬亭笑道:"阁下耳音不坏,这正是剑阁闻铃的铃。但这铃子现时不拴在马脖子上,当了檐前的铁马,悬在屋檐下。只因唐明皇懊悔他生前的过失,把这马铃子悬遍了他的住屋左右。也是,正是'天长地久有时尽,此恨绵绵无绝期'之意。"我问道:"明皇在此吗?"柳敬亭道:"若有意见他,我愿引进。"我笑道:"那太好了,我正有许多问题,要请教这位风流天子。"柳敬亭将手一指道:"只这里便是。"

我但见雾脚张开,显出一座殿宇。柳敬亭引着我上了好多层白玉石台阶,只见一人龙袍黄巾,手抚长须,靠了玉石栏杆,对天上张望,左右并无一人。柳敬亭向前躬身奏道:"启奏陛下,现在有一凡人到了此处,顺便探些上下古今之事,请求一见。"我料着这一人便是唐明皇,便在台阶下肃立,唐明皇点点头,让我上去。我见了他作一长揖道:"今古礼制不同,恕不全礼。"明皇笑道:"此间别有天地,倒也不拘礼节。阁下远道而来,有何见询?但求莫问朕伤心之事。"我心想这就难了,见了唐明皇最紧要的是问《长生殿》这段故事。他说这伤心事不可问,那岂非入宝山空手而回?柳敬亭见我踌躇着,便笑道:"陛下登位之初,也有很多英明政绩,值得后人参考,张先生可在这一点上发问。便是辞章音律,陛下也极在行。"我想正面进攻,颇是不易,就在侧面去问他,因道:"陛下看来,姚崇和李林甫这两位宰相,哪个好些?"唐明皇笑道:"足下既读史书,难道这样贤奸分明的人物,还有什么看不出来?当然李林甫是一位大大的奸相。"我问道:"李林甫和杨国忠相比,哪个好些呢?"明皇道:"李林甫虽是奸臣,还有小才,杨国忠连这个'才'字都谈不上。"说着,叹了一口气。我看了这样子,大概是有隙可乘了,便笑道:"陛下知道杨国忠也是这样一个人物,何必用他?"唐明皇一听到我只管问杨国忠,脸上就有些不以为然,手摸了胡须,昂了头望天,兀自出神。

我想着我不应当不识相,再去问什么,笑道:"清代有一位诗人,袁子才,他很替陛下辩护,陛下知道吗?"明皇点点头,脸色又和悦了一点。我道:"他吊马嵬驿的诗,有这两句,'只要姚崇还做相,君主妃子共长生',陛下以为如何?"我以为提到马嵬驿这个名字,一定触动了他伤心之处了,只管望他的脸色。等我把话说完了,他居然脸上有笑容,手拍了栏杆道:"对对对。家事是家事,国事是国事。当年朕尽管宠爱杨贵妃,乃是宫内之事,若是外面的宰辅,还是姚崇张九龄,便也不会有安禄山之变,只是难言之矣。"我道:"袁子才,还和陛下辩护过。"他说:"唐书新旧分明在,哪有金钱洗禄儿?"明皇默然低头拈带。我道:"陛下既已提出安禄山,小可不免要请教一事,安禄山之变,这责任应当谁负?难道杨贵妃丝毫不相干吗?"唐明皇脸色一变,拂袖而去。只听那屋檐上的铃子,又在那里响着,"三郎郎当,三郎郎当"!

柳敬亭道:"唉!张先生,这是怎么了?他已有言在先,不要提他伤心之事,你怎么只说到杨国忠、杨玉环的事呢?"我笑道:"你也未免太不原谅人了。见着唐明皇不问这道公案,犹之见了柳先生,不问《桃花扇》这道公案一样,这岂非舍正路而不由?"柳敬亭听了这话,倒也微笑了一笑,因道:"明皇已是不快而去,我们这不速之客,守在这里,似乎没有什么趣味,可以另走个地方吧。"我心里大喜,在第一次访问就没有结果的时候,居然还没有打断主顾,便笑道:"那就很好,到了这里,一切要请老前辈指教。"这一声老前辈倒很有效力,他笑道:"我们出去再说。这个区域里,一部《二十四史》的古人,随处皆是,走着哪里,访到哪里吧。"说了,他引我出了宫殿又进入云雾中。

我道:"柳先生,凡事莫真切于现身说法,我很想就请柳先生自身说一点故事。"柳敬亭又将扇子头指了自己的鼻子笑道:"你教我现身说法,至多就不过富贵人家一个食客。现在的社会正要消灭寄生虫,把我这陈死人介绍出来干什么?"我道:"话虽如此,但柳先生当年那一番际会,倒也是可以劝诫劝诫后人的。史阁部在这里吗?"柳敬亭道:"自然也在那里。此公的性情与明皇不同,也许可以让张先生畅所欲言的。"我道:"那就好极了,马上请行。"

一转身间,只见云消雾散,在面前现出一所竹篱茅舍。也不知是何季节,竹篱上,拥出一簇红梅,其间配着两三棵苍松,颇觉在幽雅之中还有点热烈的情绪。柳敬亭指着那里道:"这就是阁部家里。他因心中烦闷,常到海上观涛去,不知此时在家没有?让我先上前去看看。"说着先行一步,他走到那篱笆门边,回身向我招了两招手。

我料着史可法在家,立刻肃然起敬,随着柳敬亭进了竹篱,早见高堂里一位高大身材的人迎出来。那人长圆脸儿,三绺长须,雄伟之中,还有些斯文气象。他拱起身上蓝袍的袖子道:"贵客来得好,小可正有满肚皮牢骚,要贡献世人。"说着引我入室,这里也无非是些藤竹桌椅,布置很是简朴。虽然史可法对来宾很是谦逊的,可是我终是执着一分恭敬的态度。

他见我不曾发言,倒先问起我来道:"现在中国又受到异族侵犯了,炎黄子孙实在不幸,不过今日的民心,却比我当年所见的要好些。"我心里只管惶愧,不知道怎样答复才好。史可法又道:"论到民心呢,当年也并不缺少忠义之士。只是朝里有个马士英阮大铖,正如南宋一般,橘子里面烂起,外面徒有如金如玉的皮,也包藏不了这一团败絮。现在是共和时代,马阮之徒绝不能复生,只要将士用命,外侮是不足惧的。"他说着,望了我,待我的答复。我起身只答复了一个"是"字。我答复是答复了,但我心里仍旧惶恐着。

史可法手摸须杪,叹了一口气道:"提起当年,真是无限伤心。当左良玉尽撤江防,向南京去扫清君侧的时候,北兵正加紧南侵,一旦北兵渡江,南朝君臣,只有走南宋的旧路,退向海边,自趋死路。于今我们固守古雍益之地,闭关西守,东向以争天下,汉唐复兴之业,不难期待。当年左良玉若有远见,下固荆襄,上收巴蜀,以建瓴之势,为明朝打开出路,何致清人以汉攻汉,同归于尽?"说到这里他将桌子轻轻拍了两下,叹道,"论起马阮,万死不足以蔽其辜。他竟说北兵南下,犹可议款。对于上游之师,非对敌不可。黄得功呢?是个痴子。他竟听着马阮的话,也尽撤江南之兵,和左良玉对敌。我再三阻止,他也不听。左军撤兵了,北兵渡江,南朝也就亡了。明之亡,不亡于清军,不亡于流寇,实亡于无文无武,个个自私。千秋万世,后代子孙必以此为戒。足下回去之后,可以把我这话,多多转劝世人。"我听了这话,通身汗下,衣服湿透,躬身站立说声"是"。史可法见我十分惶恐,倒不解所谓,便将脸色放和悦了,因道:"足下请坐。我想起当年的事,就不免有一番悲愤,其实我非敢慢客。"柳敬亭这才插嘴道:"阁部谦恭下士,向来蔼然可亲的,张君倒不必介意。"我何尝不知道史可法是位最和悦的贤人,只是他说的话,句句都刺在我心上,不由我不惶恐起来。他既发笑了,我也就如释重负,便思索着要向这位民族英雄问些什么。

他又不等我开口,先问道:"足下在南京住过吗?"我道:"战事爆发之前,住过两年,直到国都西迁,方才离开南京。"史可法又道:"秦淮歌舞,比之古代如何?"

八十一梦

我道："若论风雅，今不如古；若论繁华，古不如今。"史可法吃惊道："当年秦淮声色，就觉得有所不堪。怎么，前两年的秦淮，还比以前更繁华吗？"柳敬亭道："相国有所不知，在前两年还有一种人欣慕我等当年的声色呢。那南京文人，用绸子做了横匾，到歌场上去张挂，上面大书：'桃花扇里人'。那时异族虽已侵犯国土，还不曾进逼中原。可是南京的文人，就仿效《桃花扇》里人了。"史可法道："有此荒谬举动？"我被他这一问，又不好答复。

若说无这事，那匾额我已亲自得见。若说有这事，史可法正恭维后代比明末的人好得多。我一承认，未免说现代人太不争气，因笑答道："晚辈已经说过了，若论风雅，今不如古。那一班文人，根本不知道桃花扇是怎样一回事。只知道事出在南京，却不知是出在南京一个不幸时期，他们不懂历史就弄出了这笑话。"柳敬亭道："似乎这匾额随了歌妓走，由南京到汉口，由汉口到重庆，都曾挂过，难道尚没有一个人发现这是不通的？我们所演的故事，是已骂名千载，何忍后人去蹈我们的覆辙？"史可法听着这话，面色黯然，若非为了我是一个凡间生客，他竟要落下几点英雄泪来。他手理着胡须，默然不语。我觉得对这位前辈的访问，徒然增加宾主的不快，只好起身告辞，约着改日奉谒。

柳敬亭依然陪了我出来，他笑道："你这位新闻记者，我有些不解。遇到不可问的人，你偏要问，而遇到可问的人呢，你又什么不肯说。"我说道："柳先生你不是现代的人，你不知道现代人的心事。"柳敬亭笑道："我且不管你的事，我们既是同行，我就教你来尽兴而返。你说你还想访什么人，我好引了你去。"我想了一想，笑道："这却难了，天上这多古人，我哪里会得齐全？而教我挑选一个去拜访，我又不知拜访哪一个是好。"

我心里一面踌躇着，一面抬头四处张望。却看到了一座小山上，堆了一堆太湖石，有一个人也身穿黄袍，扶了一株小松树，昂头四望。他头上没有戴帽子，也没有戴头巾，只是一块黄绸带子束住了牛角髻。我悄悄地问柳敬亭道："这是哪一代皇帝？倒有些潇洒出尘之态。"柳敬亭笑道："这不是皇帝，也不是公仆将相，可是他已叱咤风云，做过一番事业。"我笑道："莫非是一位塞主？"柳敬亭笑道："强盗不会有这种架式,这是当年与明太祖分庭抗礼的张士诚。"我道:"此公虽是一位败则为寇的汉子,后来听到苏州人说,他是一个好人,我倒愿和他谈一谈。"柳敬亭笑道:"去是可去,我恕不奉陪,就在这路边树荫下等你。因为他和朱明君是不两立的,他骂起明人来,我有些难为情的。"

我想他所说也对,便朝着那山石走去。看到张士诚掉转脸来,便道:"吴大王,现在凡间游客前来拜访,可以一见吗?"张士诚听说我称他大王,甚是高兴,他拱手笑道:"请来一谈,那又何妨!"我向前两步,行过宾主之礼,就在太湖石上对坐了。他先笑道:"人人都叫我张士诚,怎么足下称我作吴王?"我道:"我们是后人,落得公道。我们常称朱元璋做明太祖,又为什么不能称阁下作吴王呢?明太祖未尝对我们特别有恩,阁下也未尝特别有害,阁下不过是败在明太祖手上而已,这与我们后人何干?"张士诚道:"朱元璋与你后人未尝特别有恩吗?他曾驱逐异族,恢复汉家山河。"我道:"这一点我们并不否认,但当年吴王起兵的时候,不也是以驱逐异族相号召吗?假使明太祖当年败在吴王手上,这民族英雄一顶帽子,便会戴在吴王头上了。"张士诚连连拱手道:"痛快痛快!生平少听到这一针见血的议论。"我道:"据史书所载,大王当日也曾降了太祖,后来何以各行其是?"张士诚笑道:"当年我和朱元璋起兵,虽然是苦于元人的苛政,但论起实际来,谁又不是图谋本身富贵?事到今日,我又何必相瞒?那时我觉自身力量很好,朱元璋他也不能容我这拥有吴越大平原的人。正是石勒所说,赵王赵帝,我自为之,哪能受他妒忌,所以我就自立为吴王了。"

我道:"明人说大王曾降元,真有这事吗?"张士诚笑道:"凡是建功立业的人,使用手腕起来那是难说什么是非的。就像朱元璋当年,何尝没有和元朝通款?他果然是后代所称的一位民族英雄,当年他定鼎金陵之后,就先该挥戈北伐。然而当年的行为,后人可以在史书上查到,他就是东灭我张士诚,西扫陈友谅,南灭方国珍。若由着你们现代人看起来,他显然是个先私而后公的人。所幸是那些元人不争气,民心已失,无可挽回。假使元人是有能力的,当着我们南方汉人互攻的时候,他出一支兵,渡河入淮,由朱元璋故里直捣金陵之背,像我张士诚以及方国珍

八十一梦

等人,固然是不免,可是首先遭元人蹂躏的,那岂不是朱元璋?这一着棋子,当时没有人看破,到后来,三镇争功,清兵渡江,还是蹈了祸起萧墙之诫。朱元璋也在这里,足下不妨访他一下,看他还有什么说的?我以为刘邦、李世民同是开国之主,公私分明这一点上,比朱元璋强得多。你不要以为我和他是仇人,其实还是照你们现代人的看法说的。"这位及身而亡的吴王,越说越兴起,说得面皮通红。

我想着,柳敬亭果有先见之明,他料定张士诚必然要大骂明人,不肯来领教。听此公所说,除了批评明太祖君臣之外,恐怕也不会有什么好史料来供给我。一味地听他骂人倒把柳敬亭冷落了,也许他不在山下久候着我,因向他告辞道:"今日没有准备时间,不能与大王长谈,改日再来拜见。"张士诚有话不曾说完,见我告辞,颇觉减趣,便道:"这地方不容易来,然而你真下了决心要来,也未尝不能来。难得阁下不以成败论人,下次我还愿作一度更长时间的谈话。"我也未便拂逆了他的盛情,便完全接受,方始下山。

柳敬亭果然有信,还在路边等着我。相见之下,老远便拱了手笑道:"听他的话,觉得很满意吗?"我笑道:"他自然不失去他的立场,我现在同到哪里去?"柳敬亭想了一想,笑道:"阁下来到此地,只管访人,而且只管访政治上的头等人物,未免近乎一套。另换一换口味,你觉得好吗?"我笑道:"正有此意。"柳敬亭笑道:"阁下来到此间,总是远客,忝为同行,我应当聊尽地主之谊,请阁下略饮三杯,幸勿推却。"我笑道:"恭敬不如从命。"

说着,随他之后走不多远,便有朱漆栏杆、描金彩画的飞檐楼房,矗立在面前。檐前一幅横匾,大书"戒亡阁"三字,下书"仿羲之体,菊花道人书",我看了倒是一怔。柳敬亭在后,拍着我的肩膀道:"莫非不懂此意吗?"我道:"正是如此。"柳敬亭道:"这正是一月以卖酒著名的菜馆,便用了大禹戒酒的这个典故。"我笑道:"这酒店老板倒有些奇怪。人家开馆子愿意主顾上门,他倒说饮酒可以亡国。"柳敬亭道:"这就是这里一点好处。虽然做的事是会发生坏事情的,但他也不讳言。"我道:"这招牌倒是写的是一笔好兰亭书法,落了王羲之款,也可以乱真,来个仿字何意?"柳敬亭道:"你想,王羲之的字有个不人人去求的吗?可是人人去求他,他要有求必应,怎样应付得了?因此他请了许多代笔人在家里,由哪个代笔依然落哪个的款。读书人首先要讲个孝悌忠信,岂有到处将假字骗人之理?这也就是做事不肯小德出入的意思。"我笑道:"凭这块招牌,那也就觉得这家馆子不错。柳先生要破钞,就在这里叨扰吧。"柳敬亭自是赞许,将我引进了酒馆,在楼上小阁子里坐下。

酒保随着我们进来,便问要些什么酒菜,柳敬亭指着我道:"这是远方来客,请你斟酌我们两人的情形预备了来就是。"酒保去了,我笑道:"这话有些欠通。菜哩,酒保可以估量预备。至于我们的酒量,他怎么会知道?"柳敬亭道:"这也有个原因。在这里的人,根本就不会喝醉。而这里也只有一样作为娱乐的酒,用不着来宾挑选,多喝少喝无关。"我道:"那要是刘伶这一辈古人到了此地,岂不大为苦闷?"柳敬亭指了自己鼻子尖笑道:"譬如我吧,我以前是借了说书的小技,到处糊口,于今到这里来,我用不着,何以故?这里一切无可掠夺,也无须竞争。没有抢夺与竞争,就没有不平,人就不会发生苦闷。人生要没有苦闷、刺激、麻醉,这些东西就用不着了。这里人只有回忆往事而苦恼,所以谁也不愿听评书掉泪了。"我道:"那么,我来得有些不识相,我见着任何一个人,都愿意提起他往事的。"柳敬亭笑道:"为了劝劝后代人,我们就掉一回泪又何妨?"

正说着,酒保送上酒菜,果然是一壶酒,三样菜。我们浅酌谈话,少不得又讨教了许多明末遗恨。酒有半酣,却听到隔壁屋子里有人道:"他们把这事情弄得太糟了,已经在法院里打起了官司。"另有一个人道:"你何不再显一番手段,把后园那棵紫荆树再枯槁下去。"先一人道:"唉!你以为这年月还像以前呢?他们兄弟要分家,平屋梁中间,一锯两段,扒开椽子,卸了屋瓦,由堂屋到大门口,拆了一条宽巷,作为兄弟分家的界限。风雨一来,房屋摇撼,遍地泥水。到了晚上,小偷和扒手,在这宽巷里七进七出,吓得小孩子哭哭啼啼,老太爷老太婆念阿弥陀佛。可是兄弟二人,还隔个巷子叫骂。不是哥哥说那边拔了这边一根草,就是弟弟说这边多瞪了那边一眼。老叫小哭,谁也止不住他们兄弟拼命,一棵树的枯荣,与他们何干?我忝为他们先人,实在无法。"

八十一梦

我听了这言语,低声问道:"这莫非说的是田家兄弟吗?"柳敬亭道:"来的大概是他们祖先,他的后代越来越闹意见,骨肉已经成了仇人了。"我道:"京汉戏里,都有'打灶分家'这一出戏,不断地演了这故事给别人看,那位三弟媳妇想把家产独吞了去,颇为厉害。可是就在紫荆树一荣一枯,感化了她,这有点不近情理。"柳敬亭笑道:"神权时代,道德所不能劝,刑法所不能禁的人,神话可以制伏他。于今人打破了迷信,神话就不能制伏谁,所以他们的祖先,颇也感着束手无策呢。"我笑道:"往年我很反对'人心不古'这句话。于今看起来,倒也有两分理由。"柳敬亭笑道:"到这里来了,是另一世界,喝酒吧,不要发牢骚。"

我们喝了两杯酒,听得对面小阁子里有人笑道:"当年你老先生留下来的格言,把我们子孙教训坏了。你说的什么不为五斗米折腰,这米价未免涨得太高了,他们实在望尘莫及。于今一斗米可抵你们当年一年的俸禄,为什么不折腰呢?"

我看时,一位斑白胡子的古人,身穿葛袍,发挽顶髻,身旁放了一支藤杖,那正是陶渊明先生。旁边一位头垂发辫、戴了瓜皮帽穿着大布长衫的人,颇也斯文一脉。我问柳敬亭道:"那有辫子的是谁?"他道:"此清代穷诗人黄仲则也。全家都在西风里,九月寒衣未剪裁。"他说完了,微笑着念了这两句诗,我便继续听他们说些什么。陶渊明扶了酒杯道:"上中等的官,只挣这么五斗米的钱,那风尘小吏怎么过日子呢?我看看中国的官,还依然过剩呵!"

我倒没有听到那边的答复,却好酒保送上一碗菜来,把门帘子顺手放了下来了,我惋惜不能听这两位诗人的妙论,因向柳敬亭道:"据传说,这全家都在西风里的诗句,很博得许多人的同情。送银子的送银子,送衣服的送衣服,这又是个人心不古。于今九月寒衣未剪裁的老百姓,固然满眼皆是,便是全家都在西风里的文人,恐怕也可编成一师,哪里找阔人同情去?"柳敬亭笑道:"寒士寒士,为士的都来个轻裘厚履,不是寒士是暖士了。"我道:"在这里的寒士,总算不错,还可以上这戒亡阁喝三杯,现代的人间,寒士在家里喝稀饭还有问题。"柳敬亭道:"这里无所谓供求不合,也就无所谓囤积居奇,寒士所以寒,乃由于富人之所以富。这里是不许富人立足的,所以寒士还过得去。"我道:"那倒可惜,我正有心问古来的富人,何以致富的?现在没有这机会了。"柳敬亭道:"但有心于此,还可以访问得到,譬如古来有钱人,莫过于石崇。石崇虽不在这里,但绿珠有坠楼这一个壮举,不失为好人,我可引你去一见。"

我觉得这访问换了大大一个花样,十分高兴,吃过了酒饭,便请柳敬亭一同去访绿珠。见一片桑园,拥了三间草屋。门外小草地上,有一眼井,井上安着辘轳架子,一位布衣布裙的美妙女子,正拉着辘轳上的绳子在汲水。我隔了桑林低声问道:"这个就是绿珠了,何以变成村姑娘的模样?"柳敬亭道:"一个人经过大富,不想再富,经过大贵,不想再贵,宋徽宗在宫里设御街,装扮了叫花子要饭,那就是一个明证。所以说听遍笙歌樵唱好了。"

说着话,穿过桑林,到了草屋门前。柳敬亭为我介绍一番,绿珠笑道:"我不过是一个懂歌舞的人,恐怕没有什么可贡献的。"我笑道:"我也不敢问什么天下大事。"说时,宾主让进草屋,也是些木桌竹椅。绿珠自敬了茶,坐在主位等我发问,我笑道:"看石夫人现在生活,就很知道不满当年奢侈。但在下有一事不明,石常侍和王恺斗富的话,史书所载很多,当然有根据。但像《世说新语》所载,让姬人劝客饮酒,劝客不醉,就即席杀死姬人,这未免形容太过吧?这种事夫人必定曾亲身目睹过,请问到底有无?"绿珠道:"击碎珊瑚树这故事,想张君知道。珊瑚虽是王大将军拿出,却是借自武帝,皇家珍宝,他还敢打碎照赔,别的事他有何不敢?"我道:"固然钱可通神,但威富作得太过,岂不顾国法?"绿珠道:"张君难道不晓得所谓二十四友,是党于贾后的吗?"我道:"据史书所载,晋朝豪华之士,共是三家,羊琇王恺和石府上,羊王两家,他们是内戚,自然不患无钱,府上并无贵胄关系,钱反而比羊王两家多,那是什么缘故?"绿珠笑道:"我家也做了两代大官。"我道:"比过府上人做大官的,那就多了,何曾有钱?令翁石苞,做过扬州都督,似乎也不算位极人臣。晋书这样说过,'石崇为荆州刺史,劫夺杀人,以致巨富'。莫非这话是真的?"

绿珠被我一问,脸色红了起来,低头不语,柳敬亭便插嘴道:"史家记载,有时也不免爱而加诸膝,恶而沉诸渊。"我笑道:"我们也并不打千年前的死老虎,只是

八十一梦

想问一问做官怎样就会发财而已。知道了这个诀窍时,将来我有做官的一日,多少也懂一点生财之道。"我这样一说,绿珠也微微一笑。她道:"张君要知道,发财做官,总不过机会两字。石常侍当年做荆州刺史,正在魏蜀吴三国彼此抢来抢去之后,这个时候,朝廷政令,对那里有所不及,便多收些财赋,自然也就无人过问。有了钱,再找一个极可靠的靠山,也没有什么困难。总而言之,升平时候,吃饭容易,发横财难。离乱年间,吃饭难,发横财容易。"柳敬亭连连鼓掌道:"名讫不磨。"绿珠叹了一口气道:"多了钱有什么用? 先夫当年每一顿饭,都是山珍海馐摆了满桌,也不过动动筷子,吃个一两碗饭。可是看看那些农人工人,每顿粗菜淡饭,人家倒吃四五碗饭。有钱人日食万钱,无下箸处,正是像祭灵一般。由这样看来,有钱人也不过白糟蹋,何曾享受得到? 糟蹋多了,结果就是天怨地怨。先夫若不是有钱太多,何至于砍掉脑袋呢? 人生穿一身吃一饱,死了一口棺材,钱再多也还是这样。人生最难得的是寿命。钱有时也可买命,而送命的时候却居多数。为了钱送命,甚至送掉一家的命,那是最愚蠢的事。离乱年间,虽是发横财容易,有道是'十目所视,十手所指',并不要什么大变化,有钱人就要发生危险的。"

她这一席话,真是翻过筋斗的人说的,把有钱怕得那样厉害,这让我还能追着问些什么呢? 柳敬亭坐在旁边,看到我们宾主酬对热烈,也就笑道:"张君访问古人多了,恐怕要以访问石夫人为至得意,别人没有这样肯尽情奉告。而张君所问,也是单刀直入,毫不踌躇。"他这样一说,倒弄得我有些难为情,莫非我说的话,有些过于严重了,因笑道:"我因为看到石夫人荆钗布裙,住在这竹篱茅舍里,是一位彻头彻尾觉悟了的人,所以不嫌冒昧,把话问了出来。"绿珠笑道:"那不要紧,做官的人,若不兼营商业,他发了大财,根本就不会是一个好人。张君虽然有些责备古人,古人也就罪无可辞。"

正说着,却听到一阵笛声悠扬,随风吹来,因向柳敬亭笑道:"莫非苏昆生之流在此?"绿珠笑道:"这又是张君值得访问的一位女人。这是陈圆圆,在弄笛子消遣了。"我问道:"怎么,她也在此吗? 为了她,送了大明三百年天下。"绿珠笑道:"吴三桂卖国,不能说为了她;吴三桂不降,倒是为了她。'冲冠一怒为红颜',这一怒他由山海关打回来，不能算坏。至于吴三桂降清，这本账是不能算在她身上的。后来吴三桂称帝，她闭门学道，这也算是个有觉悟的女子了。阁下若愿相见，我可以派人请她来。"我说："那就好极。果然我像这样直率地问话，不要紧吗？"绿珠笑道："当年是非，我们女人并不身当其冲，也倒值不得隐讳。"她说着起身入内，着了一位女仆去请陈圆圆。

不多一会，竟来了两个女人。前面一个是道家装束，都大大方方地进来。柳敬亭笑道："张君面子不小，请一来二，前面这是陈夫人，后面这是钱牧斋先生的柳夫人。"我明白了这是大名鼎鼎的柳如是，便起身相迎道："荣幸之至，荣幸之至。小可由人世来，想来要些史料去做一做世人的实鉴。二位夫人都是与一代兴亡有关的人，不免提出几个疑问，直率地请教，不知可能容许否？"陈圆圆道："刚才石夫人着人去说时，已经知道张君来意。只是与一代兴亡有关的这句话，我们有些不敢当。"柳如是道："陈夫人还可以，我却是真不敢当。"说着话，宾主落座。

我心想吴三桂之忍心害理，莫过于在缅甸取回永历帝来杀掉，这种变态心理，倒值得研究，因道："当年明主由榔逃入缅甸，中国已无立足之地。满清要的是中国土地，吴大将军把云南也给他囊括个干净，这也就够了。由榔这个人既被囚在缅甸，这条性命让他活下去好了，何苦定要把他斩草除根？吴将军也是世代明臣，何至于这样毫无人情？陈夫人能从实相告吗？"陈圆圆道："这何待张君来问，当年入滇的文武官员，私下掉泪的就很多。"我道："既然如此，何以那些武官，居然肯随了吴大将军远入缅甸？"陈圆圆道："本来永历帝到了缅甸，清朝也就无意再用兵了。大将军却存了一点私心，他以为云南远离北京万里，到了这里，就是他的天下，他可以仿明朝的沐家，代代在这里称王。既然把这里变成了自己的天下，倒是满清新主子远，而出亡在缅甸人的旧主子近。那时，明臣李定国还有几千人照着少康一旅可以中兴的故事说起来，他若由缅甸人手里解放出来，第一就是打回云南。这分明是永历帝在一日，吴将军就一日地不安。他要进攻缅甸，为的是自己的云南，并非是为清朝天下。吴大将军如此想，随从的武官当然也是如此想。所以后来把永历帝捉到了，过了几个月杀他，无非是没有祸害可言了，也有些不忍心下手。"我道:"吴大将军是肯听陈夫人之言的,当时何不劝他一劝?"陈圆圆叹了一口气道:"到了那时,我也知道他势成骑虎了,劝又有什么用?所以到了后来,我伤心已极,只有出家。"

说到钱夫人劝夫的故事,是见之私人笔记很多的,请问哪里有效?柳如是接嘴道:"我现在算是明白了,把人生看得太有趣的人,他就怕死。张君从人世间来,不妨想想现代,最怕死的人,他就是生活最奢侈的人。牧斋当年,也不过如此而已。"我道:"钱牧斋读破万卷书,什么事不知道?何以清兵渡江,他既不殉节,又不出走,守在南京投降?"柳如是道:"那也许正是读破万卷书害了他。一样读书,各有各的看法。有的看着人生行乐耳,有的看着是自古皆有死。牧斋是看重在前一说的。这也不光是晚明的士大夫都着重享乐而已,所有秉国政的人,最好是不让他的文武官吏享受什么。人有钱可花,有福可享,他就要极力去保留他的生命来花钱享受,哪肯以死报国?晚明的南京小朝廷从福王起,就是叹着气没有好戏可听的。拿了政权的阮马,那更不消说,在这种君不君、臣不臣的朝廷,'气节'两字,早已换了'声色'两字,不能死节,也不能专责姓钱的了。姓钱的不死,我死也无益,所以我们就这样活下去。"我道:"读徐仲光的《柳夫人传》,知道柳夫人最后还是一死报钱家的。我们相信当年柳夫人劝牧斋殉节,绝非假话,牧斋之不受劝,那也正和吴大将军之不受劝是一样。"

我说到这里,又把话转到吴三桂身上,因之再向陈圆圆问去。她便笑道:"这也可见得女人不尽是误人国家的。"我道:"吴大将军建国,几乎可以摇动清朝了。后来失败,最大的原因何在?"陈圆圆道:"最大的原因吗?那还不是为了吴将军是自私?假使那时候永历帝还在,民心思汉,一定不是那个局面。其二,清朝还是用那个老法子,先用汉人杀汉人,灭亡了明朝,再用汉人杀汉人,平定了三藩。其三,清朝各个击破的法子也很毒,若是那个时候,三藩各除了私心,团结一致,恢复朱明天下,掩有东西南七八省的地方,练有几百万的精兵,清朝进关的那些八旗兵是没奈何的。做这种有历史上重大意义的大事,先就出于私心,根本使用不了百姓,而几位起事的人,又各人打着各人的算盘,失掉了互相呼应的效力,怎的不失败？所以吴将军彻头彻尾是败在这一个'私'字上。"

柳敬亭拍了膝盖，昂首叹了一口气道："这可以说是千古一辙，张君，现在人世间，到处贴着'天下为公'的标语，这覆辙大概可以不蹈了。"我觉得古人倒很看得起现代人物，不免笑了一笑。

柳敬亭向我笑道："听说上海方面，拍制古装影片把我们眼前两位明末美人都做了材料，不知他们的着眼点在哪一方面？"我笑道："少不得有研究二位夫人之处，他们的着眼点在于钱。"陈圆圆道："那倒没有关系。贩卖古人赚钱，也就是由来已久。北平城里许多剪刀店，家家说的三代嫡传王麻子。姑无论麻子不过是个打剪刀的匠人而已，便是这名字写在招牌上，也有点不雅。但开剪刀店的人，硬赖着他是王麻子的子孙。可见名利所在，不但远古的古人，没有了权利干涉，尽可贩卖，便是眼前三十年的老辈，也是只管贩卖。其实他贩卖古人，自己也够吃亏，不姓王而硬继承王家做子孙。"柳敬亭指着脸上道："不但如此，他们脸上未见得有麻，也硬袭了我们这麻子的商标。"说着，大家笑了起来。

柳敬亭道："本来呢标榜什么，贤者不免，二程兄弟要来个洛派，三苏父子要来个蜀派，何况比他们万万不如的人。"我被他一提，猛可地想起来，因笑道："柳先生所说这二程三苏，当然都是在这个世界里的人，我去拜访拜访，可以吗？"陈圆圆和柳如是都微微一笑。我道："二位夫人为何发笑，莫非说我不宜去见他们？二程道学先生，或者不大好见，这三苏父子，尤其是大苏，是个潇洒不群的文人，有什么见不得？"柳如是笑道："我们倒不是这意思。我们以为张君见过我们这亡国莺花，又去见那识大学之道的程老先生，却是有些不伦不类。而且看看我们这面孔，再去看看他那面孔，这是你们现代人所谓一种幽默。"我本来无意幽默两位贤人，被如是点明，我也就做了一个会心的微笑。柳敬亭道："东坡先生我是佩服的，可以引张君去拜访一下。至于二位程夫子，我这个说书匠，往往拿了圣经贤传作说书的材料，这是大逆不道的侮圣行为，他必不见我。"我笑道："那就先见一见东坡先生也好。"三位夫人听说我另要拜访他人，倒不必我告辞，已是站起来送客。我虽觉得还有很多的话还未曾问完，可是在女宾面前不能稍为失态，只得随柳敬亭

八十一梦

告别而出。

出了这桑拓园外,却挑了弯曲的路前走。路的两边,虽也有葱茏的路树,可是每在一个弯曲的地方,便有一条很宽的大路成一直线前进,不是寻常公路的式样。柳敬亭引着我走,偏是舍却那较宽的路,而走着一根线索下来的弯路。我因笑问道:"舍正路而勿由,我们这岂不要多走许多路吗?"柳敬亭道:"这弯路不免迂回得远些,可是始终是平坦的。那宽路虽是一直线,不问高低水旱,尽量地向前奔,随处都可以遇险。天下画一直线过去的地固然是有,然而并不是每一个目的地方可以画一直线过去的。文人是容易行险以侥幸的,这倒是文人区的路,四周是歧路,没有眼光、没有定力的人,尽管十里路走了九里九,他还有掉下泥坑里去的可能。所以我们尽管迂回两步,并无关系。"我心想,这麻子倒有意讽刺我两句吗?好在我是个向不侥幸的人,却也不必介意。

这样缓步当车,迂回着走了若干里,遇到一大片苍翠的老竹林子。竹林里一条鹅卵石小路,点缀着很滑的青苔,在竹子稀松的空当里,有两根树枝,伸了出来,点缀了鲜红的点子,正是野桃花。林外一湾青水沟,几个鸭子在水里游着水,在鸭子前面起了圈圈的浪纹。我笑道:"到了到了,此'竹外桃花三两枝,春江水暖鸭先知'也。"一言方了,有人在竹林子里喝道:"好大胆的现代文人,在书摊子上多看了两本杂志,敢上班门来弄斧。难道不知道先生在上莫吟诗吗?"

随了这话,出来一个和尚,身穿皂布僧衲,大袖飘然。我斗胆作上一揖,问道:"来的莫非是佛印法师?"那和尚打个问讯笑道:"东坡家里和尚客,除我有谁?我自然认得这个说书的麻子,问你是何人?"柳敬亭向前一步代我介绍了,佛印和尚向我周身上下看了一遍,笑道:"原来是位作家。"他说"作家"这两个字,颇为沉着。我笑着奉了两个揖道:"法师这般说法,却教我无地自容。'作'这个字,连孔夫子还不敢自承,说个述而不作,后生小子,多看两本铅印书,东抄西摘,凑篇稿子求饭吃,作还远离十万八千里,何敢称家?"佛印道:"常在报上看到作家访问团,作家座谈会,作家这样,作家那样,那便是怎样一般人物?"我想了一想,只得作个遁辞,便笑道:"他们不会认得法师,法师又何以认得他们?法师想必由东坡先生那里来，可否介绍一见？"佛印想了一想，因笑道："阁下要见他，自去便了。只是休像刚才那般鲁莽，念着他的诗句。"我道："我只说是个卖菜的便了。"佛印笑道："那倒不必。你只说是个新闻记者便无妨。新闻记者访新闻，东坡先生倒也不会怪。"他说毕，念了一句阿弥陀佛去了。柳敬亭回转头来，向我做了一个鬼脸，那意思是说我受了和尚一顿奚落。我倒处之坦然，本来自己是后生小子，受点教训也是应当。

我们走上山坡，早见前面竹林梢上，拥出一间草阁，笛子琵琶交杂响着，有人放声地唱："只恐琼楼玉宇，高处不胜寒。"柳敬亭扯了我的衣袖道："东坡先生正在唱他的得意之句。"我道："这吹笛子的定是朝云之流了。我们去见他，这时似乎有些不便。"柳敬亭道："东坡先生却不是那种人。"说着话，走近了草阁，已见一位穿蓝衫而有一撮大胡子的人，迎了上来。他笑道："柳君来得正好，说段书我们听听。"我料定这是苏轼，便躬身一揖。

柳敬亭与我介绍了，东坡手扶路边竹子，昂头想了一想，笑着反问我道："难道我这嬉笑怒骂皆成文章的人，与现代还有什么关系？却值得你新闻记者来访问一番。"我道："前代任何一事，都可为后代借鉴。"东坡道："那是你要问我当年这'一肚皮不合时宜'了。"说着，拍了一拍肚子。柳敬亭代答道："固所愿也，不敢请耳。"

东坡看了竹子下有一块平石，便让我们在那里坐了。他笑道："我现在是个古人，有话尽管问。"我道："后学所不解的，便是后世所说，理学不但南宋、北宋已种了这个根了。当先生之世，真是人才极一时之盛，何以紧接着这一时之盛，不是国运昌隆，而是中原失守，成了偏安之局？"东坡道："你问得有理。可知那时人才，也不过分着两派，一是王安石一派，做事过于褊狭。变法未尝不有些道理，但没有深知民隐，坐在宰相衙里发号施令，硬弄得柄凿不入，变了一个朝代的法，一事无成。一是司马光派，做事迂阔，只讲大道。如富弼见神宗，愿二十年口不言兵，只把中原百姓，养成了一种文弱之民。这样的人才，便有千千万万，何补于天下大事？"

八十一梦

我听了这话,觉得此公倒着实有点见地,因躬身道:"后学有一件事要冒昧一问了。那时人才,外不讲以弭边患,内不讲以除权奸,却是分了朔、洛、蜀三党。世推先生为蜀党领袖,却专和洛党的程家作对。门户之见,贤者亦不免吗?"东坡笑道:"阁下不到程门去立雪,却来我这里谈天,我想你也不会是那些腐糟,此何待问?在那时,王安石的法已变完了,那一套《周礼》,搬到大宋来试验,正是不灵。至于二程,他们所学的,是《大学》《中庸》,更是《周礼》挖出来一些虚浮不着实际的东西,真把皇帝弄成了他明道、伊川两先生一般,终日端坐在皇宫里格物,那成何话说?我觉得他兄弟两个,就标榜得有些肉麻。程颐说千百年来无真儒,只有程颢可以上继孟子,你看有兄弟们这样自己恭维的吗?程颐入宫讲学,我怕他会把皇帝弄成个书呆子,故意和他开开玩笑那是有的。"

我道:"苏老先生曾说王安石不近人情,而先生对程伊川之规循步短,也说不近人情,先生一家,当然是以近人情为治国之道。请问在大宋当年,怎样才算近人情?"东坡道:"我当年的主张,你可以看我的《策论》。若是在这几百年后的眼光看起来,那我们这班文人都是有罪的。'议论未了,金兵已渡河矣。'说到个近人情,当年的司马光派和王安石派,不闹意气,把保甲保马方田等法办好了,库有可用之财,国有已练之兵,也就不至于金人所说有两千兵守河,他不得渡了。我奉告阁下一声,转语世人,除了酒色财货之外,意气也可以亡国。"

我听到这里,觉得他已是不惜金针度人了,便作一个揖问道:"先生著作等身,最得意之作是什么?"东坡笑道:"若问这'得意'二字,那就可以说篇篇得意,不得意我何必留了它?比较地说,是那咏桧十四个字:'根到九泉无曲处,人间惟有蛰龙知。'我的对头,把这话陷害我。神宗说:彼自咏桧耳,何与朕事?说了牢骚话,竟没有罪过,这是我得意之处了。"

正说到这里,忽然竹林里有人大声喝道:"你们毁谤君父圣贤,还说得意,一齐抓去办了。"随了这一声喝,青天白日,罩下一层不可张目的雾烟,我也就不得再起古人而问之了。

第六十四梦 "追"

宇宙间的事实，造成许多名词，而许多滥熟的名词，也会生出许多事迹，于是我就想到这个"追"字。"追"本是追求的缩称，根据字面，颇涉于空泛。但是谈追（以下略去引号）的人，他们脑子里，不会有工作学业等等，更无论于国家民族。他们所知道的追求这一名词，第一为男人找女人，第二为女人找男人，第三为男人女人互找。所以缩称的这个"追"字，只是一种性欲冲动的行为。

我常遇到一位年轻女子，谈到她为何中途废弃了她的事业。她答复了我一句很妙的话，"那里的人追得厉害"。我知道这女子是沧海曾经的人物，她竟为人追得不敢出头，那么，也许可以代表这新阶段社会的一环吧？但是，我知道这一事实，却没看到那一事实，颇有心去体验一下。

是个月光如洗的晚上，我熄灯看月，若有所思，仿仿佛佛就到了西湖的南屏山下。在一条石板小路上，走进一扇月亮门里，见一个古装的白发老人，手上握了一把五色丝线，正坐在月光下的一块太湖石上清理。我不知道他是干什么工作的，未免站在一边估量着。偶然一抬头，却看到里面正屋柱上，悬着曲词集句对联："愿天下有情人都成了眷属，是前生注定要莫错过姻缘。"

我这就明白了，这是月老祠，那老人便是月老了。因上前一揖道："月老先生，你工作忙呀？"他向我看看，依然清理着手上的丝线，答道："你且不问我忙不忙，你自问闲不闲？如闲的话，我解答你所要知道的一个问题。"我很高兴道："莫非月老先生要让我看追的玩意？"月老微笑着，先牵动了一根红丝线来。随着线头，在太湖石后，出来一群狗。右边线头，缚着一只白花点子的小哈巴狗，看那胸下，垂了两行乳头，是一头雌狗了。左边线头，却缚了一串雄狗，狼狗，狮子狗，哈巴狗，村狗，粪狗，各种都有。他笑道："你看这个。"我道："月老，你错了。我所要知道的是人事,不是狗事。"月老笑道:"我不错。天下把这追字发泄尽致的,莫过于狗。大庭广众之中,光天化日之下,它们可以把什么事放到一边,大胆地去为性欲而奔走,而斗争。你守着这一群,你自然可以得到许多社会另一角落的现状。"说着,把手上理出来了的那根丝线,交到我手上。

那群雄狗,脱离了月老的手,向小雌狗便扑将来,小雌狗见有群狗扑来,拔腿便跑。缚狗的绳子,兀自在我手上,我被狗拉扯着,立脚不稳,也只有跟了后面跑。脚下绊了一块石头,向前一栽,翻了一个大筋斗。我爬起来睁眼看时,手上的红丝线、眼前的狗都失所在。我却站在一大群青年男女中间,同时我一看我自己,也缩回去了二十年,成了一位青年。却有个人拍了我的肩膀道:"密斯脱张,来来来,我有一件事和你商量。"我回头看时,是二十年前的朋友梅小白。他是从前在汉口干风月小报的记者,作得一手好戏评,当年在汉口的时候,曾由他引着看过许多白戏,这交情来路并不正当。不想在这个地方遇着了他,便笑着点了两点头道:"梅先生久违了,怎么到这里来了?"梅小白握了我的手,向前拉了我走。

走到一个房子里,里面横直列了几张写字台,摆了沙发椅子,倒像一间公事房,有两张桌子边坐了两位西装汉子在那里用钢笔写中国字。梅小白和我介绍了一下,一位是胡经理,一位是宋协理,让我坐在沙发上。梅小白顺手向我敬着烟卷,微笑道:"我在这里当宣传主任,还干的是本行。你在新闻界熟人多,帮帮忙吧。"那位胡经理便向我点头笑道:"少不得请张先生当我们公司里的顾问。"我道:"小白,你们贵公司是做哪一项工商业?"小白笑道:"我们这公司伟大得很,包办一切中西娱乐事业,从业员,男女多到两三千人呢,你看。"说着手向外一指,我顺了他手指的所在看去,见两三个男子夹着一个女子。或四五个女子,跟随了一个男子,在窗子外面来来去去。男子多半是蓄着长而厚的头发,有的穿了蹩脚西装,脖子上一条黑绸巾做的领带打着尺来大的八节领结子。有的在身上加着一件大腰围的大衣,两手插在衣袋里,把肩膀一扛,北平土话:"匪相"。至于那些女子,虽然各有各的打扮,但是都不外在绸衣或布衣上,外面罩了一件蓝布大褂,最是里面穿着红紫绸衣的,故意将蓝布罩衣做得短窄些,露出绸衣的四周来。我看了一看，心中便有数了，笑问小白道："这是你们的人才？"小白道："他们都是思想前进的人物，不信，你可以自由去访问一下。"他这句话倒是正中我的下怀，便起身道："那很好，你不用代我介绍，让我去自由访问一下，假如我得着好材料的话，我一定替你们着实宣传一下。"

说着走出这写字间来，却是一座花木扶疏的园林。迎面一座牌坊，上有四个大字的匾额"无遮大会"。旁边直柱上一副八字对联："恋爱至上，社交自由"。穿过牌坊，在葡萄架下，有一套石桌石椅，围了一群男女在那里说笑吃喝着。有些石头上，红绿纸包一大堆，有陈皮梅纸包糖、盐卤鸭肫肝、花生米、鸡蛋糕。另外几只玻璃瓶子，不知里面装着什么饮料，几位男青年互相传递着，嘴对了瓶口，瓶底朝天，嘴里咕嘟咕嘟发声，把那饮料喝下去。这时，有个十六七岁的女孩子，笑嘻嘻地说话。她脑后垂了两个尺来长的小辫，各绽了一束红辫花。身上一件蓝布罩袍，罩了里面一件红绸的短旗袍。一两寸高后跟的紫皮鞋，赤脚穿着，踏着地面笃笃有声。她脸上的化妆，是和普通女子有些分别，除了厚敷着胭脂粉而外，双眼画成美国电影明星嘉宝式，眉角弯成一把钩子，眼圈上抹着浅浅的黑影，正和那嘴唇上猪血一般红的唇膏相对照。

她笑着道："喂，老王，你怎么把包糖的一张蜡纸也吃了下去？"这就有一位身材高大的青年，笑着紫红脸皮向她说："你有什么不懂？因为包的糖纸，你把舌头舔过了，这纸很香。"她将手指头点了他道："缺德！"于是一群男青年哄然大笑道："老王吃了白露的豆腐了。"白露笑道："这算什么吃豆腐？谁愿意吃口水，我倒不在乎，我现在就预备下了。"说着，连向地面吐了几口痰沫，将手指着笑道："哪个愿意吃豆腐？"

大家哄然一声笑了，这就有个白胖子少年，穿了一身旧灰哔叽西装，听了这笑声抢着走来，问道："什么事？什么事？有豆腐让人吃，还有不吃的吗？"老王笑道："胖子，你对白小姐是愿做个忠实信徒的，白小姐吐了几口吐沫在地上，你能舔了去吗？"胖子将眼睛笑着成了一条缝，把肩膀扛了两下，笑道："白小姐，真有这话吗？"

八十一梦

白露向他瞪了一眼,还没有作声呢,她身边另有个身材长些的女郎,却伸出皮鞋来,把地上吐沫踏了,冷笑道:"谁愿和那无聊的人开玩笑?"胖子笑道:"哦!刘小姐,你怪我吗?你和老陈的事,真不是我说出来的。你自北碚回来好几天,我才晓得。老陈的太太就是那脾气。"提到了陈太太,这位小姐脸皮就红了,把皮鞋在地上连连顿了几下,表示气愤,扭转身就走了。

于是男女一群,也就散了。只剩下白露向他微笑道:"何苦呢?又碰着这样一个钉子。"胖子笑道:"不用忙,总有那样一天。"刘小姐走过去好几步,便又转身走了回来,瞪了眼望道:"总有怎么一天呢?大概你还要向我报复一下。"胖子笑着一鞠躬道:"你不要误会,我说总有一天,你需要我帮忙。老陈对我说过,要我介绍我表姐和你认识,吓!她是一个有名的产科医生。"那刘小姐听了这话,倒不怎样生气了,面皮红红的。这就有一个烫发的男子,把视线注视在刘小姐脸上。刘小姐忽然脸色一沉道:"那要什么紧?我和老陈的关系也不瞒着谁,不久我们就要宣布同居。私生子多少做伟大人物的,告诉你,我将来就是一个伟大的母亲。"她高说了一遍,还是扭身去了。

我在一边看着,觉得这位小姐颇为伟大,便遥遥地跟着她,打算请教她一下,怎样可以教育着一个伟大的人物?在大湖石前,却有一个烫头发穿西服的少年,先拦住了她,脸上放出十二分的诚恳,眼眶里似乎带着要流泪的样子,低声叫道:"刘,你就这样抛弃了我?老陈他和他太太很好,绝不会有什么忠实行为的,你还是回到我这里来吧。我知道你已经怀孕四个月了,假如你答应我的要求,一切我都承认。"他说话时,两手一伸,拦住了刘小姐去路。这样,她只好站住了脚,向烫发少年冷笑一声道:"你还有什么话说的?至少,你这种话我听过一百遍了。我根本就不爱你,你说得水点了灯,也是枉然。你不是说你要到前方去吗?你可以把女人丢开,去轰轰烈烈干一场吧。"

烫发青年微弯了腰,作个鞠躬的样子,答道:"无论干什么,总要得一点精神上的鼓励。你若答应了我的要求,你叫我去跳火坑,我立刻就跳。假若你要我上前线,我立刻就去。你只答应我一次,你……"他说着,伸手就扯那刘小姐的衣襟,而且跪在地上。就在这时，旁边花丛里，出来一个身体高大的男子，叫道："刘，你在这里做什么？"说着，走向前，挽了那刘小姐的手臂膀就双双地走了。

这位烫发少年还呆呆地跪在地上，总有十分钟之久，他才醒悟过来，然后慢慢地站起，拍了西服上的尘土，总算他这分委屈还没有多少人见着。那花丛路上，有两个穿草绿色短衣的人走了过来，老早笑了和他点着头。一个道："老倪，你这套西服该换下来了。开会你又不去吗？在大会里，这样漂亮不大好。"烫发少年道："我现在想破了，出出风头也好。"来人问道："演说词儿，你记得吗？"烫发少年道："我怎么不记得？我演说给你看。"说时，他跳上一大块太湖石上，高抬了一只拳头道："青年们，现在到了最后关头了，我们要咬紧牙关，克服一切困难。要知道我们是中国的主人，一切责任，要我们来担当。前方将士流血抗战，我们住在大后方的人，醉生梦死……"说到这里，的咯的咯，有一阵高跟皮鞋声由远而近，他举起高过了烫发的那双拳头，已缓缓地落下来，把那个死字声音，拖得很长，去听那高跟鞋声是由何方而来。同时，那两个穿草绿色衣服的人，也就把注意看他面孔的眼光，掉转过来向着高跟鞋子发响的所在地。

听了这响声，一位十八九岁的女郎，穿着蓝底白印花的长裓子，外罩红羊毛绳短大衣，脸上和嘴唇上的胭脂浓浓地涂着，几乎和那羊毛短大衣成了一个颜色。她倒不是梳着两条辫子，散了头发成半边伞一样，披在后脑上。高跟鞋上两条裹着丝袜的大腿，格外撑得高些，人颇像个大写的字母 A。这里三位少年，看到了她，正如苍蝇见血一般，一齐拥上前，将她包围着。

那烫头发少年笑道："余小姐你又失信，昨晚约你吃点心，你又临时不到。"余小姐道："真对不起，昨晚有人派汽车接我吃晚饭。"她说到这里，突然把话撇开，因道，"我老远地听到你在激昂愤慨地演说，以为这里有什么会议呢。你捣什么鬼？我讨厌这种口是心非的演说，你要为国出力，没有人拦住你，不到前方去你尽管对人胡嚷些什么？我就不爱听！"那烫发少年虽碰了一颗钉子，他并不介意，笑道："你看我是那种作口头爱国的人吗？我是在这里模仿三幕剧里的一个角色，闹得好玩呢。"就在这时，那花园墙外边呜呜的有一阵汽车喇叭声。这位小姐不爱听

八十一梦

人家说抗战言辞,却爱听这怪叫的喇叭声。她笑着指了墙外道:"钱处长开车子接我来了。他那汽车的喇叭声音我是听得出来的。"说着,连跳带跑地走了。这里剩下三位男士,却面面相觑,作声不得。

这时另有热烈的一群走上来,前面是五位女士,除了三个短旗袍之外,另有两位特殊装饰的。一位是穿着白羊毛紧身衣,把两个乳峰至少鼓起有五寸高,似乎这衣服里面曾塞着两团棉絮在帮衬着,外面套了一条挂绊带的翠蓝布工人裤,下面却又穿一双玫瑰紫高跟鞋。头上两个小辫扎着两条红绸带子,却由耳边披到肩膀前面来。另一个穿着桃色的细毛绳褂子,敞着胸脯,露出一大片白胸脯来。拦腰一条白皮带,把腰子束得小小的,下面也是一条枣红呢的裙子。虽然天气凉,还赤脚穿双白鞋。她没有梳辫子,头发尺来长披在肩上,上面却用白绸小辫带束住额顶。这位小姐周身的色调都配合得富于挑拨性,所以脸上的胭脂涂得格外红,而眉毛也格外画得长。

紧随在这五位小姐后面的,却是两位西装男士。他们肩上,各扛着几件女大衣,胁下夹着小皮包,左手提着旅行袋、热水瓶,右手还握着一束鲜花。他两个都是不能受军训,在高中脱逃跳进了艺术圈子来的人。论起气力来,实在有限,所以他们头上的汗珠,都带着生发油水一阵阵地滴下来。

可是这五位小姐,并不介意这个,一路说着谈着,剥了纸包糖吃。那位穿羊毛衫的小姐,手里挽了一把小纸伞,她还嫌累赘,回身交给后面那个男士道:"老何,交给你。"这老何两手都有东西不算,右胁下还夹了另一小姐的手皮包呢,怎么能去接她交下来的那把伞?这烫发少年看到,却是千载一时的机会,立刻抢了向前,笑道:"密斯吴,交给我,交给我!"吴小姐向了他问道:"交给你?凭什么?"这老何见烫发少年来抢他的差使,十分不高兴。

难得吴小姐肯维持老奴的地位,竟拒绝了他的请求,因笑道:"凭什么呢?凭他这烫头发。"吴小姐向烫发少年瞟了一眼,操着纯粹的一口北平腔,笑道:"这份儿德行!"于是所有在面前的小姐都哈哈大笑起来了。老何道:"吴小姐,我右胁夹窝里还空着,请塞在我胁下吧。"吴小姐真把这柄伞塞在他胁下,正色道:"这伞是我心爱之物，你这样夹着，别丢了它。丢了它我不依的。"老何满口答应道："不会不会！"那个穿桃色衣服的小姐也道："你别只顾了伞。好容易，这把花带了上十里路，你丢了我也不依你。"老何半鞠了躬道："不会不会！我负全责，一样也不丢。"于是大家继续走了。

这三位男士，全把鼻子耸了两耸，向空气嗅了几嗅。这风正迎面吹来，好一阵胭脂花粉的摩登女郎气味。那一位穿草绿色制服的少年道："老何有什么长处呢？除了他会见人鞠躬。"另一个少年道："他那副贱骨头，谁学他？"三人只管呆了嗅着下风头的空气。"喂！你们三个人站在这里干什么？"在太湖石后，随了这话，钻出一个女郎来。双辫子，短旗袍，也和其他女郎一样。只是既矮且胖，身材显然不一样。而且脸大如盆，粉涂着像抹了一层石膏。这三位男士竟没有一个人理她，还是她走向前来，向三人笑道："你看，昨晚玫瑰剧团排演《赛金花》，把我累得腰杆直不起来。"说时，将一双肉泡眼瞟了这三人，将肉拳头反到身后，捶着自己水牛似的肥腰。

烫发少年望了她道："《赛金花》戏里，还有你一角？"胖女郎又哟了一声道："你瞧不起我？我肚子饿了，想出去吃点东西，三位哪个陪我一下？"一个穿草绿色短衣的道："我们今天要讨论到西北去的路线问题，恕不奉陪。"她伸手将烫发少年的手臂膀一挽，夹在胁下，说道："前两天你当了密斯刘的面，说请我们吃点心的，你也不能失信吧？"说着把头伸到他怀里来靠着，鼻子里哼道："你你你，真让我这样失望吗？"这烫发少年到了这种情境里，不软化也不可能，只好随了胖女郎挽手走去。

我站在一旁，看呆了。心想，白日堂堂，光阴不再，这些青年男女，就干着这些你追我、我追你的事情吗？这一个问题，我研究了约十来分钟，还不曾解答。却见梅小白老远地笑着走来，问道："老张，你看我们朝气勃勃，有何感想？"我笑道："我倒正要问你，你们收罗的这些男女青年，自然都是救国人才了。我有几点疑惑，请你指教一下。第一，看他们年纪很轻，尤其是女士们，她们都受过什么程度的教育？第二，旧道德是他们所鄙弃了的，他们信仰中心在哪里？第三，我知道你

八十一梦

必定答复我,他们的思想很前进,但任何一种主义,不会教男子烫发,女人涂着花脸似的胭脂粉。第四,贵处自然以这些青年是人才,且不问他们目前,对于国家,对于社会,无丝毫的贡献。青年不会永久是青年,现在他们除了追求,不知其他。将来由壮而老,既无可追了,而学问能力一点没有准备,又找不着一点信仰中心,这一大群摆在那里也不合用,何以善其后?"

小白哈哈一笑道:"老夫子,你的思想太落伍了,我一一答复你吧。第一,这些男女虽不说受过高等教育,但多半是中学生。常识水准是不会低的,这就成了。我们这里杂志很多,他们天天看杂志,还正在加油呢。第二,道德值几个钱一斤,现在还值得一谈吗?中心思想,那也很难说,你焉知他们所行所为,就不能构成当代一种中心思想?第三,爱好是人之天性,女子可以烫发,男子就可以烫发。你不知道自然界的现象吗?公鸡的毛,必定要比雌鸡的毛长得好看,雄虫必定要比雌虫会弹着翅膀响,这为了什么,为了可以求配偶呀?至于女子多擦胭脂粉,这理由更简单,因为'女人就是艺术',而艺术可以不美的吗?第四,这倒是我要启示你的。他们受着我们的领导,走上这条路。他们壮而老了,也可以领导下一辈子青年。既可以领导青年,职业就不成问题了。"

我笑道:"领教领教!但对于国家社会,并没有什么贡献,你还不曾答复我。"
小白笑道:"这也是仁者见仁、智者见智的看法。你说他们对于国家社会没有贡献,可是由我看来,也可以认为贡献很大。譬如什么开募捐大会,我们这里就人马齐全,歌剧、话剧、舞蹈、唱歌,我们这里都寻得出角色来。甚至于戏馆子里卖票查票所贴街头广告,我们这里全有人。"我笑道:"我得挑你一个眼。广告是你们贴的,我敢说,写广告的人,你们一定很缺乏。他们平常用的是铅笔和自来水笔,国产毛笔,根本不合作。既不与毛笔合作……"小白点头道:"这个我承认,我们这里的人,百分之九十是不会写毛笔字的。不会用毛笔,那有什么关系?毛笔是落伍的文具。你去看看,现在哪个像样的机关,不是用钢笔和自来水笔?"

说到这里,远远地听了娇滴滴的声音叫道:"梅先生,你救救我吧。他们追我呢!"随了这叫声,一个十五六岁的女孩子带着笑容跑了过来。那女孩子跑了过来时，看她两只小辫格外地长，辫子上束了两朵白辫花，越发显着她娇小。小白对于她，似乎也十分垂青，因笑道："怎么了？有什么事？呵！老张，我来和你介绍介绍，这是杨小姐，是我的妹妹。"我笑道："她姓杨，怎么会是梅先生的妹妹呢？"小白笑道："这又何妨？只要彼此愿意，什么关系都可以发生。"杨小姐鼓了腮帮子，将鼻子哼了两声，身子扭了两扭，在小白身边挨挨蹭蹭地道："人家请你救救，你还开玩笑呢。"小白道："什么事要我救？"她还未曾答复呢，只听得后面屋子里一阵喧哗，男女出来一大群。

有一位穿绿格子呢西服，头发梳得溜光的小伙子，被几个人拥着直推到前面来。杨小姐藏在小白身后，咯咯笑道："你看他们来了。"人丛中有人笑着道："老梅，你还不动手吗？杨小姐今天和小开结婚，你应当做男傧相。"又有人道："不，他是大舅子。"那绿衣小伙子，在前胸上佩了一张红绸条子，上面写着"新郎"两个字，我知道这是小开了。他被人推着，只是笑，并不跑。杨小姐藏在小白身后，笑道："你们别闹，没有这样的，没有这样的。"她在喊着"没有这样"的声中，早抢过来两位小姐，一个人挽了她一只手臂，也笑道："客气什么？"这两位小姐，个儿很大，十四五岁的小姑娘，就没法抵抗，于是她被人推走了。她一走，大家哄然，也笑着在后面跟着。

我想，这玩着有点出奇了。大家欺侮这小姑娘，把她当新娘，行结婚礼玩。这位以兄长自居的梅小白，他不但不来保护，竟向小开一拱手道："恭喜恭喜。"也在后面起哄。我又想，七八岁小孩子，也有扮作新郎新娘玩的。这小开二三十岁也好意思干这儿戏的事吗？我倒要看个究竟，于是也在后面跟着。

他们这群人，把杨小姐推到了一座楼房前，把杨小姐先推进一间屋子去，然后又把小开推了进去。众人并无人进去，一位大个儿女士叮咯的一声将房门给反带上了。这屋子虽有两扇窗户都已关上了的。门一关，里外就隔绝了。只听到杨小姐在里面叫道："青天白日的，你们有这样开玩笑的呀？"说着，叮咚叮咚，捶了门响，外面人笑道："杨小姐，恭喜你了，回头再见。门有暗锁，非有钥匙打不开的。你捶痛了手，也是枉然。"说毕，外面围着的人，又哈哈一阵大笑。

八十一梦

小白就隔了窗户问道:"小开,听见没有? 大舅子和你在守卫了。"那里面的小开,虽没有答复,却是咯咯地笑着。小白道:"不开玩笑,大家该散了,全围在这屋子外面起哄,叫人家怎么进行任务?"有人笑道:"也当远远地派两个人监视着,免得有人替杨小姐开门。"小白两手同时挥着笑道:"去吧。这会子,你开门,杨小姐还不高兴哩。过了六小时,再来起哄。"于是大家一哄而散。

我跟着小白后面走了一阵,问道:"老梅,你们这是真事,还是开玩笑?"小白道:"人生本是一场玩笑,随便你说吧。"我听了这话,心里想着,在中国的社会,就有这么一群? 那个杨小姐,虽然情窦已开,却显然是个发育未全的女子。至于意志薄弱,那又是当然的事。他们这群男女要取得小开的欢心,竟把这位杨小姐做牺牲品了。这是个什么场合? 论他这些个青年男女。孔子说:"群居终日,言不及义",已经是"难矣哉"了。他们简直"多行不义",是不是有个紧接下文的"必自毙"呢?

我想着出神,却听到有人问道:"先生,到会计课去,向哪里走?"我抬头看时,梅小白不知道到哪里去了,面前却站着一位胁下夹了皮包的人。我道:"我也是来客之一,摸不清这里面的组织。"他道:"这里面乱七八糟,真是寻不出头绪来。我又不敢随便乱闯,这里拿着三万块钱支票呢。"我问道:"三万块钱支票,你到这里来买什么? 这里只有讲追的男女,并不出卖什么。有呢,除非是人格。"他笑道:"言重言重! 我是送本月经费来的。"我道:"一个月经费是三万? 三个月可以买一架飞机了。留着一年的钱,是一小队空军,那不比养活这一群男女强得多吗?"那人笑道:"但不能那样说。"我道:"怎么不能这样说呢? 这还是什么不能省下的钱吗?"他笑着拍了两拍皮包道:"二十年来,我这里面来往账目,和开支这笔款子都差不多,若是全可以省下,中国的飞机,虽然赶不上德国,也还不至于对日本有愧色,无奈就是向来不曾省过。譬如说吧,南京城里,面对面的铁道部和交通部,不建设又何妨? 若是省下来的话,就是几百万元的硬币,能买多少飞机? 便是程砚秋一趟欧洲游历费,就可以按照当年的市价,买七八架驱逐机呢。往日化硬币也不省,于今花法币,省些什么。"

这位先生，似乎也有点刺激在身，我随便问了两句话，竟惹出他这一大套。我有心问每月花三万元经费，养活这一群男女有用何处，可是究竟是人家的机关所在地，只好忍住了。这位送支票的先生，拿了三万元在手，不知向何处送交才好，也不再对我多说，还是寻他的对手去了。我心里也就怀疑着，虽说这些男女除了追以外，不知别事，多少总有点用处，不然，这机关里的办事人，每月向人伸手要三万元经费，那是拿出什么理由来说话呢？

我一面想着，一面不经意地走着，也不知达到了什么地方，忽听到有个女子发怒的声音道："你们这种臭脾气，什么时候才会改呢？在南京是这样，到了这里，还是这样。"我随了这发声的所在看去，是一带向外的窗户，有那开了的窗子，可以看到里面，女大衣女旗袍随处挂着，这正是女子的卧室。一个西装男子，把砖头叠在墙基子，一只脚踏在上面，两手扒了窗台，有个想对窗子斩关而入的姿势。窗子里有一位散了长头发的女子，手拿镜子和梳子，当窗拦住，似乎拒绝男子爬进去。

那男子笑道："你既知道在南京有这个作风，那我无非援例而已，为什么不可以？人有什么脾气，就总是什么脾气的，改了是人生反常，非死不可。譬如我们水先生的法国太太，她非抽水马桶不能大小便，疏散下乡的时候，水先生就替她盖了一所有抽水马桶的洋房。然而她还觉不称心，终于是回法国去，做贝当政府的良民了。"那女子道："喂！你太高比。"男子笑道："他是中国人，我们也是中国人，有什么不能比呢？我们在南京把窗户爬惯了，于今要不扒窗户，就像有点反常了。"他说着这话，已是身子一耸，跳了进去。那女子半笑半恼地向后一退，红着脸道："青天白日的，你看这成什么话？"那男子笑着抓住她的手，却反过来把窗户关闭了。

我站在树影子下，呆呆出了一会神，心里可就想着，这倒简单明了。可是这么些个人，终日的只这样追着，似乎也很昏迷了神智，创伤了身体，这些人自然是可鄙，同时也觉可怜。他们像一群小鸡，时时刻刻有被人家拿去做下饭菜的可能，而他们挤在一处，还是吃着小虫或米粒，努力去制造一种炒辣子鸡的材料。国家多有了这种人，国家必亡。世界多有了这种人，世界必会毁灭。我仔细想了一想，并

八十一梦

不止发生气愤,我简直发生了悲哀,于是掉转身躯,就向原路走回去。

正好那位梅小白先生,笑嘻嘻地迎面走了来,问道:"你到哪里去了?"我道:"你们这里的事情,我都看得很清楚了,无须再看。"小白握着我的手笑道:"到我公事房里去坐坐。我还有好的材料贡献给你。"我道:"你一路笑着来,我已知道,你有什么材料,大概你这大舅子,已算是做成功了。"小白笑道:"你谈的是杨小姐的事?那还有什么问题吗?"我道:"你们这里一些男女,何以终日就只做那个追的工作?"小白道:"青年男女追求不是正当其时吗?"我被他这直截了当的一棍拦住,其余的话,就不必向下问了,背了两手低了头只管随在他身后走着。

小白道:"老张,看你这情形,总不以我们这里的情形为然。"我笑道:"我并不是对整个的情形,不以为然,我是和我们男子打抱不平。"小白道:"你和男子打什么抱不平?这里面还有什么不平的待遇吗?"我道:"据我所见,只有男子追女人,没有女子追男人,为什么这里的男子,不高抬身价?"小白哈哈大笑道:"你外行!你外行!这可以把练武术来打譬。男子之追,用的是外功,女子之追,用的是内功。这外功你可以看得到,内功你怎么看得到呢?"我笑道:"可不可以让我也知道一点?"小白笑道:"我晓得,你是来收罗材料的,但是我们也并不把这事隐瞒着谁。人生是追求高于一切,正应当鼓吹鼓吹。你要知道内功,我就带你去看看内功的表演吧。"说着,挽了我的手便走。

仿佛之间,走到一个小运动场上,他站在篮球架下叫道:"粗线条呢?"只这一声,过来了一位大个子,下面穿了西服裤子,上身罩了一件柠檬色的运动衣,胁下又夹着一件西服上身,长圆脸儿,配上两只大眼,头发虽不曾烫,前部梳得溜光,后部曲卷。小白笑着和我介绍道:"这是密斯脱朱,是位全才艺术家,五十米赛跑,得过冠军,游泳也很好。尤其表演话剧,取慷慨激昂的角儿,压倒当时,而且上过镜头。另一般朋友,和他起了一个外号叫'粗线条'。"说着,将手伸了向这位全才艺术家上下比着,偏了头向我笑道:"你看,这岂不是一位典型青年?"

梅小白在介绍的当儿这样大大地恭维他一阵,我倒有些莫名其妙。那粗线条笑道:"好嘛!大概又有啥事要求我!来上这么一顶高帽儿。"他说话竟很带了几分天津味,所以这"嘛"字音格外沉着。小白笑道:"实不相瞒,我们需要半打曹小姐穿浴衣的照片,除了你,不能得,希望你带我们去一趟。"粗线条道:"我知道,有某财东迷上了小曹,暂时还无法进攻,就想弄她几张相片去解馋。那财东有的是钱儿,送她一笔款子就行了。小曹本想在香港买化妆品,这笔小外汇,约莫合千把块钱法币,正在张罗着呢。"

小白道:"你何必这样糟蹋小曹?近来外面都说小曹打了两针六〇六……"粗线条道:"怎么不是?我还知道给她打针的医师是谁呢!"小白笑道:"别闹,眼前站着有新闻记者呢!"我笑道:"那倒不必顾虑。为了抗战,暴露社会的腐烂真相,望有心人起来加以纠正,事则有之,但我们绝不揭发人的隐私。"粗线条笑道:"我们这事情,暴露也没关系,反正……"小白不等他把缘故说完,只拖了他走,回头又向我使一个眼色。

我会意,跟着走去,到了一所西式洋楼上,我们拜访到一间门帘深垂的房门口。门外人还没有开口,里面已是有娇滴滴的女人声音笑着。她道:"哟!贵客到了,欢迎欢迎。"那声调分明是个南方人说国语,尽管说得流利,音韵是另一种软性的。随了这话,首先是五个染了红指甲的白手指,掀起了门帘。随后出来一位白嫩皮肤的女郎,点头让客进去。看她那装束,显然与别个摩登女郎不同,身上穿了一件橘红绸旗袍,周身绲了白绸的边沿。并没有挽着普通式的那两只小辫,在头发溜光之中,大把蓬松起来,掩着两耳,垂在肩上,发梢上是微微卷起两排云钩。只看她这头发也就可以知道消磨了不少的光阴去整理。这样,所以脸上可以用化妆品的所在,都尽量地使用了。眼皮上的睫毛,长得很长,使用了欧美妇女的化妆法,一簇簇地夹成了复射线条。我很锐利地观察了她一下,觉得她在这被追的一群之下,是带有富贵气味的。

小白这才替我介绍道:"这是红榴小姐。"我一听之后,这是一位不使用姓氏的人物,首先表示了思想前进的作风。她和我们周旋了两句话,却把眼光向粗线条很迅速地一溜,低声地问道:"这时候怎么有工夫来呢?"粗线条道:"这位张君要我引来见你。"我听他如此说明之后,觉得这位摩登女性,交际娴熟的人物,定要

八十一梦

客气一番,可是大大地出乎我意料,她竟低着头,露出雪白牙齿微微一笑。在这有若干难为情的姿态之间,又把眼珠在长睫毛里对粗线条很迅速地一转。这时,有个年轻女仆送上茶来。共是两只玻璃杯,一把小磁茶壶。我和小白,各得一只玻璃杯。那把小茶壶呢,红榴先接过去,嘴对嘴地吸了一口,然后把那小茶壶交粗线条,我这时明白了,这就是梅小白所说的内功,同时,我也就打量打量这个屋子。

这位红榴小姐,大概是位突出的人才,所以她所得的待遇,也就比别人更好。这里是前后两间屋子,后面自然是卧室了。我没有法子去观察一下,而这前面屋子,便是立体式的摩登家具,漆着白漆,不带一点脏迹。这地面是铺着寸来厚的白纯毡地毯,更是觉得室无微尘。但墙漆不是漆的,粉刷着阴绿色。两扇玻璃窗户,也掩着白窗纱。除了那大小两张桌子上花瓶里插的两束鲜花,不见有过于艳丽的颜色。在正面的墙下,有一张小小的白漆方桌,上面供了一个石膏制的圣母像,约有尺许长。圣母前有两个小瓶子插着鲜花,花丛中两支白蜡烛,插在白色细瓷烛台上。当中有部西装书,厚厚地横列了,不用说,那是《圣经》了。《圣经》边放了一个五金质的十字架,斜靠了书页立着。这些点缀,将红榴小姐这件红旗袍陪衬得别有一种艳丽,而我就也相信她是个极端干净的人。

我所坐的,不是椅凳,是个白绸的锦垫,也许是红榴小姐在圣母面前做祷告用的。锦凳是比椅凳矮一点,我俯视是极其容易。在这时,我看到长衣角拖在地毯上,我将衣襟提了一提,却有一张蓝色纸条出现。在那纸条上,印有一行黑字,乃是"九一四女性特用药",我骇然地想着,谁把这单方丢在小姐房里?在小姐面前看这类药品方单,那是失礼的事情,我便将纸捏成一个团子,暗暗地塞在衣袋里。其实红榴正全副精神向那粗线条说话,倒没有理会。

这红榴小姐虽是很随便地和来宾谈话,但我不以为她是在谈话,而是在舞台上演话剧。因为她每句话吐出来,都把字眼咬得很真,同时,把声带故意绷紧来,说得每个字音清脆入耳。有时用到舌尖音,如"是的吗","是"字念团,"的"念着"得""吗"字轻轻吐出,加以脸上的表情,眼睛向人一瞟。孟子曰:"我四十不动心",我想这颇费考虑。而子见南子,子路不悦,也不无理由。

在她这样不住向那粗线条用着内功的时候,粗线条道:"曹小姐,有人托我向你要点东西,你看我可以代人家要求一下吗?"红榴笑道:"这个人倒会找脚路呵。要什么东西呢?"粗线条指着小白道:"你让他先说。"小白将颈脖子伸着,笑道:"上次我也说过的,有人要曹小姐半打相片。"红榴道:"你这不是多余来问我吗?谁不收有我几张相片,你们随便一凑就有半打了,还来向我要干什么?"小白道:"自然是要那不容易得着的。曹小姐那穿浴衣的相片,我看到过两张,真是能代表健康美。这是一家美术馆……"红榴摇摇头道:"我还不当模特呢,把这相片送到美术馆去陈列,什么意思?"小白笑道:"但是他们也不一定要陈列出来。"红榴望了他道:"那么,他们要我这相片做什么?"小白没得话说,却伸起手来搔搔头发,然后向粗线条道:"我们不善于措辞,交涉不易办通,这就托一托阁下和我办一办吧。"说着,向我道,"张兄,我们先走一步。"他既是代主人催客了,我也只好起身向外走着。那粗线条虽也曾起身和我一同走,可是当红榴连连向他递眼色之后,他就坐着没动。当我们出门不远的时候,却听到红榴在屋子里用鼻子哼着,连说"我不要,我不要"。

我跑了两步,方才站定。小白追上来问道:"你好端端的跑什么?"我道:"程砚秋唱戏,那要断不断的唱法,人家叫游丝腔又叫要命腔,其实倒不见得怎么要命。可是这位红榴小姐说话,个个字带着弹性,那才叫要命腔。我受不了,我只好跑。"小白哈哈大笑道:"现在你该恍然大悟,什么叫是内功了吧?"我笑道:"懂得了。这位小姐是基督教徒吗?"小白笑道:"我们这里没有宗教。"我道:"没有宗教,为什么她屋子里面供着圣母的像呢?"小白笑道:"这是她一种外交姿态,表示她心地洁净。"我道:"她心地洁净?"小白道:"她不但心地洁净,同时她还有个洁癖。你不看她屋子里,无论什么都是弄得雪白的?"我不由得打了一个哈哈,因道:"她有洁癖?这上面应该加个不字才对。"小白道:"你太挖苦人。"我笑道:"这是你们这里捡着的东西,我不愿带了走,我还是交给你吧。"说着,我就把那张"九一四"的字条,交到他手上。

小白看到,红了脸道:"这……这也没什么关系。"我道:"当然没关系,不过是治病而已。仁兄,我以朋友的资格,要劝你两句话,民族到了这样生死存亡的关头,大家总要对大局着想着想。为了个人的饭碗也好,为了个人的旨趣也好,你这种从核心腐烂的集团生活,最好是自己检点检点。你以为关起门来,至多是腐烂你们这大门以内的一群男女青年。其实不然,他们或她们所带着一个摩登人物的头衔,社会上都认为是一种稀罕人物。意志薄弱的青年,只要接触到他们或她们,立刻就会传染上那种腐烂生活的习惯。简单地说吧,你们是个病菌培养室,你们这里每一颗病菌出了这大门,都是社会的不幸。"小白笑道:"你何以深恶痛绝至此?"我道:"我并非有所痛恶。我看到许多青年,每每为了一个极偶然的机会,遇到你们这一群中任何一个,他立刻就开始腐烂了。我可惜国家的青年,我不得不发点牢骚。我根本不是医生,对此病菌,有何办法?便算我是医生,我也没有那种能力,可以把宇宙里的病菌扑灭。"小白见我说得很激昂,走着路很久没作声,最后他才答道:"这是你那封建脑筋作怪。"我道:"我不否认你这句话,但严格地说起来,讲得起礼义廉耻的人,都是封建脑筋。因为这四个字,全是贞操问题。"

正和小白两个人谈着话,忽然有个女子的声音插嘴道:"贞操?我讨厌这两个字。"我听了这话,大吃一惊,这女子太勇敢了,她明目张胆反对贞操,便站住脚回头看去。这时,在旁边花丛里走出两位女子一位男士,对我呆望着,好像也吃了一惊,他们没有想到提出贞操问题的,是另一位事外之人。我也不知这两位女士之中,是谁反对贞操。可是其中有位年纪大些的,约莫在二十五六岁附近,头上盘着两条辫子,虽然不是一般少女那样摩登,鼓着腮帮子,脸红红的,这是和人在生气。刚才那些话,也许是她说的。另一位年纪轻些的女士,比那位长得好看些,脸上冷冷地带了一些冷笑的样子。

小白迎着他们问道:"你们三个人问题最多,怎么又闹起来了?"那年长的女子指年轻的女子道:"她欺人太甚!我已把丈夫分一半给她,她还不满足。昨夜是应该老于回到我这里的了,她不让他回来。"那男子横了眼瞪着她道:"是我不到你那里去?没有的事。你和老陆同居一个星期了,人家不要你,你又来找我。"那女士两手一扬,很坦然地道:"这有什么奇怪?你需要女人,我也需要男人。你既不来找我,我当然临时去找一个。我们这个圈子里,哪个男人是一个女人?哪个女人,又是一个男人?怎么着?到了我这里就行不通了吗?"

我听到这里,觉得话说得这样赤裸裸,人类已进化到了与原始时代无二。所不同的是他们穿了衣服,没有穿树皮。我觉得说穿了,也不足感到兴趣。正待举步离开这群人,这却听到路外一阵狗的厮打叫号声,十分猛烈,越号越厉害,直叫到我身边来。我猛烈地惊醒,却看到在齐窗外院坝里,正有七八只狗追着打旋转。

八十一梦

第七十二梦　我是孙悟空

常是听到无常识的人说,我们有了孙猴子的法术就好了,他拔一根毫毛,就可以变成一架飞机;拔一根毫毛,也可以变成一尊大炮。有了十万八千根毫毛,一半变飞机,一半变大炮,将日本鬼子,打得粉碎。我听了这些话,先觉得颇是无识得可笑,继而想着是无识得可怜,最后我便想到是无识得可哀。而且还有人驳以先那个人说,既有孙悟空那种千变万化的本领,何必变什么飞机大炮,把那金箍棒向东洋一搅,把那小小岛国,用地震法给它震碎,岂不更简单明了?我想,人之知识程度不齐,在二十世纪,还有把《西游记》的神话,当了解决国际战争的妙策的。这绝不是个笑话,实在是个问题,也许,那还是社会上一个严重问题呢。

这个念头,印在我脑子里,总有几天溶解不开。恰好我拿了一份报在手上,躺在床上看,有几段新闻,让我看了不高兴。虽不是战争之事,却也需要变成了孙悟空才有办法。正这样打算着,却看到半天云里,金光灿烂,五色云彩,东西飘荡着。在云堆里,冒出许多青色大莲花。每朵莲花,都有车轮些样大小。其中有一朵最大的莲花,上面站着一位赤脚妇人,头罩白风帔,身穿白衣,画了竹叶花纹。那女人手上拿了一只白瓷瓶子,插了竹叶,好像印度妇人去买酒。在这个装束情形中,和脑筋里那个观音大士画像,颇为符合。心里就想着,莫非是她吗?不然,哪里会有人站在云端里?

这就听了她道:"你们这些半瓶醋的文人,略懂科学皮毛,就抹杀神话。其实神话这个东西,未尝不可变为事实。举一个实例,你们所住的地球,是多大一个东西,可是她悬在天空里,自己会昼夜不停地飞奔与转动。地球朝下的那一面海洋里的水不流出去,你们脑袋朝下脚朝上,谁也不感觉到头昏,这就是莫大莫大的神话!"我听了,觉得这位印度装束的女人,将以毒攻毒之法来攻击科学,绝不是寻常家数,因望了她在沉吟着没有出声。她笑道:"事实胜雄辩。让你自己经历一番,你知道《西游记》也不能完全算神话。"说着,她将手向我一指,我打了一个冷战,立刻天旋地转,人在半空里翻筋斗。心里想着,这就是孙悟空的筋斗云了,我怎么会玩得来?心里一啾咕,两脚站在地面,睁眼看时,乃是一片荒山。四周一看,黄沙白草,尘霭接天,很是凄凉。正疑惑我到了什么地方,却见一位头戴方巾,身穿葛袍子的白须老人,手拖拐杖,战战兢兢跪在地上,口称"不知大圣驾到,有何吩咐?",他这么一称呼,把我当了齐天大圣。

看他那情形,准是本方土地,因道:"此地如何这样荒凉?"他道:"大圣有所不知,只因这附近来了三位妖怪,甚是凶恶,每天要吃三千人的脑髓和心血。他手下那些小妖,不只专门吃人,连带把飞禽走兽、蛇虫蚂蚁,不论肥瘦,见着便要吃。这里本叫黄金谷百宝山,自从来了这群妖怪之后,不但把老百姓吃光,连地面上生物也都弄个干净。现在渐渐弄到挖开地皮三尺,去寻树皮草根,所以变成这样荒凉。"我道:"你是本方土地吗?既有这等事情,你为何不上奏天庭?"他道:"小神是本方土地。大圣明鉴,那妖精没有把我小神拿去敲骨吸髓,已是天大人情,小神如何敢上奏天庭?小神位卑,又怎能上奏天庭?这就叫天高皇帝远了。况且这三个妖怪,都有万年道行,法术通天,恐怕玉皇大帝也只是开一只眼闭一只眼。小神是人家脚底下泥,又能怎样?大圣是道法高超的人,既来到这里,请为这一方生灵除害。"

我见他口口声声称我大圣,心想莫非刚才那个女人,就是观音大师,她一指点,就那一指禅中,传授了我的道法?我这样想着,顺手在身上摸索着,摸着了一根毫毛,两指拔出,暗暗地叫声"变",向空中一晃,我手上却拿了一面很大的镜子。我对了镜子仔细观望,虽然我还不失本来面目,可是猛然一看,我却是火眼金睛雷公脸腮的和尚。心想,我既有这副外表,又有许多道法,我正好泄尽生平抑郁之气,为人类打尽抱不平。土地都认我是大圣了,我便索性冒充一番。于是暗暗一念,将镜子变回为毫毛,因问土地道:"这妖怪叫什么名字?现住在哪里?"土地道:"这三位妖怪,统号大王。第一位是无畏大王,第二位是无遮大王,第三位是无

八十一梦

量大王。这三位大王之上,还有一位通天大仙,这法号正与大圣遥遥相对,功法更大,住在一个上不沾天、下不沾地的所在,小神道法浅薄,说不出那是什么地方。这三位妖怪却住在这里西南角无维山无情洞。大圣若要前去,经过万骷山便是。"我道:"何以叫万骷山?"土地道:"便是那三位妖怪吃剩下的人骨头堆成了几十座山头。"我听说之后,不由怒火上冲,丢下土地,两脚腾云上了半空。

　　站在云堆里,向西南角看去,只见白茫茫一片丘陵,好像是下了雪。驾着云头,向那里飞去,果是无穷尽的人骨头,堆成了山谷。这人骨之上,黑气如烟如雾,不住上升。在这里面有数不清的冤魂,随风飘荡。隐隐之中,但觉哭泣之声,如荒野秋虫,半夜号泣。我道:"各冤魂不必悲号。公道若天在壤,必有一日,可为你们申冤。"云头过了这万骷山,眼界一新,只见前面金碧辉煌,云彩灿烂里面,起了几十幢凌空的宫殿。早有一阵笙歌鼓乐之声,顺风送来。我想,这金碧辉煌的宫殿,如何紧接了人骨头堆的山?这里虽有些像琼楼玉宇,不见得是神仙所居,大概无维山无情洞就是这里了。按住云头,向前看去,只见前面云彩下有五座五彩牌坊相连。中间那座牌坊上,有四个字的匾额"法力通天"。我想主人翁好大的口气,竟与我齐天大圣的名义不相上下。不过这金玉映照的楼阁上下,却是乌烟瘴气。上层为青天白日所照,表面还有些上下左右,稍矮一二尺,便模糊一片,什么也看不到,正是妖气冲天。

　　我按下云头,在烟瘴外仔细看去,却见两小妖,一长一短,都是蓝衫方巾,像个斯文中人的样子,由宫殿里面出来。但是那白面书生的脸上,青筋直冒,眼珠通红,嘴里透出两颗獠牙,便只这一点,可想到他已是杀人吮血的丑类。我摇身一变,变了只小虫儿飞到他方巾上站住,听他说些什么。

　　那矮子道:"长哥你看这送早点的人还不曾来,大王等得发急了。"长子道:"咳!这实在难。大王的量既大,附近几百里路的百姓,都已吃光。那些和大王打猎的人,少不得跑到千里路以外去捉。虽说他们能腾云驾雾,究竟他们道行低,来去费时,我们就在这里等一等好了。我这衣袋里,还藏着有两个人肉饼子,就在这里吃着消遣。"说着,这两个小妖在牌坊下石墩上坐着。长妖在怀里掏出两个紫色的人肉饼子和那矮妖各把两手撕着吃。矮妖笑道："你怎么还有富余的人肉藏在身上？"长妖道："昨天三大王下了一道手谕，说是大仙娘娘要人乳洗澡，限六个时辰内，要捉三千个小孩母亲挤乳。这手谕在黑心狼手上经过，他就在三字中间，加了长短两直，变成了五千个小孩母亲，除了关起三千女人每天挤上两次人乳而外，还多着两千个人呢。这两千个人关在铁牢里，黑心狼慢慢地拿出来享用。这件事虽是瞒上不瞒下，知道的人，究竟不多，我就在他手上分得百十个肥胖的妇人，藏在山后小洞里，留着有便的时候拿出来吃。"我藏在这小妖的方巾上，把话听了个够，心里想着，这还了得，像这么一个小妖怪，也就可以藏着整百活人在山洞里，留着慢慢地吃。此地的老百姓，实在是太可怜了，任何幺麽小丑，都要难为他们。

我跳到了那二小妖面前，现出了原身。那矮妖却大吃一惊。长妖笑道："哪里来个瘦和尚，不够一顿……"我不等他说完，耳朵眼里取出金箍棒，迎风一晃，变得大了，两下将这二小妖送归西天，把这尸身踢下山沟里去。就在这时，远远听见一些呻吟之声，由山下传了上来。我先跳到云端里，一看原来是几个小妖，赶着一群面黄肌瘦的老百姓上山来。那些老百姓，都被绳索反缚两手，缩着颈子，一步一颠。那妖怪拿了长鞭子，只管在这群老百姓身上乱抽乱鞭。我看了这情形，知道是给这里三位大王送点心的，便走回牌坊下，拔根毫毛变了矮妖，自己却变了长妖，闲闲地站着。

不多大一会，那群人被赶到面前来了。我就喝住那个拿鞭子的蓝面妖道："你叫他们走就是了，为什么这样乱抽乱打？"蓝面妖道："哥呀，你看这些痨病鬼，走一步，顿一步，好不急人！我不拿鞭子打他们，他们什么时候可以走到呢？"我道："你为什么找痨病鬼来？"蓝面妖道："稍微有点人肉的，都被大王吃光了。"我道："你懂得什么，人肉是打不得的，打一下，皱一下，肉皱了，吃在口里是有酸味的。这有两三个老百姓，让你抽得周身是伤痕，那不等到洞府，人就要死。你让大王吃死人肉吗？你应该和几个兄弟把他们背到洞府去。"蓝面妖是最下一层的小妖，我发的命令，他倒不敢违拗，只好和他的伙伴，背了几个受伤百姓在前面引路。

我押解了众百姓顺了牌坊下一条石板路向前走去，沿路雕梁玉砌，油碧回廊，

八十一梦

朱漆柱子,都灿烂夺目。可是在这些华丽陈设之下,却隐隐藏了一种血腥气味。这时,早有一幢七层玲珑起顶的宫殿式房屋,矗立在面前。殿前两根旗杆,悬了杏黄旗,上有墨字,大书"替天行道"。我想,不要小看了他是山中妖怪,却还学着人世上的欺骗行为,也来个自我宣传。那几个蓝面小妖把老百姓赶到这里,他们也知道父母遗下来的血肉,自己挣扎下来数十年的性命,立刻要去做替天行道大王的一顿点心,一个个面色苍白,眼色无光,战战兢兢地站在这华丽的七层大厦面前。

那两个小妖虽是一路作威作福而来,到了这洞府门口,他也失却了勇气,恭恭敬敬地站着,向我道:"哥呀,我们不敢登大王的宝殿了,这一批新鲜点心,就请你带了进去吧。"我想救这批静待宰割的百姓,乐得把这送人的权抓到手上,可是这洞府里面,我没有到过,我又怎能把这批人送进去?踌躇了一会子,便向蓝面妖笑道:"你交不了差,我就交得了差吗?"蓝面妖道:"大王喜欢的是你和矮哥两个人呵,因为你们常常向通天大仙那里送东西。由大仙脚路来的人,在我们洞府里是金字招牌呀。"我听了这话,点点头,放着蓝面妖走开。

我且不走去,拔了一根毫毛,变着一个长妖,自己变了个蜜蜂儿,向洞府里面飞着,飞进了几层宫殿,见一座雕梁画栋的殿宇,上面设着三个宝座,果有三个怪相人高坐在上面。金脸的坐中间,银脸的居左,紫铜脸的居右。在宝座下面,是五彩地毯,像深草一般厚,占着殿上很大的面积。这里有无数的少女,披了头发,脱得赤条条的,穿梭般来去,和这三位大王焚香、捧茶、唱歌、奏乐。

那金脸妖将黄袍子一摆,露出嘴里四颗獠牙,发出猫头鹰的惨叫声笑道:"我那群忠仆哩?"只这一声,殿屋四角,虎跳狼窜地,钻出来十几条狗。狗的形式不同,有狼狗,有狮子狗,有狐狗,有哈巴狗。其间最小的一狗,比兔子还小,竟有些像大耗子。这些狗由其大如虎到其小如鼠为止,全部俯伏在地,真个狗通人性,个个朝上舞蹈九拜,起落有节。

金面妖左右相顾道:"二位王弟,你看,这几天,手下儿郎贡献的人肉人血,未免太少,恐怕日久弊生,这些东西,有点中饱。我想打发这批狗出去搜查一次。"银面妖道："不破小费,不养小人,大王也不必察察为明,免得教他们都跑了。"金面妖道："本来我也不是这样小量的人。只是大仙现想朝拜西天,要取得十万八千人的鲜血,炼一只飞天宝艇。像现在这样子,连我们洞府的每日开支,都有些应付不过来,怎么去应付大仙这笔账?"那紫铜面妖,究竟位分低些,听到大仙这称呼,他有点"祭神如祭在"的情景,立刻站了起来,弯了腰把它铜铃似的圆眼,微垂了眼皮,因道："既是这样说,我们想到人间去搜罗人类来吮血。万一找不到许多人,我想,我们洞里这些儿郎们,肥胖的也不少。他们那脏腑里,每人至少也藏千百人的血液,差一万个凡人,把他们十个人拿去抵数就够了。"

那金面妖笑道："老弟,你怎么说出这样无出息的话?我们在山上修炼,各有几千年道行,于今弄得没有办法,把自己儿郎们也拿出去榨血。若是这样做了,请问谁还跟我们后面兴风作浪?"银面妖道："此话有理。但是这通天飞艇,也不能不炼。若得罪了大仙,她祭起追魂夺魄伞来,我兄弟三人休矣。"金面大王把面前长案上一只大如面盆的玻璃杯子,在嘴边碰了一碰,偏头在出神细想。

我看那里面,盛着殷红色的液体,好像葡萄酒。然而我飞下去在杯子上打个旋转,却嗅到一股血腥味,这不用提是人血了。我趁那金面妖不理会,依然飞到大殿横梁上钉住,向下偷看。

那金面妖道："这些事,且放下一旁不提,于今肚子有些饿了,我们的早点怎么还没有送来?"那紫铜面妖听了这话,把鼻子尖向上耸了两耸,笑道："点心来了,我已嗅到大门外有生人气。"

我听了这话,觉得不好,立刻飞到大门口,现出原身,吹了一口罡风,把那些被捉来的老百姓一齐吹上天空,指了几十块石头,变成那面黄肌瘦的老百姓站在门口。我也跳上天空,站在云端里,念动真言,早有六丁六甲值日功曹赶到面前,躬身问："大圣有何法旨?"我指着飘在天空里的百姓道："这些人也是父母所生,天地所养,竟被此处妖怪拘来,只当一顿早点。现在我把他们救出,烦尊神押送他们各回原籍,至于此处妖怪,自有我来对付。"功曹道："此妖魔术通天,多少天兵天将奈何它不得,大圣须要小心一二。"我喝道："都为你们胆小怕事,姑息养奸,把这三个妖怪,养得这般无法无天,你还叫我小心一二。"功曹们"是是"连声,不敢多辩,径自去了。

我站在云端里,看到百姓已平安去远,然后变个小鸟飞到洞府外面,见有几个小妖,七手八脚把石头变的百姓,一个个向里抬。有一个小妖道:"你看这些人,瘦得都像饿狼一般,不想每个身子都这样沉重。回头大王把他们的骨头剥出来,我们倒要捡起两根来看看,是怎么个东西。"另一个小妖道:"吓!你倒想吗?这一程子,大王吃人,是连骨头都咀嚼着吞下去的。像这样的瘦鬼,一定嫌着没有一点滋味,正好将骨髓敲出来,慢慢地吸些油水呢。"

我听了这话,心里好笑,趁着这些小妖不留神,飞到路边一块石岩下,再将身体一变,变成了又肥又高的一个胖和尚,手脚都让绳子拴了,人躺地上,只管发哼。那小妖听到哼声,立刻跑过来,伸头向岩下望着。一个妖道:"吓!不想这地方,居然还有这样一个肥胖的人,快拿去给大王解馋。"说着,便有两三个小妖抢了过来,抬着我进洞府去。我故意把身子变轻了,让它们好抬。抬到那大殿上,三大妖见抬了个胖大和尚来,各把舌头伸长了尺许,馋涎如水溜般滴将下来。金面妖道:"这一阵子,找来的百姓都是瘦的,难得今日有这个肥胖和尚,我兄弟且忍耐一下,把他转送给大仙去受用吧。"那银铜两妖不自敢违拗,连说"是是"。早有小妖们把石头变化的老百姓,剥去了衣服,推推扯扯,送到三妖面前。那金面妖顺手掏起一个人,便向嘴里塞去,它那獠牙,虽是厉害,吃惯了人类的血肉,却还没有碰过钉子。他将这石头在嘴里一咬,痛得呀呀怪叫,把人向地下一丢道:"这痨病鬼怎么比石头还硬呢?"一句话点破,石头变的人都还了原形,正是满地都是石头。

金面妖忽然醒悟,跳起来道:"了不得!这有个胆大如天的人,在我们面前使障眼法儿。我们枉说有几千年道行,竟是不曾看出来。"说着,他睁了圆眼向我望着道:"这个胖和尚不是石头变的。"我把脸一抹,现出法相,站在大殿中间叫道:"齐天大圣在此,受了百万生灵之托,前来诛妖。"这三个妖怪一见有人拿它,都跳出了座位。我要抢它们的先着,先一个筋斗云跳在云端,由耳朵里取出定海神针迎风一晃,变成丈来长的金箍棒。

这时，地面一片阴阳怪气，只见白云滚滚，三妖顶盔披甲，各拿一口大刀直奔将来。金妖先催起云头和我并排，大声喝道："你这猴精，不到西天拜佛求经，到我洞府来多事，你好大的胆。"我道："佛家以慈悲为本，普度众生，宇宙里留下你这样整天吃千万人血的魔鬼不除，还求个什么经？把你这三妖除了，胜似建下千百万个道场。"铜面妖能耐虽低，脾气却大，喝道："这无维山无情洞，哪有你说话的地位？看刀！"说着，它先举起刀砍来。

随着金银两妖，也把刀向我头上砍来，我不慌不忙，拿了金箍棒抵敌它三个。战了百多个回合，杀得三妖汗如雨下，我只纠缠住它们耍子，不把它打落云端，也不放松。那金面妖突然将口张开，哗啦一声，吐出一道黄雾。我虽有火眼金睛，猛然也失了这三妖所在。尤其这黄雾里有股臭气，熏得人头晕眼花。我不知道它使的什么妖法，有点挡不住，便跳出了雾丛，站在天空向下看去。只见这无情洞小妖们却泉涌一般，在黄雾里向前冲杀。这三妖却在小妖群后面，从容指挥，原来它们用的是这个毒招：牺牲了众人来挡头阵，它藏在后面来个自在。我便变了一只海雕让开黄雾里这群幢幢鬼影，然后向三妖头上直扑了去，心想这一下子可把三个怪物同时去掉。

忽然汪汪之声大起，有百十条狗从斜刺里直奔将来。杨戬一条哮天犬，我就没法对付。这三妖有许多恶狗，我如何对付得了。我又摇身一变，变了一只猛虎，大声咆哮，对着那群狗反扑了去。那狗虽然怕虎，可是它们跑回去几步，藏在那腥臭的黄雾里汪汪地乱叫，我想我纵然道法无边，绝不至于逢着狗个个咬它一口，只好站在云端里遥远地望着。那一群妖怪看到没有人追击了，便逍遥自在，收起云雾，转回洞去。

那群狗却不住高低上下在妖怪后面狂叫，当了掩护部队，我近前不得，正在为难，却见两个布衣儒生，驾云冉冉而来。我看他们头顶上一片正气，料是正当仙人，便闪在一边，让他们过去。可是他们倒按住了云头，有人叫道："大圣，有礼了。"我便向前答礼，请问大仙法号。那个年纪大的道："我首阳山伯夷。"又指了年轻的道，"这是我兄弟叔齐。"我道："原来是两位大贤，失敬失敬。"伯夷道："知

八十一梦

道大圣在此收妖,为黄雾所困。此雾是金银铜气所炼,平常的人,一触即会昏迷。其实要破这妖雾,也很容易,只要人有一股宁可饿死也不委屈的精神,这雾就不灵。愚兄弟破此种法术,有独到之处,特来助大圣一臂。"我道:"多谢多谢。现在兄弟所感到困难的不是黄雾,是那恶狗,我让杨戬的哮天犬咬怕了,近前不得。"叔齐道:"是的,这无情洞除了养着这一群狗外,还有一群鹰呢。我以为大圣法术齐天,也不怕鹰犬小丑,现在大圣如此说了,光是破它黄雾,还无用,现将敝处带来的薇蕨,送大圣一把。真和妖怪交起手来,把此草含在口里,黄雾自然不能为害。至于破那妖犬,愚兄弟是深山息影之人,也是毫无办法,大圣还是另请高明。"说着,他在身上掏出一把薇蕨来交给我,然后拱手而别。

我把薇蕨收下了,站在云端里,倒呆了一呆。心想,这两位书呆子,是孔夫子最为佩服的人,他们遇到鹰犬一流,也无办法,这可见虽曰小丑,实未可小视。鹰呢,我还未曾遇到,须是先把这狗的问题解决了再去作捕鹰的打算。我想着,中国也不少屠狗英雄,去找他们一二位来,也许可以有手段对付它们。

我如此想着,驾了云头,在空中飘荡,显出了犹豫的样子,忽听到有人喊道:"大圣何往?"我回头看时,是弥勒佛,挺了大肚子笑嘻嘻地踏云前来。我便躬身一礼,告诉徘徊不定的原因。弥勒佛道:"依你之见,莫非要去找樊哙张飞之流?"我道:"我想,狗总怕屠夫吧?"弥勒佛笑道:"那太费事了,我介绍你一位伏狗的名手,可是你不要嫌老。"我问是谁,他道:"廉颇可以对付这些恶狗。"我听了倒有些疑惑,这虽是一位名将,但也没有听说他有治狗的能耐。弥勒佛见我又犹豫起来,笑道:"大圣,你难道不知此公一饭三遗矢吗?"我想了一想,倒不禁哈哈大笑起来。

就在这时,只见一位白发银须的老将,戴盔披甲,驾了一乘四马大战车,冲云而来。见了我们,跳下车来,却问何事见召?弥勒佛笑道:"大圣捉妖,为狗所困,特暗暗念动真言,请廉将军助他一阵。"我听了才知道此是廉颇。此公闻言,也哈哈大笑,因拱手道:"当得效劳。"于是我们三人共乘一车,奔向无情洞去,洞里三只妖怪,倒是使了老着,又把那群狗放了出来。山前一片汪汪声,狗头蠢动,直奔将来。正好这位善于吃饭的老将,等着要大解,跳下车去,向一个僻静地方去了。看看群狗要奔到车前,它把鼻子在地面嗅嗅,似乎嗅到了排泄的气味,立刻减下了凶焰,放缓了步子,也紧紧随在廉颇后面,悄悄地跟到僻静地方去。

我又想着廉颇虽是一位勇将,可是这一大群恶狗,我都对付不了,未知此公可曾受它们包围?那弥勒佛却笑嘻嘻地不言语。不多大一会工夫,廉颇回来了,那群狗却夹了尾子遥遥相送。廉颇上车来,指着狗道:"你这些孽畜,带了一张吃屎的口,你就静等人来排泄好了,何必和妖怪做爪牙?"群狗吃了粪,睁眼望着,不敢喊叫。廉颇将狗骂了一顿,那些狗觉得深受了他的恩惠,毫无反响,只是站在山坡上成群地向他摇着尾子。我看了又是好笑,又是好气,因骂道:"你们和那些妖怪当前锋,我以为有什么了不得的享受,结果,你还不是等着大肚汉排泄了粪渣给你吃。从今以后,你们若再狗仗人势,在这洞口胡闹,我孙大圣有那本领,让天下人都坐抽水马桶,活饿死你们这些孽畜。"那些大小狗给我骂了,也夹着尾子,转身去了。

我向弥勒佛和廉颇道:"得二位相助,收抚了这群狗,我要再去捉妖了。二位请便吧。"说着,我一拱手跳下了车子,又向无情洞口奔去,站在云端里大声叫道:"三个妖怪,你和我滚了出来,你那群狗都让我收抚了,你还有什么本领?"我叫骂了一阵,那三妖忍受不住,鸣金擂鼓地率领着几百名小妖,冲出洞来。这回他们下了毒手,学着倭寇放毒气的办法,一面驾云,一面就放他们的毒雾。在那毒雾之中,陆陆续续地现出宫殿、车马、珠宝、衣服、美女、佼童、名花、美酒,都非大圣所好,也就像电影里面玩意无二,转眼就跟着消灭了去。最后,却现出一片桃林,结着红桃子。

我心想肚子饿了,用得着再尝一回蟠桃。只这么一转念,头就有些昏沉。我立刻想到这事不妥,乃是敌人用的魔术,立刻把伯夷叔齐送的薇蕨取出一根来,放在嘴里咀嚼。说也奇怪,牙齿咬到这草根,不但面前引诱人的那片桃林完全消失,便是三个妖怪撒下来的那天罗地网的黄色厚雾,也完全消失。原来隐蔽在黄色尘雾里的群妖,这时原形暴露,也不过拿了平常的兵器,站在陆地上呐喊。

八十一梦

我哈哈大笑道:"我大圣咬草根也可以过活,你那妖法怎能害我?"说着,手舞金箍棒向三妖直舞了去。那三妖倒不交战,却指指点点地,在洞里招出一阵风,在风雨中黄的白的东西,在平地上起了两道墙,挡住人的去路。我拿着金箍棒向那里捣捌一阵,却丝毫不见动静。我待使出一点法术来,恰好那三个妖怪,手挥大刀,怪叫一声,却有一群大鹰,从墙里飞出,如一丛苍蝇一般,不分上下高低,向我身上乱扑。

我虽法术通天,不怕这小小畜生,无如它是苍蝇一般的东西,就叫我周身是手,也不能赶着它此去彼来地那般纷扰。我一个筋斗云离开了无情洞,脱了这些蠢物的羁绊,不觉摇了头自言自语道:"没想到我一路西来,擒捉了无数的妖怪,对于这无情洞的三个妖魔却接连败下了三阵。以往我没了办法,便是到南海去找观音大师,于今看起来,还是去找这位万能的菩萨了。"于是驾着云向南飞去,不一时,却远远看到散财童子迎将上来,大声叫道:"菩萨有法旨,着我来帮助你了。"我道:"小兄弟,你知道我是为鹰犬赶了来的吗?"善财点头笑道:"正为此来。天下没有收服不了的幺麽小丑,你随我来。"说着,他驾起云走,引了我直奔无情洞。

到了那里天空,他并不向下去讨战,喝了一两句"雨师风伯何在?",随了这话,风伯拿了个大葫芦,雨师捧了个盂钵出现在面前。善财道:"奉了菩萨的法旨,着实下一场透雨在这无维山上。"他二人应声去了,立刻云头下风雨大作。善财又道:"雪娘何在?"一个白衣服女人站在面前。善财道:"奉菩萨法旨,着你在风雨之后,率领寒风地狱群鬼,在这里大大地下一场雪,要平地雪深五尺。"雪娘也答应去了。立刻大地茫茫一片白色,遮盖了人世坎坷不平之处。

我看了散财童子这种做作,自然是莫名其妙,但他却还是很得意似的,站在云端里看动静。不多大一会工夫,只见那山洞里的大鹰,三三两两地飞了出来,只在雪地上空盘旋,呱呱地叫着。善财笑道:"大圣,你看见了吗。我们坚壁清野,让这些孽畜找不到丝毫油水,你看它们还有什么能耐?它们是生成饥则就范,饱则远扬的贱骨头,非让它们饿着不可。它们饿着了,我们若有吃的,全数就可以归我们收抚。"

说着，他将手向半空里一招，来了一条猪婆龙，她张牙舞爪地在云端里盘旋一阵，就张开了口，在牙缝里流出一大摊黏涎来。龙是鳞甲之属，这黏涎当然有些腥味。那群在雪地里找油水的大鹰找不着油水，正在着急，嗅到了这里的口涎味，便又像苍蝇觅食似的，一齐飞奔了前来。有在地面啄食的，有在龙口边接饮的，有在半空中抢夺的，它们只在图谋那一饱，虽然有我们这样两位法术无边的收妖捉怪人在它们身边，它们也不计较。于是我掏出一把毫毛，向空中一撒，变了无数的鹰头套子，所有那些来争取龙涎的鹰，一个不曾跑掉，全上了套头，善财一索将它们串缚了，然后向我笑道："这些东西，和它们斗智斗力，都透着太胜之不武。现在我们只消耗点龙涎就把它们收拾了。"我笑道："犬既逐臭，鹰又追腥，果然收之有道。去了这群鹰犬，那洞里三妖，算是少了耳目与爪牙，我们可以把它捉到了吗？"善财笑道："大圣虽然法术高妙，怕还不能那样容易。"我道："孙悟空一辈子就只有好高这个毛病，没有到最后关头，我不相信单独收不到这三个妖怪。"善财笑道："既如此说，再见了。"说着，他带领那群缚着的鹰向南海复命去了。

我落下云头，站在无维山头，大声叫道："咄！那三个吃人的妖怪出来，你们还有什么本领？"我说着，摇身一变，变成个大无常鬼，手拿哭丧棒，向那黄白物堵砌的两道墙捣过去。我知道只有无常鬼能破这丑物，常言不是有"无常到万事休"吗？果然，我这样过去，那黄白物做的铜墙铁壁便变成豆腐渣一般地倒下去，那三妖见他唯一的法宝不能拦阻我，也就各拿了兵刃迎着杀上来。

哪知他们天不怕，地不怕，就怕是无常到。走到近处，见我是这样子打扮，不敢迎战，掉转头就落荒而走。我叫道："你这三个孽畜，打算向哪里走，还不现了原形？"那三妖头也不回，一直向东南角奔去。

我哪肯放过，紧紧追去，忽然前面黑气腾腾，上接青天，挡住了去路，那三妖钻入了这烟雾丛中形影俱无。我逼近那烟雾时，只觉瘴气郁塞，呼吸困难。隐隐约约，看到里面，现出一座金碧牌坊。上面有一横匾大书"至上宝地"。这好像是仙境，但仙境不会这样云愁雾惨，恐怕又是夸大狂的妖精所在了。看那牌坊下面，虽有几条大路的影子，却又十分空虚。我睁开火眼金睛，仔细观望，便发现那里，四

八十一梦

周都长了荆棘,中间不断地藏着陷坑。腾云进去,空气窒死人;走路进去,又障碍横生,眼见这三妖躲进去,却是无法捉他们。

入境问俗,还是先打听一下吧。于是向空念着咒语,召集本方山神土地。奇怪,我的咒语到这里也有些不灵,便又念着咒语,召集值日功曹。不多一会,功曹带了六丁六甲,远远地在云端里施礼,问有何法旨,我道:"我追赶三个妖怪,来到这里,看到一座牌坊,上面写了许多大话。牌坊里面,天日无光,我没有敢追赶去。召集本方土地,也不见人影。请尊神代我查查。"功曹躬身道:"大圣是出家人,可以不必管这些闲事,三妖既然逃走,那就算了。"我听了这话很是诧异,因瞪了火眼金睛,向他问道:"你这是什么话?聪明正直之谓神,除妖剪怪,是神仙的天职,说什么不要多事?便是我出家,也存心救世,出家人慈悲为本,除怪为天下除害,你说什么是多事!"

功曹经我这番责骂,倒并不生气,依然笑嘻嘻地躬身答道:"大圣有所不知,这里的事,休说你我,玉皇大帝也让他三分。"我道:"那是什么缘故?"功曹道:"大圣召集土地不到,并非土地不来,根本是这里天庭所管不到。这里面雾气腾腾,天地变色,日月无光,到底是怎么一个局面,道法微末的小神,自然是毫无所知。我们也只听到传说,这里面有一位通天大仙住着,本领之大,我们也无法形容,反正闹得宇宙虽大,无人敢侵犯她。譬如当年大圣闹天宫的时候,玉皇又何尝没有让大圣三分?那就因为大圣道法高,天上许多天兵天将,都奈何不得。大圣是过来人,一定也想得很明白。"我道:"我当年虽倚仗了我的能耐,闹过天宫,但并不像这妖怪一般,残害生灵。便是如此,也请了观音大士来把我收服。"功曹笑道:"便是这妖怪,总也有那么一天。有道是善有善报,恶有恶报,不是不报,日子未到。"我笑道:"好,你这话有理。焉知那它要受报应,不就是今天,待我大圣来收服它。"于是拔下一把毫毛,送到嘴里咀嚼得碎了,吐出来向地面一撒,立刻变成一大队旗帜鲜明、鸣金擂鼓的神兵。

我想这妖怪既有先声夺人,也不能不以其人之道,反治其人之身,便继续地嚼着毫毛,继续变了神兵。站在半空里向下一望,但见浩浩荡荡像蚂蚁一般,围困了这一片地带。我也摇身一变,变着身高百丈、腰大十围、青面红须、三头六臂的一位天神。这六只手上,各拿了兵刃,都是长可几十丈的纛叉棒槊。另拔一根毫毛,变成一位执掌大纛旗的神将。他手执一面高达五十丈的大旗,上写"降妖大元帅"字样。我想,这一番排场,足可以吓那妖怪一下子了。加上那些神兵神将,把金鼓打得震天震地响,更是先声夺人。这还不算,我又拔了一根毫毛,变成一条恐龙,当了坐骑。据地质学家说,这是二十万万年前的玩意,世界上只有土里可以找到它很少的骨化石。我骑着这么一只活玩意,那就是说我的岁数在二十万万年以上,不然我怎么能养活这样一个古董动物呢?主意打定,我六手舞动了家伙,一龙当先,直奔那至上宝地的碑坊。我大喊道:"呔!这里面藏着什么妖怪,快给我滚出来!"我连喊了几遍,却见那雾气里面,伸出了一个圆柱般的黑头,上面有两个小眼睛。我以为这是妖怪了,正待举剑砍去,那东西看到了恐龙,像见了活祖先出世,头突地一缩,又不见了。我本想追进去,又因眼前黑漆漆的,只怕糊里糊涂地进去,又着了那妖的圈套,且在牌坊前继续高声大骂。

随了我这骂声,仿佛有人替我拍板一般,噗的一声,又噗的一声,在那黑暗里响着。我也来不及奇怪,骑在恐龙背上,三个头六只眼睛,都注视在牌坊里面。那声音慢慢响近,由那里出来,顺着地面屈溜,我不由得哈哈大笑,原来是只直径长约两丈的大玳瑁。它的甲板,打着地面噗噗有声。伸了四只风扇一般的爪子,在地面上爬着。戴过玳瑁眼镜框的人,一定想到这是一种有富贵气的爬虫类。可是它也和那守财奴一样,肌肉里面含有一种反麝香作用的气味,与臭虫相等。玳瑁甲上,放了一把秦桧发明的太师椅子,上面坐着一位白雪盈头的老太婆。虽然是老太婆,周身找不出一点老人的慈祥气。她的头发像千缕银丝,纷披下来,罩着一只黄金色的骷髅脸。虽然那像霍桑先生所写黄金指里的金子公主,可是她那脸上的乱柴皱裂纹,已记上她的年岁。她身披黄袍,足踏黄靴,金光射人,而两只专看黄白的乌眼珠,却在骷髅上滴溜溜乱转。

我想,这绝不是西天王母,也非《后西游》上说的不老婆婆,一定是个妖怪,便大声喝道:"齐天大圣到此,还不滚下爬虫来?"那老妖坐在椅上,不慌不忙,张开

八十一梦

血杯小口,哈哈笑道:"你以为你骑上恐龙,便是一个了不得的老前辈?慢说你不算老前辈,就是真正的老前辈,到了我通天大仙面前,也都变成了三岁小孩。老前辈其奈我何?你以为带了这些军队来了,就把我吓倒?我要不显一点手段你看,你也不知道我的厉害。"说着,她将口角一歪,连连嘘了几口气,立刻平地卷起一阵旋风,向我阵上吹来。我那几万根毫毛变的天兵天将,随风溃散闹个形影俱无。便是我胯下的这只恐龙,也依然成了一根毫毛。我打了两个冷战,一个筋斗,翻上半天,连连摇头道:"这女人口角吹嘘,如此厉害。"

我定了一定神,只见太白金星拖了拐杖,由云端里跌跌撞撞而来。我还了原形,叫道:"老友,你哪里去?助我一臂之力,我给一个女人吹上了天了。"太白金星笑道:"我正为大圣之事而来。大圣,你取你的经,她吃她的人。你何必管这闲事?我看你不是她的对手,算了吧。她要弄大油水,你这么一个瘦和尚,她也不放在眼里。你走了,她也不会来追究你的。"我道:"星君,怎么你也说这话?天地之间,邪正不两立。我们为生灵请命,岂可眼睁睁地看了这妖怪吃人过活?"太白金星道:"你的话诚然是不错,但你我没有打抱不平的力量,我们怎么能去打这番抱不平?"

我一听这位老头的话,过于不对劲,又一个筋斗云翻了下来,依然站在宝地面前,见那老妖骑在臭虫背上,并未移动,笑道:"孙猴,你还有什么本领?"我道:"我有一股天地正气。"老妖哈哈笑道:"正气卖多少钱一斤?你那点本领,在我这里吹什么正气,便是你救星观世音也比我差之千倍。"我听她口出狂言,怒气上升,两手舞了金箍棒便向她头上劈去。那臭虫将尖嘴向上一顶,先把金箍棒挡住。老妖笑嘻嘻地向空中举起了一只右手,立刻天日无光,空气闭塞,我虽有火眼金睛,也看不出一点什么,东西南北,全是黑洞洞的。

我想不到这老妖有了多大的法术,在一伸手之间,把宇宙变成这样。记得如来,一伸手掌我翻了一个十万八千里的筋斗,还没有翻出如来的手心。难道这位老妖,也有这样大的魔力?既有了一回经验,这回不可蹈了覆辙,我便不跳远而跳高,极力地向半空里一翻。哪晓得这样空洞洞的天空,竟会有了隔板,我一头撞在软不软硬不硬的东西上,头皮发晕,眼睛发昏,又往下一跌。

幸我道行很高,虽不带着降落伞,倒也不至于落在地面,立刻变了一只大鹏鸟,在半空里悬着。这大鹏的能耐,庄周说过,其翼若垂天之云,一飞不知几千万里,扶摇而上。我想凭了这点能耐,可以撞出这黑暗世界去。哪晓得任凭我怎样飞,眼前还是黑洞洞的。我生平好高,怎肯失败在这个老妖手上?大的既不行,我且变个小小的试试。于是突然将身体缩小,变了个小蜢虫儿,慢慢地飞着。究竟赖我身体小的缘故,仿佛在黑暗中,冒出一丝白影。我孙大圣生平不是有隙即钻的人,然而于今到了谋逃生命的时候,有一线生机,却也不必放过。于是我再一变,变了一只疥虫,在这头顶的障碍物上,慢慢地倒爬。这疥虫是能在人的汗毛里钻了进去的,很容易找着缝隙。于是就在这一条白影里面,缓缓地前进。这个伟大的障碍物,忽然一颤动,突然露出一条天空,立刻空气流通,呼吸舒畅,我更变了一只燕子做个出巢的姿势,向半空里冲了出去。这一下子天日重光,在太阳里面,我回头看来,有一只无可比拟的大手向地面缩了去。那手上,每个手指上,套有黄金白金赤金钻石宝石的戒指。

我不敢停顿现了原形,直奔南天门,只见邓、辛两天君,在云端里不住张望。见我来了,都向我拱手道:"恭喜恭喜,大圣脱险了。"我这个天生好胜的人,落了这么一个逃命而归,十分难为情,因摇摇头道:"我也不知道遇着了什么妖怪,她一伸手,弄个天日无光。这是什么法宝呢?"邓天君笑道:"这法宝什么名字,小神说不上,反正它有那权威教人人都得屈服。"我道:"果然如此,那么,这妖怪的本领,要胜过观音大师了。"邓天君道:"我们道法低微,不敢批评。大圣现欲何往?"我道:"我要上灵霄殿奏上一本。"辛天君笑道:"天上有办法,不会让大圣这样狼狈了。大圣真想除了这妖怪,还是到西天去求求如来佛吧。"我低头一想,也只得如此。一个筋斗云,正在翻着,但听人说,做得好凶恶的梦,几乎要滚下床来了。

八十一梦

第七十七梦　北平之冬

　　和在北平相识的老友谈天,不谈起北平则已,谈起北平来,就觉得那里无一不好。当年在那里生活着,本是住在天堂里,但糊里糊涂地过着,一下子就是一二十年,并不感到有异人间。于今沦陷了,真个落出墙去的桃子是好的,一回味起来,恨不得立刻收复了这座古都。我这样悠然神往之下,仿佛木哑的声音,呛啷呛啷,由墙外经过,那正是骆驼项脖上挂的铃子撞击声。在那每半分钟响一次的情形上,可以知道那必是有骆驼在胡同里走着,我俨然身居北平了。

　　这时的北京,应当还称北平,因为我心里老这样想着,五四运动,好像就是前几个月的事情。隔着窗户向外一看,满地是积雪,积雪上面,杈杈丫丫的,秃立着几棵庭树。我正也想到,纸阁芦帘,是最大一种诗料,雪窗无事,不如来作两首诗消遣消遣,趁这个兴致,摊开书桌上的纸,提笔便写了七个字:"雪积空庭凡榻寒"。刚写完,便觉意思太平凡,而落韵在十四寒里,也是咏雪的老路子。便停放了笔,两手挽在身后,在屋子里踱着步子打旋转。这就是平常所谓,心里在抓诗了。

　　忽听得有人在院子里叫道:"屋子里静悄悄的,老张在家吗?"随了这声音,是我的朋友胡诗雄来了。他站在屋檐下,扑着身上的碎雪。我开了风门,让他进来,因道:"这样大雪,我不料你有此雅兴前来会友。我可怕冷,没有出去。"胡诗雄脱了身上大衣,挂在衣架上,走近屋角的炉子边,伸着两手向火,然后又互相搓了几下,笑道:"冷有什么关系? 冷不能打击我们奋斗精神。今天师大有雷诺博士演讲,题目是什么叫'烟士披里纯',此与我们爱好文艺者关系甚大,不可不前去一听。我特来邀你。"我笑道:"这题目虽然时髦,可是我们对这名词,也耳熟能详,何必冒了雪去听讲?"胡诗雄把手烘热了站起身来,看到桌上纸片,写了一句旧诗,因笑道："你还弄这平平仄仄的玩意。"我笑道："这不成问题，我是兴到就作，兴尽就完。作一句可，作十首可，而且也不在那刊物上发表。"诗雄把头摇晃了两下，笑道："提到作诗，我颇为得意。最近《雪花》杂志上，发表了我一首小诗，给了我二十块钱的稿费，而且版权还是我的。据编者按语，我那首诗，有泰戈尔的作风。昨天我看到胡适之先生，站在街上和我谈了三十分钟的话。"我道："他一定看到了那首诗。"诗雄笑道："可不是？他常和陈独秀先生提到我。他们《改造》上还要约我作稿子呢。"

他说着，掀起袖子看了看手表，笑道："快到时候了，我们一路去吧。"我笑道："这样冷，我实在无此兴致。"诗雄一面说着，一面穿大衣，我却看到他的大衣袋里，整卷的小册子露了一半在外面，其中也有几张油印的字纸，和几张红格稿纸。我道："老胡，你真用功，把讲义带着，又把写文章的稿纸带着。"他道："哦！我忘了一件事。"说着，把那卷油印纸拿出来，分给了我一张，笑道，"你也加入一个吧。"

我看那油印纸上第一行写着"文艺革命同盟会"，接着是七八行缘起，十来行简章，倒也一目了然。可是后面有整百行，都是发起人的名字。照例，第一名是蔡元培，第二名是胡适之，第三名是陈独秀。以下几名，虽与别种集会的赞成或发起人名字，有点上下先后之别，但前十名，也不外疑古玄同、刘复、周作人、李大钊等等，总之，越在前面的名字越熟，越在后面的名字越生疏。

在这发起人一百八九十名之间，有一个人的名字，将蓝墨水连打了两行圈圈，格外引人注意，那正是面前的这位诗人胡诗雄。我笑道："这上面全是当代名人，将不才的名字摆下去，自己也当自惭形秽。"诗雄道："这上面都是发起人和赞成人，那另外是一回事，加入的不过当会员而已。第一次会，我们将讨论诗的问题。"我觉得他来邀我的事，不能完全拒绝，就答应加入当一个会员。

诗雄笑道："走走，我请你去东升平洗澡。"说着把衣架上我一件旧破大衣，也和我取下，两手抱着交给了我。我笑道："你不是要去听讲吗？怎么又有工夫请我洗澡？"他道："我们听了讲去洗澡，也还不迟。"这又听到院子里有人叫道："密斯张,不要听老胡的话,他是奉命拉夫。"说着话,走进一位少年来,身穿深灰布滩羊皮袍,头戴黑毛绒土耳其帽,颈上围着宝蓝毛绳长围巾,绕着脖子两个圈圈,身子前后还各拖着一二尺。他进门之后,两手互扯下手套。

诗雄笑道:"姚又平,你这称呼人的脾气,还是不改,密斯脱三个音,你总只喊出两个,所有阳性的朋友,你都称为阴性。"姚又平向我点个头笑道:"唆雷!"我笑道:"老姚这一身穿着,正是这北京人土话,'边式'。你那公寓对门,有几位是意中人吗?"他笑道:"我好意点破你,免得老胡拉夫拉了你去,你倒俏皮我。"我道:"我正要问你这句话,怎么叫拉夫?"姚又平笑道:"这有什么难懂,这样大雪,听讲的人,一定很少。事先大家很捧场,演讲的人,也自负得不得了,若是闹这样一个结果,透着有点尴尬。于是和演讲者有点师友之谊的,就不能不出外拉人去听讲了。"

说到这里,他笑嘻嘻地和我来了一串英文。我笑道:"老姚什么都还将就着讨人欢喜,只有这三句话不离英文,有点令人毛戴。"他笑着耸肩膀,又说了一句"唆雷"。胡诗雄道:"老张,到底去不去?"我道:"你看老姚由景山东街老远地来了。"诗雄忍住笑道:"这年头儿,'北大'两个字,固然是香透了顶,就如北大附近的街巷,如汉花园景山东街之类,也不可一世,我没法儿等,先走了。"他看我真无走开的意思,只好掉头走了。老姚隔了风门,还和他来句"谷摆"。

我和姚又平傍了火炉子附近坐着,因笑道:"幸得你来,免我被拉了去。不过这样大雪,你老远地跑了来,必有所谓。"他先向我笑了一笑,然后又搔了两搔头发。我道:"你必然有什么为难之处,也只管说。纵然我办不到,此处也无第二个人,并不泄漏你的秘密。"听到"秘密"二字,他脸上一红,把头低了看看自己鞋子,仿佛是真有什么秘密。我这倒很后悔,为什么故意踢着人家痛脚呢?便笑道:"人生谁无秘密?我就有很多秘密。"他这才笑道:"其实也算不得什么秘密,我要到一个世交家里去拜寿,缺少礼服,想向你借件缎子或礼服呢马褂。"我道:"这当然可以。不过我昨天还在某报副刊上,看到你的一篇小品,着实把北京小官僚挖苦了一顿。你那文里说,哔叽皮袍,外套一件青呢马褂,口里衔着雪茄。谈起话来,不是徐东海，便是段合肥。在小百姓眼里看起来，那是一个官；在有识之士看起来，那就是亡中国的微菌。由这点看起来，你对穿青呢马褂的人深恶痛绝的程度，也就可想，怎么你倒要……"

我说着，看了他的脸。他搭讪着将铁炉上一把白铁水壶提起来向桌上茶壶里冲着茶，但他并没有斟茶喝，将水壶放到炉子上，依然坐在炉边椅子上，向我笑道："我家道很贫寒，你是知道的。我一个七十岁的老娘，还寄住姐丈家。我虽半工半读，实在入不敷出，非另外设法不可。我这位世交，现时在交通部当司长，他是合肥人，和段芝老……不，不，段祺瑞。"我笑道："人家那么大年纪，就叫声芝老也没关系，你向下说。"他笑道："他很走得通段府这条路子。他向老头子左右说一声，随便在哪个衙门里可以和我弄个挂名差事。明天是他生日，许多亲友同乡都去拜寿。我为了和他联络联络，不得不去一趟。"我点点头道："那也是人情之常。但是我还没有看见过你穿马褂，你突然穿起来，不嫌有点别扭吗？"姚又平笑道："为了饭碗，这点儿穿衣服的小别扭，也就在所不能顾了。"

我听了他这话，觉得他借衣是实意，便翻箱子取出一件马褂交给他。他将衣服用报纸包了，笑道："一客不烦二主，还有一件事，我索性请求你一下。不过这样东西，并非马上就要。"我道："还是那话，你要看我是否力所能办的。"姚又平道："天气这样冷，应该让你出点汗，我请你到胡同口上去吃羊肉涮锅子。"我笑道："我还没有和你做事，倒先敲你的竹杠。"姚又平道："这无所谓，就是你要请我，也未尝不可，吃完了看我再告诉你要求你什么。你不去，我也不请托你了。"我见他邀约得十分诚恳，只好和他一路走出门来。

这时胡同里积有尺多厚的雪，两旁人家都掩上了大门，静悄悄的，不见什么行人。雪盖住人家的房屋与墙头上的树枝，越发显着这雪胡同空荡荡的，雪地中间，一行人脚迹和几道车辙，破坏了这玉版式的地面。车辙尽头，歇了一辆卖煮白薯的平头车子。一个老贩子，身穿蓝布老羊皮袄，将宽带子束了腰，站在雪花飞舞之下，扶了车把吆喝着"煮白薯，热啦"。他说的是热，平头车上铁锅里，由盖缝里向外果冒着热气，可是他周身是碎雪，尤其是他那长眉毛上，也积着几片飞雪，越形

八十一梦

容出他老态龙钟。

我和姚又平由家里走出来,第一件事便是看到这位老贩子。姚又平道:"我有一个感想。雪片飞到眉毛上也不化,他的脸冻得没有一丝热气了。"这句同情之言,果然是把这位老贩子打动了。他放下了车把,向我们望着,叹了口气道:"没法子呀。这样大雪,谁不愿意在家里烤火?一下几天雪,煤面全涨钱。人一天不死,一天就得干。"姚又平最是和穷苦人同情,他不但在口头如此,而且是常常形之于文字。这时听得老贩子说了这番话,越发站在雪地里向他笑道:"你这话还得说转来。咱们一天不死,一天得干,还有人一天也不用干有吃有穿,干了倒是要死哩。"说着,将手向胡同左边一扇朱漆大门里面指了一指,因笑道:"你瞧人家那里住着的,到这个时候为止,也许还没有出被窝呢。"老头子笑道:"那怎么能比?人家是前辈子修的。"他说着,那清鼻涕水,只是由苍白胡子上向下滴着。那鼻子眼和口里喷出来的白气,和铁锅里喷出的热气,纠缠住了一团。我扯着姚又平道:"不要耽搁人家做生意了,走吧。"姚又平走着,笑道:"我就是和穷人表示同情,将来我要作一部长篇小说,专门描写这些苦人儿。"

我们一面说话,一面走着。走到胡同口时,待要转弯,却有一辆汽车轧得地面积雪呼呼作响,飞奔前来。我们两人赶快闪到人家墙根下站定,那车轮子在地面上滚起来的雪泥点子,还是溅了我们一身。我正要申斥那汽车主人一声,却听到车轮嘟呀响着,发出了惨叫,接着有人啊哟了叫着。我和姚又平回头看时,见那辆卖煮薯的平头车子,已打翻在地上,那老头子跌在几丈远。姚又平道:"你看,出了乱子了。"我也来不及和他说第二句话,回转身就向前跑了去。

自然,我们都是同情卖煮薯老人,要和那坐汽车人辩是非的。同时,我们也还觉得这汽车主人也有可取,他的车子撞了人,并没有逃跑。然而我们这念头还不曾转完,那汽车的前座门开了,跳下来一个司机,跳到老头子面前去,抬起腿来,就向他脚上踢了两下,骂道:"你这老王八蛋,眼睛瞎了,汽车来了,你不让开。"我平素虽也讲个十年读书,十年养气,到了这时,实在不能忍耐,便老远地大声叫道:"呔!打不得,打不得,北京城里是有王法的地方。"说着,我两人跑近那卖薯老人看时,他正在积雪里挣扎着要爬起来,看看他周身,倒没有什么血渍,也许是跌在积雪里,并没有碰伤他哪里。

那司机穿着湖绉面的白羊皮袍子,卷着两只袖子,翻出一大截羊毛在外面,却是很潇洒的样子,他还指手画脚对着地上的老头子大骂,两手捏了拳头,举平了胸口。我便插嘴道:"朋友,你没有把他撞死,算是少了一条人命官司。他这样大年纪,跌个七死八活,你还忍心要打他吗?"司机瞪了眼道:"干你什么事,要你管?"姚又平见这人过分强横,也挺了胸道:"天下人事,天下人管。我们一路去找警察,这老头子究竟伤了哪里还不知道,你还脱不了身呢。"那老头子左手扶了墙,已经弯腰站起来,右手捶着腰,哼道:"人倒没关系,只是我这辆车子打翻了,不知道哪里折了没有?那一锅薯全倒在雪里,稀化得沾着烂泥,也不能再卖给人吃了。"姚又平道:"不成问题,那得要他主人赔。"司机道:"赔?赔他坐死囚牢。"说着,扭身便要走上车去,这时,惊动了胡同里人家,纷纷地开门出来看。我和姚又平都觉着有公理可讲,便紧跟了那司机走去,不肯放过。

走到那汽车边上,见车子里坐着的那位主儿,正是姚又平文字曾把他形容过的,圆圆的胖脸,戴了一副玳瑁边圆眼镜,嘴唇上蓄一撮小胡子,而且嘴角上正衔着半截雪茄。我心里想着,又平看到这种人,一定是火上加油,必定要和他交涉一番的。然而我所猜想的,是适得其反,当那人把身子向前一伸的时候,又平却立刻取下帽子来,对那人一鞠躬,笑着叫一声"老爷"。那人道:"哦!刚才是你说话?这个老头可恶得很,把车子停在胡同中间,挡住了人行路。我有个约会,立刻要去,没工夫在这里纠缠,托你和我办一办吧。真是这老头子跌伤了的话,你拿我的名义,和附近的警察岗位交代一声就是。"姚又平垂手站着,连连地说了几声"是"。那汽车夫见主人翁把事情已交代清楚,也并不问姚又平是否答应,开着车子就走了。

我站在路边,倒是一怔。姚又平回转头来,见那老贩子已经爬了起来,正在扶起他的木板车子,便迎向前道:"老头儿,你也不好,你这辆车子,摆在路中间,又是胡同拐弯的所在,你教人家汽车来了,雪深路滑,怎么来得及让你。"那老头子扶正

八十一梦

了车子,又把煮白薯的那口大铁锅端了起来,苦笑着道:"总算好,吃饭的家伙,全没有跌坏。我们这穷苦人撞上了坐汽车的,一千个对,一万个对,算起来总还是个不对。那还有什么话说?"我倒有点忍不住,便向前道:"老人家,你跌伤哪里没有?"老人苦笑道:"我跌伤了又怎么样,还不是活该?"说到这个时候,胡同口上跑来两只大恶狗,把打撒在地面上的煮白薯,一顿乱抢。那老贩子先还吆喝了两声,随后他也不轰那狗了,两手操着腰带,呆了脸子光瞧着。我道:"老人家,你这一锅薯,要卖多少钱?"他笑道:"你瞧,人倒了霉,狗都欺侮人,今天再回去想法子吧。反正跌不死,也饿不死。一锅白薯,倒不值什么,两块钱吧。"我便在身上掏出两块钱来,向他笑道:"咱们交个朋友,这钱我借给你垫今天的伙食。"那老头子且不接我的钱,向我身上看看,虽觉得我不是周身破烂,可是比那坐汽车的人就差得远了,将手掌在前衣服上摩擦着,向我望了笑道:"又不是你先生把我撞倒的。"我觉得这也太够不上夸耀,把钱塞在他手上,立刻走开。

姚又平随着我身后走来笑道:"我本来打算给他两块钱的,你已给了他,我就不必再给了。站在我们走路人的立场上,那总觉得坐汽车的人是不对的,其实雪地这样滑,车子可不好开。"我笑道:"这事也值不得我们再去提他,我们快去吃涮锅子吧,我们站在风雪里面这样的久,也该感到有些冷吧。"他自也不愿再提这事,随了我跑到街上羊肉馆子里去。还是爿相当有名的老馆子,天气冷了,闹哄哄地拥挤了许多顾客。我们走上楼,四周一望,恰好靠楼栏的玻璃窗边,空着一张桌子,我和姚又平过去坐下。他见玻璃窗上蒙满了水蒸气,就将一个食指在上面画着。我也隔了玻璃窗看街上的雪景,正好又是一辆汽车飞跑过来,把楼下一辆空的人力车,撞着滚到马路中心去。那汽车果然又停了,开了车门,先跳下来一头狼狗。狗脖子上的皮带,带了一位穿鹿皮短大衣、头戴獭皮帽子的少年下来,他并不理会那撞翻了的人力车,另一只手套了根鞭子,向这馆子里走了来。我笑道:"我们今天尽遇着这一类深可遗憾的事。"

姚又平对于我这个提议,似乎感到有些尴尬,便笑道:"这里生意太好,我们来了这样久,伙计还没有来看座儿。"于是对着楼座里面,高声喊着伙计。伙计过来一番张罗，自把我的话混过去，我也只好不谈，便笑道："今日天气很冷，我请你喝二两酒。"他笑道："这回你不要客气，我实在有点事请求你，应该让我会东。"我道："你先说出来是什么事，我才肯扰你。"姚又平回头看了一看别的座位，这才拖方凳子，和我挤着桌子角，将头伸到我身边来，低声道："我想请你替我写一封信，说明我求学的苦境，要被求的人和我找个挂名差事。"我道："你不是说，已经求好了你令亲吗？"又平笑道："这个人头脑有点冬烘，喜欢人家闹之乎者也。我虽当面求他，可是我拙于言辞，不能说得婉转，如再写一封《古文观止》式的信去，那就百发百中。当然你弄这一手是内行。"我听了这话，便有点犹豫。又平笑道："你看看他那副样子，十足官僚，倒是一手好文学。"我道："我哪认识令亲？"又平道："刚才坐在汽车上和我说话的，那不就是？"我不由得望了他道："你叫我替你写信，去求这种人？"

他还不曾答言，突然一条大狼狗走了过来，两脚搭在方凳子上，把头伸到桌子上来。看看我们这桌上还没有端来羊肉，它又落下凳子去，奔向隔席这个座位。这里正有一老两少围了火锅，吃得兴致淋漓，这条狗，将头伸到桌子面上，老头子如何看得惯，将竹筷子敲了桌沿，向狗大喝了一声。这老头子对于这条狼狗，虽或有点失礼，可是就他一方面说，也可以说是正当防卫。不料有人就以他这一喝为不对，唰的一声，一条皮鞭子打在这桌子上，哈啷啷好几只碗碟，被这鞭梢子打破。正是那位头戴獭皮帽、身穿鹿皮大衣的少年，凶狠狠地到桌子面前，手握了鞭子，大声喝道："老贼，你为什么喝我的狗？"老头子真没有料到这种意外，酱油醋溅了满身与满脸，正望了这位少年，要质问他。谁知道他更是厉害，已经破口大骂了。

那两个年轻的，也穿了长袍马褂，似乎也是社会上所谓体面人。其中一个站了起来，向他问道："你这人怎么这样不讲理？你的狗……"那牵狗少年不等他说完，在裤子腰后面袋里向外一掏，掏出一支手枪来。他将枪口对准了这人的脸，横了眼喝道："什么东西？你多嘴，再说，我就毙了你。"那人眼光正对了这个枪口，又看到这少年气焰十分嚣张，忍了不敢作声。所幸这里伙计懂事，立刻跑过来，满脸是笑的，向那少年请了一个安。他笑道："大爷，你瞧我了，菜都和你要好了，请你喝酒去。"那少年不把手枪对着那人的脸了,却还指了这桌子,喝道:"叫他们和我滚开,我要这个座位。我不要雅座,我爱瞧个热闹。"

那三个人当了这满楼的座客,受了这种侮辱,脸都变苍白了。可是后面又来了几个挂盒子炮的马弁,更加了一番威风。其中一个,白净面皮,似乎更能办事的样子,伸手抓了座中一人的衣领口,拖开了座位,喝道:"你狗头上长了眼睛,也应该看一点事,这是倪总长大少爷。"说毕,啪的一声,向那人脸上一掌,满楼的人听到"倪总长大少爷"这句话,微微地哄了一声。这声音里表示着,原来就是他。那个受侮辱的老头子,也立刻拱拱手道:"好好,我们让座就是。"说着,三人连大衣帽子全不及拿,就闪开了。我向姚又平看了一眼,他也对我回看了一眼。这时,全楼一二百位吃客,全面面相觑,连咳嗽也没有一声。

自然我们并非三头六臂的哪吒,不敢空着手和盒子炮去讲理。无奈是这位倪大少爷,就坐着成了我们的紧邻。我们固然不便说什么,就是手脚放重一点,也怕得罪了他。这一顿饭,大概不下于刘邦去赴项羽的鸿门宴。勉勉强强低头把饭吃完了,我首先站起身来,对伙计道:"我们柜上会账吧。"伙计正巴不得我们这样地做,立刻鞠着躬连说"是是"。

我在柜上会账,姚又平追了上来,向我低声笑道:"我本来想抢着来会东,无奈那小子横着眼看了我们,而且故意伸长了一条腿,拦着我的出路。我怕抢着走,会碰了他那儿,那岂不是太岁头上动土?这样,所以让你抢先会东。我说我请你吃饭的,这未免口惠而实不至了。"我笑道:"老姚,我们是朋友哇。"我只说了这句,也没有当着饭店账房再向下说,就走出店来。

我们对了火锅子,吃了这顿羊肉涮锅子,脸红红的,身上大汗直淋,由脖子上直流到脊梁上来,皮袍子上再加上大衣,热得人肩膀沉甸甸的。虽然这是北方的严寒冬天,我们还不受到一些子冷的威胁,反是觉得汗出得太多了,身上有些芒刺在背。这时走出了羊肉馆子,到了这冷的世界里,舒出了一口热气,头脑清醒过来了。向大街两头一看,大雪茫茫,在半空里飞舞。向近处看,那些房屋店铺,还是若隐若现的,在白的烟雾里,模糊一些朦胧的影子。向远处看,那简直是天地都成为一种白色。自然所有在这白色云雾里的人物,都寒冷着成为瑟缩的模样。马路上大雪铺着,马拖着铁皮车轮在上面滑过,发出清脆的声音。马鼻子呼出来的气,像两道白烟。人力车夫,周身洒着雪花,也是在鼻子眼和口里吐出白气。尤其是那跑得快的车夫,额头上流了汗珠子,雪花飞在头上,歪曲着一丝一缕的细烟。北京城里街头本来宽,雪铺在地上屋上,两旁人家,各紧闭了店门,每段马路,都仿佛成了一片广场。三四辆人力车,车篷上盖满了雪,在这广场上悠然拉过去。所剩的是两旁权丫丫的枯树,和突立在寒空,挂满了长线的电线柱。那电线在白色的世界里拦空布了网,越是线条清朗。

我抖了一抖大衣领子,笑道:"在今天世界上尽多怕冷的人,可是我却成了怕热。到了这雪地里来站着,仿佛轻了一身累。我们这一会子工夫,看了很多的不平等,可是反躬自问,我们又何尝不是和劳苦大众站在反面。"姚又平笑道:"你处处倒表现了正义感。"我道:"表现正义感吗?老兄台,你这不会让那真有正义感的人笑掉了大牙吗?"姚又平懂了我的意思,站着雪地里四周看了一看,把这话锋避开去,因笑道:"这样大的雪,无地方可去。我特意约你在羊肉馆子里谈谈,不想遇到了那个高僑内式的恶少,一句话没说。那件托你的事,可不可以俯允?"我道:"我们友谊不错,我愿意和你说实话。你这种向朱门托钵的行为,我有点反对。"姚又平站着苦笑了一笑,因点点头道:"你这也是良言,不过……"

他沉吟着,话还不曾说出来,身后一阵脚步响,回头看时,正是那穿鹿皮大衣的恶少,手上拿了鞭子,追将过来。我想,难道他还要和我们为难?势逼此处,那也只有和他拼上一拼了。我便斜侧了身子,两手插在大衣袋里,看他怎么样。他直奔了我们两人而来,倒不曾横瞪了眼睛,将手上的鞭子,远指了姚又平道:"你姓姚吗?"姚又平被他逼着,也不能表示好感,便正着脸色点点头道:"我姓姚。"那少年笑道:"没什么,我和你交个朋友。我知道你是铁翼队里的篮球名手。我现在私下组织了个篮球队,打算把北京篮球健将都网罗了。我好几次看你赛球,那远投你真有一手,十次有八次能中篮。"说着,又把鞭梢子指了姚又平的脸。在他可说是善意的,便是他那番骄傲的样子,也让人受不了,我倒要看看又平用什么话去拒

八十一梦

绝他的邀请。

又平听了他那番话,早是带了七分笑容,便向他点点头道:"你阁下贵姓?"他道:"吓!你这人脑筋太简单。刚才在馆子里,我那马弁不是告诉了你们?我是倪大少爷,我父亲是北京第一位红阁员,你应该知道。"姚又平点点头笑道:"台甫怎样称呼?"他道:"我找的那班球员,他们都称呼我倪五爷,你也叫我倪五爷就是了,也没有什么人敢叫我的号。"我在一边听到,大为姚又平难受。他这样说话,不是找人交朋友,简直是教人来受他的侮辱。他是不曾和我说话,他若和我说话,我至少是拂袖而去了。可是又平并没有什么感觉,却向那人笑道:"五爷组织的球队,现在有多少球员了?"他这一声五爷,叫得我通身肉麻,我不过是他的朋友,我无权干涉他这样做,便叫道:"又平,再见了,我先回去。"说着,我不待他回答我,我立刻走开了。

我在风雪中,穿过了几条冷静胡同,一口气奔回家中,走进我那破书房,却见胡诗雄端了椅子,靠近煤炉烤火。我道:"怎么样,会开完了?"他笑道:"爱好文艺的人,究竟不是那样热心,会没有开成,改期了。我顺路到徐先生家里坐谈了一会。我在胡同里走着,作成了一首诗,当时写给徐先生看,请他改。徐先生大为高兴,说我可算是泰戈尔的再传弟子。"说到这里他把头连晃了两下。我脱下了大衣,也拖把椅子,坐在煤炉边,向他笑道:"哪个徐先生?"诗雄哟了一声,瞪眼望了我道:"你难道不晓得,我和徐志摩先生十分要好。自然在大学名教授里面,还有其他姓徐的,可是和我最说得来的,还是志摩先生。"我笑道:"这泰戈尔再传弟子一句话,怎样说法?"诗雄道:"志摩先生的诗,是学泰戈尔的,我又学志摩先生,岂不是再传弟子?这并非我师生互相标榜。老张,我把今天所作的诗念给你听,你虽是作旧诗的人,你也不能不心服口服。"我笑道:"心服口服,我对于你的诗,早就如此了。看你这个架势,这首诗一定不错,我这里先洗耳恭听。"

诗雄站在我面前,左手拿了那张五十磅的蜡光横格子纸,右手半举着,比了姿势,笑念道:"皓洁遮盖了,一切菲恶,屋上树上地上,都换上了银色的绒衣,风在半空经过,像快利的剪刀,在人面上且刮且飞。一条弯曲的胡同,冷静得像在夜半,两旁的屋宇，萎缩得那样低，那样低！墙头上的枯草，有些颤巍巍。是那墙角落里，有一张芦席，上面铺着雪，下面露出蓝色的破衣。呵！这里躺着一个人呢，他没有气息，也不知道这世界上的是非。怪不得每日那狂风中的惨呼：'修好的太太老爷'，今天不听到了，咦！"他念到这个"咦"字，将手高举起，嗓音拖得很长，瞪了大眼望着我。这分明是海派戏子拉长了嗓子，尽等台底下那个满堂好，我不能不给他捧一捧场，于是鼓了掌道："好极！好极！这用我们斗方名士的大长语来批评，是羚羊挂角，无迹可寻。你在哪里看到了这一个路倒，发生了这正义感？"诗雄道："我并没有看到这么一个雪中死人，不过想当然耳。"我道："你要这一类的资料，我大可供给，但小诗不够，必写成长诗，才能发挥尽致。"诗雄摇摇头道："我不作长诗！"他很干脆地答复了我这一句话，我倒有些愕然，问道："为什么不作长诗呢？"他从从容容把那张五十磅洋纸折叠好了，揣到怀里去，因坐下答道："徐志摩先生不作长诗，所以我也不作长诗。"我道："原来如此。徐先生之所以不作长诗，是不是因为泰戈尔也不作长诗呢？"诗雄顿了一顿，笑道："这个我没有问徐先生，大概如此吧。"

我道："这话且丢开，你二次光顾，必有所谓。"他道："你这里有《宋诗别裁》没有？借一部我看看。"我道："这种书，你贵校图书馆里，不有的是吗？"他道："我们老朋友，谁知道谁，我也不妨实告，现在我正和人打着笔墨官司，讨论宋诗。我若到图书馆里去翻书，显着我肚子里没有存货。"我道："但不知你讨论哪几个人的诗？"他道："我是讨论谢康乐、鲍明远两人的诗。"我笑道："我兄错矣。此两公的诗，不在《宋诗别裁》之内。"他道："宋代这两位大诗人，《别裁》里还没有他的诗吗？"我道："《宋诗别裁》选的是赵宋诗人之诗。"诗雄道："难道这两位不是宋人？我也查过人名大辞典，决无错误。"我笑道："你当然历史比我熟。宋代不止一朝。"他举手搔着头发，沉吟了一会。我笑道："似乎南北朝的时候，南朝有个宋代。开国的皇帝，是刘裕。小孩子念的《三字经》上，有这么一句书，'宋齐继'。不过我手边没有人名大辞典，我也不敢说我一定对。这里是出我之口，入君之耳，做老朋友的，有这么一点责任。"

八十一梦

他哦了一声,不由得红了脸,便缓缓地坐了下来,因强笑道:"也许是我弄错了。我就没注意到这个六朝宋代去。"我笑道:"你该请请我了。你和人家打笔墨官司,要把主人翁的朝代也给弄错,你说得怎么有理由,你也赢不了人家。"诗雄只好笑着向我拱拱手,因道:"怪不得呢,我在《唐宋诗醇》那部书上,拼命地翻,也没有翻到这两人的诗,我还以为是编书的人,漏了这两个。那么,这两个人的诗,要在什么书上找?"我道:"那就多了!图书馆里诗集部里可以找到专集,历史名人编的古诗钞里面必定都有,一折八扣书的《十八家诗钞》也有。但是哪部书里有详细注解,我腹俭得很,一时不能举例。"诗雄拱拱手笑道:"你骂人不带脏字。当了我的面,你自己说是腹俭,不过你挖苦我我也值得,免得我在刊物上公然失败。"

他一服软,我倒老大难为情,抓了他的手,连连摇撼了几下,笑道:"对不起,对不起,我也不过是和老朋友开开玩笑。其实我应当郑重出之的,不该俏皮你。"诗雄笑道:"没关系,没关系,我也应当受一点刺激,以后也可下点读死书的工夫。不过这也不能怪我,自五四以后,一年我没有正经上过一天的课。一来是罢课日子太多,二来是鼓不起上课这点勇气。反正不上课我也可以毕业。说到这里还闹了个笑话,有一天我打起十二分的精神,跑到课堂上去。不料空洞洞的,全课堂并无第二人,不见有上课景象。跑出课堂来,向人一打听,原来是星期。你看,我会把什么日子都忘了。"他说了这一篇话,把话锋转移开了,我当然也就不必追着再问什么。

他坐了一会,抬起手臂来看了一看手表,便去衣架上取大衣。我道:"又在下猛雪,你何必走,在我这里偎炉烤火,谈谈天不好吗?"诗雄道:"今天下午四点钟开会,我是干事之一,不能不到。"我道:"你们这样忙于开会,和社会上可能发生一点影响?如其不然的话,这也是牺牲光阴的一件事。"诗雄道:"口说无凭,你如有这个兴趣,可以去参观一次。"我道:"我既非会员,又非学生,怎样可以去参观?"诗雄道:"你难道不是一个新闻记者吗?"我被他这句话鼓动了,便笑道:"那也好,我顺便去瞧瞧各位名人。"于是我也穿上大衣,和他一路出门。

今天他们开会的地点,倒离我寒舍不远。二十分钟后,我们已经到了会场了。

这是法学院一个小教室，天色不十分黑，那屋子里已经电灯通明。隔了月亮门，这边是个小院落，并排有若干厢房，窗户纸通亮，乃是教授的休息室。拉开风门，里面一阵热气向脸上扑了过来，正是屋子正中生好了煤炉子，火生得呼呼作响。屋梁下垂了几盏电灯，照得屋里如同白昼。在教育费三四个月未发的今日，这第一个印象，让我有点出乎意料。沿屋子四周，陈设了七八张半新旧的大小沙发。许多二十多岁的小伙子，学了教授们那个架势，架起腿，半仰着坐在那里。学校里校役，对于这些大学生的伺候，有甚于伺候教授，在每人面前，都斟上一杯滚热的香片茶。那茶杯有的放在椅扶手上，有的放在茶几上，热气向上升，与茶几上几盆梅花相辉映，反映着这里很清闲，所欠缺的只是各人口里没衔上一只烟斗。

　　诗雄将我引进来了，大家见是位生客，不知我是何校代表，便都起身迎上前来。诗雄笑道："这位密斯脱张，是上海《大声报》驻京记者，每次发表通信，鼓吹文化运动，各位都看见了。今日我在路上遇到他，听说我们开会，他想来旁听一次。我和他虽是好朋友，这事也不能做主，特意引来征求大家同意。"说着，一一和我引见。第一位是会长了。他戴了玳瑁边圆框眼镜，梳着西式分发，灰色爱国布皮袍子上罩了半旧的青哔叽马褂，马褂纽扣中间，斜夹了自来水笔。他和我握着手，自称唐天柱。呵！这个名字是很熟的。报上每逢什么民众开会，必定有他到场，而且还有演说。本星期，在报上青年学子们有一篇宣言发表，正是他领衔，于是我微弯了腰，连说久仰。

　　其次介绍的是副会长和几股干事。那文书股干事袁大鹏，白净瓜子脸儿，眼罩金丝托力克眼镜，身穿半旧蓝湖绉皮袍，外罩干净无皱纹的蓝布大褂，细条个儿，不过二十岁，透着是个调皮角色。他和我握着手笑道："密斯脱张到这里来，我们是很欢迎的。我们的行动，正要……"说到这里，他换了一句英语"To be made known in the newspaper"。这句话他虽吐音不十分清楚，算我半猜半懂了，便笑道："兄弟就为了找消息来的，贵会如有消息要发表，那算我来着了。"

　　我们这样谈着，不过那位正会长唐天柱先生，在脸上现出一种犹豫不甚赞同的样子。我立刻站了起来，向他声明着道："若是会长觉得未便招待新闻记者，我就告退。便是国会,有开秘密会议的时候,也随便让旁听的人退席,这没有关系。"那位副会长罗治平,是个白胖子,穿件灰布袍子,笼了袖子坐着,倒带些忠厚相,便呵呀一声,笑着站起来,因向我点头道:"这是密斯脱张的误会。因为我们这里,从前预备了旁听席,并没有人来,于今就没有这种准备了。其次呢,我们开会的仪式都是平民式的,若是由新闻记者笔尖下加以形容,那大概是很有些不堪。"我笑道:"那绝无此理。当新闻记者的,也有他的技巧,他绝不能为了一次随便写文字,打断了以后的消息来源。干脆说一句吧,无论站在公私哪一方面,我都只有和各位帮忙的。"说到这里,恰好那外面院子里叮叮当当摇起了一阵铃子,正是到了开会的时间。会长便拉着诗雄匆忙地说了几句,他和一些干事们纷纷出门而去。

诗雄和我独后,悄悄地向我笑道:"会场上少不得总有点辩论的,凡事都请你和会长帮点忙。"我这才明了会长所以犹豫的原因,便笑道:"你打了招呼,我自然就明白。这样说,你是站在会长一方面的了。"诗雄道:"我无所谓,我对于这会,并没有什么野心,你回头在会场上看就明白了,你随我来。"说着,牵了我衣襟一下。我随在他后面,走进那小教室,里面热烘烘的,屋角上那铁炉子正烧着大量的红煤。讲台上那张长方桌,上面蒙了雪白的新白布,两只白瓷盆子供着红梅花,踞着左右桌子角。会员们在课堂座位上,纷纷就席,每人面前,都放着一套文具和一大套文件,颇像个会议的样子。我被胡诗雄引导着,坐在右端屋角孤零的一个座位上,面对了会场的会员,似乎是新设的一个新闻记者席,这总算客气极了。

这时,大家入座,那位会长先生,从从容容走上讲台去,拿桌上一个铃子,直挺板住面孔,站在讲台中间,叮叮当当,将铃摇了一阵,依然放在桌上,对全会场的人看了一看,然后回转头来,也向我看了一看,这才面对了台下道:"现在开会。"铃子摇过之后,全会场寂然,一点点声音都没有。会长道:"今天这会有两件大事,一件是预选出席上海大会代表,一件是讨论大会宣言,我们应当提出什么意见。这两件事我们先办哪样,回头请大家决定。现在请文书股袁干事,报告各种文件。"那袁大鹏听了此话,手里捧了一叠文件,站将起来,走向讲台。那会长便慢慢地走下台来,坐到第一排椅子上去。袁大鹏将一叠文书放在桌上,一面翻着,一面向讲台下看去，口里报告了道："第一件是张干事李代表请假。第二件是……"他手里乱翻着，口里轻轻地又来了两句英语，我仅听到他说了两句："唆累。"他翻了一阵，终于是把要找的那张稿件清理出来了，他两手捧了念道："平民夜校来信一件，要求本会承认他们为大会一个单位。第三件羊尾巴胡同住户伍子干来信一件，说他曾在中学读书，现在因贫辍学，要求本会承认他是个学生。"类似这样的文件，他一直报告过了十七件，方才下台。

会长唐天柱又走上讲台去，来了两手，向大家行了个注目礼，然后道："本席在各位讨论之前，有几句话要发表，先请副会长来主持议席。"于是罗治平副会长上台去，唐天柱退在议席上，他站在第二排椅子中间，先报了一声席次号数，二十四号。我明白了，这是学的国会开会的那一套。国会里人多，恐怕书记不相识，无法记录。这小屋子里才统共二三十人，我第一次见面，就记住了他是唐天柱，倒觉他报号一举，令人不解。他道："本席所说的是我们的志趣问题，也就是派代表到上海去，先要认清的一点。自五四运动以来，我们的奋斗的精神，已振动了全球。可是，我们是谋人民得到解放，是谋社会得到改造。我们的目的，不但不是谋做官发财，而且要打倒一切以升官发财来投机的分子。我们这些作文化运动的人，报上常有名字宣布，他要做官，要发财，除非改名换姓，设若他仍用现在作文化运动的名字去做官，去和我们现在所认为的恶势力妥协，不但我们可以反对他，社会上也会加以唾弃！"说完，全场劈劈啪啪一阵鼓掌。

他说到这里，嗓子提高了一点，因道："现在是民国九年，我保证，到了民国十九年，民国二十九年，我们依然为'解放与改造'而奋斗。设若到了民国十九年，民国二十九年，我们这一群里，大之有做总长做次长的，小之有做局长做科长的，除非他们另用其他技巧与才具得来，那是另一问题。若是借了五四运动奋斗者的名义去作升官发财的敲门砖，只有我们都死了才罢休。有一个人在，我们必当鸣鼓而攻之！"全场人一阵大鼓掌，我被他的话刺激了感情，也跟着鼓掌起来。

唐天柱见大家鼓掌，他益发精神抖擞，昂了头道："那为什么？因为五四运动，是最纯洁的文化运动，最神圣的革命行为，它在历史上，有闪烁千古不可磨灭的价值。若是只造就些大学生去做政客官僚,不但侮辱了无数热血青年的心迹,也在历史上给予后人一种疑虑。本席说这篇话,并非无的放矢,听到一点风声,江浙方面,所谓某某两大帅,很想当我们在上海开会的时候,要来加以引诱。甚至我们在津浦车上,他就要来联络。这一点,我们必须先为声明,绝对不睬他们。本席今年二十二岁,到民国三十年,也不过四十多岁,大概还没有死。我愿意到那个时候,在会场开会的人,大家常常还见面,看看我们这自负站在时代思潮前面的人物,到那个时候,还在干什么?我们今日是不是挂羊头卖狗肉?将来是不是还为一个时代思潮前驱者?有道是路遥知马力,那就可以完全发现出真面目来了。今天开会,有新闻记者席,我先开了这张支票,我个人绝不借了今日会长的资格,做那无聊无耻行为的敲门砖!"说完,有一部分人跟了鼓掌,大概是会长的同党。他又道:"我说过了这篇话,可以表明我的态度。本席对于出席上海大会的代表竞争,并不放弃。"说完,他坐下去。

那个副会长罗治平,两个指头将他鼻梁上架的一副玳瑁眼镜向上撑了一撑,向台下点头笑道:"本席也有话说,请会长主持议席。"他说毕下来了,唐天柱走上台去,立刻会场上一阵骚动,好几个人站起来抢着要发言。唐天柱两手同摇着道:"请坐请坐,大家都有发言的机会。"一个操着衡山山脉口音的青年,站在议席中间,争红了脸道:"会长,本席要求先发言。"唐天柱对他看了一看,因道:"可以的,但是请以十五分钟为限。"交代完了,这位先生,也不待旁人坐下,像放了爆竹似的,立刻发表起演说来。

虽然我的耳朵极有训练,但是对于他的言论,依然不甚了解,只有解放、改造、奋斗、牺牲,一连串的新名词,仿佛可以捉摸,但是他并不顾及人家懂与否,左手按了桌沿,右手举了个拳头,高过额顶。说到最紧要处,说什么力竭声嘶,简直头角上青筋,根根直冒。台上这位会长,自然是只有瞪了眼望着他。便是在台下的这些会员,有的伏了案上看文件,有的拿了铅笔画桌子,有的彼此相望微笑一笑,我看了,倒替那位发言先生难受。

正是在这样透着宾主无聊的当儿,忽然风门一拉,有两样此时正摩登而引人注意的东西闪出来,便是两方最大的红毛绳围巾。这东西,正有两位小姐,将来披在身上。她们一色的穿了灰布皮袄,青绸裙子,挽着一个发丝髻。这一来,全场的人,并不用得喊口令,都站了起来,唐会长也在讲台上哈哈腰儿。一位小姐站住脚,呵了一声道:"开了会了,我们来迟了。"唐天柱立刻点点头道:"不迟不迟,你二位来得路远,我们也是刚刚开会。"这样一来,大家都来应酬这两位女宾,无论那位发言的先生用了多大的力量来做那慷慨激昂的姿态,但绝没有人理会他的言语。他仿佛也感到只管说话,不招待来宾,是一种失态的事,便悄悄地坐了下去,虽是他那段精彩言论尚未说完,却也不顾了。正会长站在主持议席的讲台上,究竟不便走下台来,倒是那位副会长罗治平见义勇为,立刻迎着两位小姐笑道:"坐第一排呢?坐第三排呢?"其中一位年长些的小姐笑道:"还是照固定的位子坐吧。"说着,罗治平引了她们大转弯地走议席前方绕过去,正经过我面前,一阵极浓厚的脂粉香气袭入了我的鼻端。

在民国九年的今日,男女社交还是初步公开。有许多苦闷青年跑到华贵的电影院里,特意去享受这种粉香,现时在会场上就有这种香气,那大可以调剂会场上叫嚣枯燥的空气了。她们坐到会场正中的一排椅子上去,经过的所在,很谦逊地有几位青年站起来,带了严肃的笑意。便是刚才那位高举着拳头,像个武夫的发言人,也放出满脸的笑容,站起来点了两点头。直待他两人落座了,那哈着腰站在讲台上的会长,才正了面孔道:"现在继续开会,还有哪位发言?"罗治平道:"密斯张密斯李刚到,不知道我们开会的经过,是不是可请会长追补报告两句?"那会长先是点头哦了一声,后来一回头看到有我这个旁听人,便轻轻说了一声不必。

在这两位女宾来过之后,不知什么缘故,会场上倒寂寞了两三分钟,大家全静静地坐着睁眼望了那会长。唐天柱这才向大家点了个头道:"若是各位没有什么意见可发表的话,我以为可以投票了。不过兄弟附带发表一点意思,似乎我们应当有一位女代表出席。"这话说出来以后,这两位小姐,首先笑了一笑,但是立刻感觉到这一笑有毛病,把头低下去了。刚才那位发言的先生,又站起来了。他很简单的两句话,倒是可以听得明白,他说:"推选女代表的票子,应该用记名投票法,这样,可以看出尊重女权的是些什么人。"站在讲台上的唐会长对于这个主张似乎有点同感,也跟着微笑了一笑。我正想着,青年们的脑子是纯洁的,首先完全是正义感,到了知道什么是私欲了,他也会用点手腕。任何眼面前的人,恐怕也不会例外些,一般的半边脑子里是洋楼汽车,半边脑子里是好看的女人。

这个念头没有完,忽然院子里一阵杂乱声,乌压压地拥进来一群人,正是北洋政府的标准警察。他们自五四以来,有了特殊的训练,进门之后,两个捉住会场里一个。我虽是事外之人,急忙之中,无是非可辩。一个警察夹住我的左手,一个警察夹住我的右手,两人将我向上一抬,拖了我就走。在我前面,已经有十几位大学生在人肉夹板里夹出去了,我既不能抵抗,也无须抵抗,就由着他们将我夹了走,经过街巷的时候,也有人站在路边看。北京人士,总是那么悠闲的,垂了冬衣的长袖,静静地看着。有些人还彼此说着风凉话,"又在闹学生",这个闹字,连我事外人听了,都十分刺耳,我倒不知道当时诸青年作什么感想。

不多一会,我们就到了区分所里,先是把这些人统统关在一间拘留室里,后来便是区长传各人进去,分别谈话。传到第二名,便是我了。使我十分惊讶的,这位区长竟是很客气,他在办公室里的公事案边,站起来和我点了两点头,还伸手和我握了一握,笑道:"对不起,我们弟兄误会了,我们已知道阁下不是开会的学生。"我看他黑胖的脸儿,嘴上蓄了两撇八字须,身穿灰哔叽皮袍,外套青呢马褂,头戴小瓜皮帽,顶着个小红帽结子。口里操着纯粹的京话,活表现他是一位北洋政府下一个小官僚的典型人物,我笑道:"既是贵区长明白了真情,大概兄弟可以被释放。"他笑道:"不成问题,不成问题,就是这些学生,我们留他们过夜,一天明也让他们回去。请坐请坐,我还有几句话和阁下谈谈。"

我坐在旁边一把椅子上,他也掉过公事桌子边的椅子,对照了我。刚刚坐下,却又回转头来向窗子外叫了一声"来呀",随着进来了个勤务,区长皱了眉道:"客来了,倒茶。"随了这话,有听差进来,送着茶杯向前。我笑道:"区长倒是无须和兄弟客气。你有事，我在这里，免不了耽误你的公事。我可以回去了吗？"区长笑道："可以可以，叫弟兄们给张先生雇辆车。"我想，打铁趁热，就是这时候走吧。于是站了起来，做个要走的样子，区长站起来，和我握了一握手，笑道："兄弟有点儿要求，今天这件事，请张先生不必发表新闻。这些青年，放了书不念，整天开会，高谈国家大事，我们干涉他们，也是为他们父兄做主。"我笑着说了一声"是"。

他又道："国家大事，让他们这样的毛头小子来办，说什么打倒帝国主义，恐怕转过来，让帝国主义打倒。兄弟说句不知进退的话，他们这样闹得起劲，就由于新闻界太肯和他捧场。张先生，我敢说，你要是把他们捧着来主持国家大事，你们当新闻记者的，比现在还要受干涉得厉害。这话怎么说呢？他们遇事讲个只有他聪明，他们能做，别人全不成。上自大总统，下至站岗的巡警，都归他包办……"我想，我何必老听他骂学生，便抢着笑道："区长放心。新闻记者，也有新闻记者的道德。区长既是说不能发表，兄弟绝不发表，更不能因为贵区兄弟误会了，将我带区，我就借此泄私愤。"区长见我把话说得透彻，又握着我的手摇撼了几下，笑道："那好极了，有工夫可来赐教。"听这音，是许可我走了，我还等什么，于是告辞出了警署。

在大街上走着，忽然身后有人低声道："老张，你出来了？"街灯底下，我看到胡诗雄将大衣领子扶起围住了脸，站在人家屋檐下，因道："匆忙之中，我没有理会到你，你怎么漏网出来的？"胡诗雄道："你看北洋军阀的这些走狗，多么可恶。我们在学校里开会碍着他们什么事？偏是他鼻子尖嗅着我们藏身的所在，将来有一天……"

我们一面踏着雪地走路，一面说话，我回头看看，并没有什么人，便笑道："你的话就止于此，不必向下说了，让我猜一猜，你有一天怎么样？"胡诗雄笑道："好！让你猜一猜。"我道："有一天你在会场上，一定要宣布这北洋军阀小走狗的罪状？"他哼着表示了不对。我道："有一天你若被捕了，你得向他们抗议？"他又哈哈笑了。我笑道："有一天，你要自杀，这日子过不下去了。"胡诗雄

八十一梦

道:"不能那么消极。有一天我踏上了政治的路线,第一步我就整顿全国的警察。"我道:"可是你们在会场里说过,你们的文化运动,并不是做官的敲门砖。"他笑道:"老张,寒街深夜,这里并无外人,我对你实说了吧。不但将来,现在就有我们的大批同志,向政界里拼命地钻。我虽不知道民国二十年三十年将来是个什么局面,可是我敢预言,五四运动时代的学生代表,那日子必定有大批的做上了特任官与简任官。今日之喊打倒腐败官僚者,那时……"墙角警察岗棚子里有人哈哈大笑道:"你们可漏了!"我被那笑声惊醒。睁眼看时,床头边悬着民国三十年的日历。

第八十梦　回到了南京

耳边下听到人声像潮涌一般,我睁眼看来,被拥挤在轮船的船舷上。栏杆开了两个缺口搭着跳板,人像一股巨浪,在这缺口里吐出。栏杆那边趸船上,人是像这边一般的拥挤不过,他们手上,各个拿了一面小旗子,迎风招展。若在这人浪里,发现他们一个旧相识,旗子齐齐地举了起来,呵哈一声地欢迎着,我便是这样被欢迎的一个。糊里糊涂在人浪里穿过趸船,上了码头。呵!南京下关江边码头呀!久远了的首都!虽然沿江一带的楼房,都变成了低矮的草棚,巍峨的狮子山,绵延如带的挹江门城墙,都是依然如故的景象,一看就是南京。

我所踏着的地面,是旧海军码头。迎面一座彩布青松大牌坊,上面红字,大书特书:"欢迎抗战入川同胞凯旋!"那牌楼下拥挤着不能上趸船的人,像两道人墙,夹立在路边,都伸长了颈子,睁着眼睛,看看这登岸的一群里是否有他们的熟人,如果是发现了一个,就拥出来拉着手。尤其是操着南京口音的人,他们迎着他们所要见的人,老远的在人头上,伸出手来乱招,口里喊着人名字。我看到一位南京老太太,由人丛里撞跌出来,一手拉住一个青年,脸上在笑,眼里流着泪,口里喊着乖乖儿子。总之,这江边码头上成千成万的人,每个人都有一个情绪紧张的面孔。唯其是这样,我也有点如醉如痴了。

路边上有欢迎他们的大汽车,形状如当年的公共汽车差不多,但略矮小些。据说,这是敌人退出南京时候留下来的礼品。自然,用这车子欢迎我们入城,是含有一种意义的。车子里自然是同船来的人,有两位穿着西服的市民代表,脸上充满了笑容,连连向回来的人道着辛苦。但他们也不承认是留在南京的,他说,本来是住在上海。后来因为国际发生新变化,在上海租界上,失去了原来的意义,就退入了内地。自从得着光复首都的消息以后,他们就赶回南京来。总之,他们那意

八十一梦

思,以为虽不曾深入后方,但是他们并不曾与敌伪合作。而辗转前方与敌周旋的那番艰苦情形,也许比远入后方的人还要伟大些。

好在我们一路行来,大家都存下了这么一个志念,绝不讪笑在沦陷区城里的人。我因之没有把他的话听下去,且向窗子外看着,车子还是经过下关入城的咽喉挹江门。城门虽是洞开着,城门洞外,还遗留下不少的沙包。那条中山北路,还是人家稀少。有的是旧房子剩下一堆残砖败瓦,或整个不见,有的又是新建筑的小屋子。倒是两边的路树都长得高大了,尤其是杨柳和洋槐,都铺张了一大块树荫,正是"树犹如此,人何以堪"了。

这时车上人又讨论着同船时常讨论的住房问题,而大家十有八九是暂借住亲友家里,再作打算。本来南京的房子,经过一次长时的浩劫,已经拆卸破坏得不像样子,很少可住的。敌人溃退时,又放了一把猛火,越发是房子减少了。说话时,车子过了华侨路,达到市中心区,本已接近繁华场合了。可是由三牌楼直到这里,越向南是新烧的房子越多。这里一些高大的楼房,是敌人盘踞过的,全是四周秃立着砖墙,中间是空的。低矮些的房屋,那简直便是一堆瓦砾,里面插上几根焦煳的木料。若不是中间那个广场,绕着圆马路,我已看不出所到的地方是新街口,因为这里是敌人烧毁着最厉害的一段,满眼全是瓦砾和断墙残壁。便是马路边上的树,也被烧焦了一半。

车子过了这里,在一个有松枝牌坊的所在停了。少不得这里又拥挤了许多人欢迎,各找着各的亲友,分别去投宿。我被一个朋友,介绍到他亲戚家里住着。他的家住在汉中门内一条冷静的巷子里,是个令人极不注意的所在。往日敌人入南京,没有抢劫到这里去,现在敌人溃退,是由东南方逃去,也不及烧这城西角的民房,所以我所投的这位主人家,竟是浩劫中的幸运之儿。自然,被介绍到这里来寄住的,不止我一个,主人家的屋子,几乎是每一间里都住下了来宾了。

我让主人让在楼上一间小屋子里,隔壁正是新回来的两位抗战志士。在我进屋不曾落座之时,便听到一个人在那里形容敌机轰炸后方的残暴行为。他说到他有多次的遇险,但始终是英勇对付着的。他曾这样说:"敌机轰炸得久了,我们的防空设备也格外进步。我们屋子后面,就是石壁,在那里新打了厚可十丈,深可十五丈的洞子。放了紧急警报,我依然在屋子里料理过琐事几分钟,然后从从容容进洞。有一次,我洞子顶上中了头彩,而且是很大的炸弹,但我们除听到一声大响之外,什么也没有感觉到。后来有几次猛风扑人,洞口上的烟雾,涌进了洞子,我们料想着洞外不远中了弹。我也不问敌机去远了没有,就跳出洞外,四处张望着。见斜对面有个水桶粗细的炸弹,正在冒烟,想必是燃烧弹,我提起路边上预备着的两个沙袋,就扔了过去。因为我相距得很近,沙袋打得很中,正把沙袋撒在那炸弹冒烟的所在。这么一来,我就引起兴趣来了,继续拿了沙袋,向上面扑了去。我差不多把炸弹火焰都扑完了,防空救护队才赶到。你们没有到过大后方的人,不要以为大后方就没有危险。"

另一个人道:"空袭那究竟不是天天的事,我们在前方的人,是整天听着炮响。但炮响尽管炮响,我们照样做自己应做的事,哪个去理它?有一天,我在家里向你们后方写信,突然一个炮弹穿过了屋顶,接着就是十几炮。我总以为像平常敌人天天放礼炮一样,并不介意,继续地向下写信。等到把信写完,机关枪也响了起来,这才打听出,敌人有一支流窜部队,已经窜到我们村镇附近。但我们一点也不惊慌,立刻联合了保甲长,先撤退老弱妇孺,再……"先前那个人不愿向下听了,拦着道:"这有什么稀奇,你们那里,听到炮响,总还离着火线几十里路呢。在现在立体战争的时候,根本没有前后方之分。我们在后方,真是做到有钱出钱,有力出力。我们每月都有出钱的机会,有一次劳军献金,我把买米的钱都献出去了。"那一个还说呢,"我们就听到你们在后方做生意发大财,一弄几十万。发财的人,献几个钱给国家,那还不是应当的,不抗战,你们这些财何处发起来?"

我听到隔壁人士这一顿辩论,这算回南京来第一个接受到的新影响。我正听着出神,忽然有个在林谷寺种菜园的老乡,高高兴兴跑进房来,拱了粗糙的拳头笑道:"恭喜恭喜,多年不见,你还是这样。"这人叫李老实,在尖团的皱纹上,丛生了一把苍白脸胡子,寿星眉长出脸来一寸多,就现着这人有些名实相符。我笑道:"也不一样了吧,在四川几年,头发白了一半了,前后害过两场重病,打过十几场摆子,咳嗽毛病,于今未好。"李老实笑道:"自然是辛苦几年了。不过这么样回来,可以享福几年了。"我道:"享福? 这福从何享起?"李老实挨近在一张椅子上坐了,低声笑道:"张先生,你何必瞒我? 我听说到四川去的人,当一名打扫夫,一个月都拿整百块薪水,像你先生,一个月还不拿几万吗? 难道你回来,没有把在重庆挣的钞带回来? 我并不向你借钱。"我笑道:"你说打扫夫每月拿整百块钱薪水,那是真的。可是,像我们这种人,比打扫夫差不多。我告诉你,打扫夫拿了那些钱,还是你曾经见过的打扫夫,并没有穿起西装,至于我呢! 但我生平是个不肯哭穷的人,我穿什么衣服到四川去的,我还是穿什么回来,并未曾做新的。"李老实笑道:"我今天特意来欢迎你,有点好心奉上。新住宅区北平路那地方我有四五亩田,好几个人打听,我都没有松口。当年张先生在南京,我们相处得很好,这一点人情,我一定奉送给你。你先一齐买了去,自己用不了许多,你分几方给亲戚朋友,人家还不是抢着跑吗? 于今有钱,太平无事可以拿出来了。"

我想,这位李老实认不了一百个扁担大的字,拾了一根鸡毛当令箭,不知他听了什么大人先生的咳嗽喷嚏,便以为我是个了不得的衣锦还乡人物,若要和他申辩我在四川还是个穷措大,他未必肯信,倒不如顺了他的口气说下去,倒还算接受了他的人情,便含糊地答应着道:"我今天还是初到南京,一切要办的事都没有办,简直地说,今日的一餐晚饭和洗个澡的目前急需,我都没有着落,我怎么会有时间谈上买地皮的话?"李老实听我这话,并不以为我顶撞了他,还是笑嘻嘻的。同时,在身上摸出一包纸烟来,先敬我一支。

我看着首先便是一惊,因为他拿来的,正是久违了的大前门牌子。在大后方,吸大前门纸烟的人,并非绝对没有,但不是李老实这种人随便可以在身上掏出来的。我还根据了我的乡下人习惯性,笑道:"你吸这样好的烟?"他笑道:"这样什么好烟,很普通的牌子。"我道:"南京市上,这样的很多吗?"李老实不懂我的语意何在,问道:"纸烟店里都有,像从前一样,张先生为什么问这样的话?"我想了一想,是了,在我由四川来的人看法,与他在南京人的看法,有很多不同,这句问话,他又是一个不可了解,便笑道:"我以为现在交通刚刚恢复,怕洋货还不容易由上海运进来。"李老实笑道："张先生要买什么洋货,我去替你买。我有一位亲戚,正要开一爿洋货店,货还没有到齐,已经先在做生意了,大概要用的洋货总有。"我笑道："洋货凯旋,比我们抗战义民来得快。"

李老实又不懂我的意思,他想了一想,答复我一句话道："洋货他自己并不会走路。这么……"我拍了桌沿笑道："妙妙,人家说你老实,这可不是老实人说得出来的。"李老实笑道："张先生也说我对了,你怎么说是洋货来得快呢?"我道："你这话又说远了。我初到南京,什么都想去看看。我们出去走走,有话走着商量。听说奇芳阁还在开着,到那里去吃碗茶去,好吗?"李老实连说好好,我同主人翁暂告了辞,和李老实由小巷子里穿出中正路。

看时,两边房屋,零落地被摧毁了。不曾颓倒的白粉墙上,左一片黑墨,右一片黑墨,淡墨的地方,还露出敌伪留下的标语。可是,就在这里,便有笔在墙上写的新标语,如"杀尽倭奴"、"欢迎义民还都",等等。最大的几个字,还是"本街某号某户某某人敬制"。我忽然想起了一件事,因问李老实道："汪精卫在南京的时候,你也认识几个小汉奸吗?"李老实红着脸,身子向后退着,"啊哟"了一声。我笑道："那没关系呀。你还是种你的菜,你又没做汉奸。譬如你要买菜给人,这熟主顾里面,就不能没有在汪贼手下做事的。说你认得他,也没有在你身上涂了黑漆。我正想问问你们,日本人要逃跑的时候,他们什么感想?"李老实道："做大官的人,急得不得了,日本人又不许他们跑。总是说南京不要紧,就是要紧,也可以带了他们上东洋去。他们也知道这事靠不住,都托了家人,在乡下找房子,而且是越穷越僻静的地方越好。我们在城边上种菜的人,很有些人受过他们重托,所以我知道。我想,这种人碎尸万段,确是应该,哪个替他们想法子,让他们逃命? 后来日本人走了,他们也就不晓得逃到哪里去了。"

我道："那么,当小汉奸的人呢?"李老实道："越干小事的,心里越安稳。我们料着作恶不大,大家总可以原谅的。就是受点小折磨,眼见中央回到了南京,那也是一件痛快事。譬如这几个月里,南京也常放警报。在南京城里的人,除了那些怕死的大汉奸,没有一个人不快活。呜呜警报一响,千千万人,全由心里喊出来,

八十一梦

我们的飞机来了。不但没有人躲,在街上看不到,有人还偷偷地爬到屋顶上去看。警报越放得多,大家心里越高兴。日本鬼子气得要命,想不放警报。但是不放警报,他们在城内的侨民又要埋怨。譬如太平路一带做生意的鬼子,他们就最害怕,有了警报,附近有防空壕也不躲,跑到城南老百姓的地方来,他料着中国飞机不炸中国人。"我笑道:"这倒是真话。在南京的日本人不放警报害怕。放了警报,又是告诉沦陷在城里的中国人,你们的飞机来了。"

说到这里,我们很高兴,不知不觉穿过了健康路。这里还是以前一样,夹着中间一条水泥面的马路。不过十家铺子,倒有八家改了东洋建筑。那墙上贴的广告牌,大学眼药、人丹、中将汤等等,还是花红柴绿的,未曾摘下。健康路转角,向贡院街去的横街口上,有两个五彩灯架招牌,竖立在电线杆子上,一个上面大字写着"东亚舞厅"。另一个格外大,有一丈长,两尺宽,上面五个大字旁边还注着日文,是"松竹轩妓院"。我不觉呀了一声。心想,这简直是对神圣首都一种侮辱。李老实虽不大识字,他看到了我对那牌子惊奇了一下,自然,知道我意所在,便笑道:"张先生看到这姑娘堂子的招牌,奇怪起来啊,这见得日本鬼子是个畜类,汉奸也不要脸。因为在南京的日本鬼子,他明说非找婊子不可,没有婊子,他们就乱来,汉奸就在夫子庙一带,办了许多堂子,还怕日本鬼子找不到,在大街口竖起大招牌来,让他们好认识。堂子已没有了,倒不知道这牌子怎么还在。"

说着话我们到了旧市政府。外面那道围墙,还依然如故,可是大门外那个木楼,就成了一堆焦土,由此向里面看去,大大小小几堆瓦砾,杂在花木里面。这地方是敌人驻过兵的,他如何肯留下痕迹?相反的,离这里不到五十步的一个清唱社,门口依旧竖着彩牌楼,墙上红纸金字的歌女芳名招牌,并不曾有一张破的,似乎在敌伪退走的前夜,还有大批的人渣在这里寻找麻烦。好在就在这清唱社门口,拦街已横挂着一幅白布标语,上面大书特书,"庆祝最后胜利共同建设新国家"。这就把这条街上各店铺私人贴的标语,映带得更有意思。

第一是什么阁清唱社,正有几个工人在扎新牌坊,大门旁边,一块木牌,糊了白纸,用红绿彩笔写了布告。我觉得这异样的刺激视神经,便站着脚看下去。只见上面大意写着:"陈某某女士,俞某某女士,随国府入川,站在艺人岗位上,宣传抗战,始终不懈,实堪钦佩。现已随同凯旋人士,同回首都。本社情谊商恳,已蒙允许,不日在本社登台献艺。久违女士技艺者,当无不深为欣慰也。"李老实站在我后面,十字九不认得,也看了一番,因笑问道:"是四川回来的歌女,又到夫子庙来唱戏?"我笑道:"那比学生出洋回来还要体面些吧?"李老实且不答我的话,将手指着一个理发馆玻璃窗上新用纸糊的广告,笑问道:"这上面好几个地面,到底是哪里搬到哪里的?"我看时,上面写着:"重庆南京理发馆,由重庆迁移南京营业,即日开幕。"我笑道:"那不比对门一家的布告还清楚一点吗?"原来对门是一家南京菜馆,正在修饰着门面,也是将白布用红绿彩笔写了布告,悬在门壁边,第一行便是"重庆首都南京味川菜馆"。李老实望着,不由得伸手搔了一搔头发。我笑道:"你不懂吗?这也就和你欢迎我回来一样。我们是抗战入川过的,这句话最响亮。可是话又说回来了,你有地皮要兜着向凯旋回都的人去卖,那是对的,不过像我这种人应当除外。就是这一位角色,也许都可以买得起你的货。"

我说时,正走着经过一家落子馆。那门口也挂起了布的横幅,上面大书:"建国杂耍场,不日开幕"。门边另有两块广告牌子上面写着:"相声大王刘哈哈,率同全体杂耍艺员,于抗战初期,由京迁汉,由汉迁渝,继续宣传抗战救国,争取最后胜利。在渝献艺时,誉满西南。现随凯旋人士回都,新编建国技艺多种,与全体男女艺员,在本社继续献艺。此为我杂耍艺员抗战史上最大光荣人物,想各界人士当以先睹风采为快也。"李老实道:"刘哈哈,我晓得他,他也回京了。"我笑道:"他不但回来了,他还是光荣地回来了。你应该拜访拜访这路人。"李老实道:"他要买地皮吗?"我笑道:"并不是他要买地皮,不过我譬方说,像他这种人都可以买得起地皮呢。"

说着话,奇芳阁已经在望,虽然这是下午,并非吃茶的时候,可是来吃茶的人,却还不少。门口台阶上,依然也摊了许多报。有两个老报贩子,蹲在地上。我先笑着向他点头道:"你们还在这里卖报?"一个老头子道:"受了两年的气,没法子,现在好了。"我随手拿起来两份报纸,都是隔日上海出版的。我道:"怎么卖上海的陈报呢?"老头子道:"南京现在还只有两家报出版,他们印得又不多,不到十点钟,就卖完了。就是上海报,早两天也搁不住。南京人好久不看到骂日本鬼子的报了,不看消息,只看两句骂日本的话也十分快活,你先生不买份看看,我保证你满意。"李老实笑道:"人家在重庆报馆才来的,一直到现在,人家没有停止过骂日本鬼子,像我们吗?现在算是开荤了。"那报贩子听说是重庆来的新闻记者,却由台阶上站立起来向我望着,因笑道:"你们重庆来的报还只有一家出版,实在不够销,你先生这多年辛苦了。"我觉得老百姓把我们在重庆的人实在看得过高了,也只好微笑了一笑,算答复了他。

走进茶馆子去,已不是从前的奇芳阁,第一是墙上壁上,有许多新的图案。其实这图案,也没有什么新奇,就是几块黑墨。原来这黑下面墨下面,便是敌伪给老板留下的麻烦,不是纸印的标语,便是搪瓷的标语,时间来得匆促,老板来不及张张剥下,只好把些黑墨涂了。同时,又在那涂黑墨的所在,另贴了加大的标语。除了拥护字样之外,便是杀尽倭奴方罢手。上得楼梯去,迎面一张标语,还是五彩夺目的,是极新鲜的一张画。一面青白国旗下面,一个戴青天白日帽章的武装兵士,脚踏了一个戴红太阳帽章的倭兵。本来上面有印刷的标语是杀尽倭奴,那旁边倒有不少铅笔写的字,每行都写的是"你也有今日"。自然是茶客写的,这倒让我想着在南京的百姓,虽沦陷在魔窟里,其实并未丝毫减少抗战的观念。

我正在打量着,找一个适当的地方坐下,好来观察一切。可是有一位说南京话的老人,拱手迎着李老实道:"到处找你,不想在这遇着。"李老实半昂着头,表示得意的样子,笑指了我道:"这是重庆来的张先生,我们是亲戚。"那老头儿"哟呵"了一声,向我拱拱手道:"是凯旋回来的,欢迎欢迎!我们一块儿坐着吃茶,好吗?我就是一个人。"他说时,支了两只手将我们让着。我也正想找个老人谈谈南京情形,便如约同在临窗一张桌子上坐下。

茶房送上茶壶茶碗来,那老头替我斟着茶,第一句话便是到过三牌楼没有。我道:"那里也没有什么特别之处,过两天或者去看看。"老头子道:"那里是鬼子驻兵的地方。日本鬼子在南京的时候,装得神出鬼没,每条街口和巷子口上,都钉了木牌子，上写禁止通行。他们走后，我们去一看，以先鬼子说什么那里有钢骨水泥的炮台了，有地道通到紫金山了，有天字第一号的高射炮了，那全是些鬼话，一点影子也没有，现在那里又变成很平常的地方了。不过平常虽然平常，究竟还是交通要道。我路上有一片地在那里，阁下……"我听他兜了一个大圈子说话，见面也是谈地皮生意，因笑道："实不相瞒，我们这吃笔墨饭的人，战前是怎么样，战后还是怎么样。假如我要买地皮的话，第一桩买卖，就该摊着这位李老板做了。"那老头子笑道："吃饭穿衣住房子，人生三件大事，这总是要办的。这几天，少说点，就是这奇芳阁楼上，哪一天没有几十桩谈房子地皮买卖的。这并不要紧，要置房地，还是立刻动手的好，等到人都回了南京了，那就另外是一桩行情。南京这大地方，自然不愁买不到地皮，可是要买地点适中的，就不容易了。"

李老实将茶碗向桌子中心一推，伸着头低声道："谈到房子，你路上有现成的吗？"这老头子被这一问加增了三分神气，手摸胡须，身子向后仰了去，因翻了眼皮，做个沉吟的样子，然后点头道："房子是有一幢，地点也不错，不过价钱可就大了。本来，现在砖瓦木料，没有一件不成问题，瓦木工匠，也要谈交情，才和老板做工。盖房子，实在不是易事，房子为什么不贵起来呢？"我道："这也是实话，不过，我要告诉南京置产人一句话，许多人鉴于战前花几万万元在南京盖些房子，至少是牺牲了万架以上的飞机，或者两三条两万吨以上的主力舰，此外如柏油路，宫殿的钢骨水泥衙门，那种费用，移来做国防经费，是多么好。现在抗战结束了，建国方才开始，重工业的建设，正需要大量的钱，有钱也犯不上去造个花花世界的南京。一般人看法，战前以修马路盖洋楼繁荣南京市的计划，是不大妥当的，这次恐怕不许像以前那样做了。"

那老头子静静地听着我的话，然后把胡子一抹道："这话也不尽然吧？南京是个首都，人口一定很多，无论怎样省俭，房子总是要住的。"我道："房子自然是要住的，不过人民遭了这一次炮火的洗礼，多少晓得一点什么叫平等自由。从前几十个人住一幢房子，和一人住几十间房子，那种对比的事，以后绝不会有，也绝不许有。"老头子道："绝不许有？哪个来不许呢？"我看这位老人家穿着晃荡的长

八十一梦

衣,卷起长袖子,还不失却那十八世纪的典型。嘴上的黑胡须,八字儿分梳着,摸了胡子的手指,还带了几分长的手指甲。我想,这和他谈平等自由,透着有点格格不入。但我生平是个直肠子人,又不忍有话不说,因想了一想笑道:"我们现在是强国之民了。国家是中华民国,主义是三民主义,一切都有一个民字,难道这做民的人,还不应当明白自己是主人翁?老百姓大家说不许,那就不许。"

这老头子听了我的话,似乎掉入糨糊缸里,越搅越糊涂,将桌上的纸烟拿起来,衔在嘴角里,擦了根火柴偏头吸着。眼睛微微闭了,似乎想着出神。李老实道:"这些国家大事,我们谈他做什么?除了出卖的,老先生路上,还有出租的房子没有?"这句话却提起了老头子的精神,他笑道:"俗言道得好,钱可通神。真是肯多花几个小费的话,房子也未尝找不到。"我道:"果然有房子,当然找房子的人,可以出点佣金,但不知房子在什么地方?"老头子将手连摸胡子两下,微笑了一笑,这期间总有两三分钟的工夫,也没有宣布房子在哪里。但是他也不肯绝不答复,却笑着向隔席茶桌上一指道:"那位刘老板他有办法。"

我回头看时,那桌上独坐着一个人,面前放了一把宜兴紫泥茶壶。夫子庙并不改掉老规矩,凡是老顾客,有一把固定的茶壶。由这茶壶看去,可以知道他是一位老顾客了,他圆圆的脸,秃着一颗大脑袋,一笑,腮肉下面现出两条斜纹来。身上穿件四口袋的灰绸短夹袄,在小口袋里拖出一条金表链子。李老实似乎也认得他,便站起来向他点了两点头,他也站起来点了点头。李老实便走过去,坐在桌子旁边,向他笑问道:"刘老板路上有房子吗?"他把头昂起来,先笑了一笑,然后摇了两摇道:"房子谈何容易?难啰!"李老实道:"若是有的话……"他倒不答应有没有,翻了眼向李老实道:"你也要租房子,打算做二房东?"李老实遥遥地向我指着道:"那位重庆回来的张先生要找房子。"刘老板操着满口南京腔道:"真是个大萝卜,替他们发什么愁。人没有来,电报早就来了呢。有些人由上海跑回南京来,早已代那在四川的亲戚朋友,把房子安顿得一妥二帖。这几天,新住宅区,昼夜有瓦木工匠在修理房子,那房子修理好了,是让我们住吗?"

我听那大声言语,倒有些受宠若惊,只好向李老实招两招手,仍旧回座,这话似乎不便再说下去了。李老实随着我的招手走了过来，低声向我笑道："你不要看他口气说得那样强硬。他实在有房子，他不这样做作，不显得他那房子值钱。"我皱了眉道："自从有了回南京的行动以后，房子房子，时时刻刻谈着房子，我有点腻了。我们另外谈一件事好不好？"李老实听到顶头给他个大钉子碰了，他实在不能再提到房子的事了，因抬手搔了两搔头发，笑道："那么，我们移一个地方去坐坐吧。这里过了吃点心的时候，喝空心茶，也把肚子洗空了。我们到豆腐涝店里去吃两块葱油饼，来碗酒糟汤圆，好吗？"我笑道："正是许久没有尝到夫子庙风味，应该拜访拜访。"

其实论到豆腐涝，也不见得是让人念念不忘的东西。不过在重庆的时候，想到在夫子庙消遣了半夜，到了十二点钟以后了，豆腐涝店里灯光雪亮，射到马路上来。葱油香味，在夜空里盘旋着。正当肚子饿得咕噜作响，引着两三个气味相投的朋友，带了一点听戏看电影的余兴，走了进去。这一种情调，由南京去重庆的朋友，回想到了，却也悠然神往。那个老头子倒富于趣味，将手一摸胡子，笑道："最好是那个时候，油漆雪白的公共汽车，马达呼呼作响，要开不开，游客正好回家。稻香村糕饼店里还大开着门，电灯大亮，你去买些点心要带回家去，好送给太太吃。柜台旁边，遇到一位花枝招展的歌女，在那里买鸭肫肝吃。虽是不和你说话，你站着相隔不远，闻到那一阵胭脂花粉香，你忘记了回家，回头看时，那一辆公共汽车已经开走了。而且那部汽车，还是最后一班。回家路正远得很，你就觉得有点儿尴尬了。在重庆的时候，你们回想到过这种滋味没有？"我哈哈大笑道："这样看起来，你老先生倒是有经验的人了。不过这一类的经验，还是在城北住公馆的人丰富些。"李老实对于这些话，不感到什么兴趣，便站了起来代会过了茶账，匆匆地就向楼下走去。我自无须留恋，跟着他也向前去。

那个隔席的胖子，看到我们不买他的账，直追到楼梯口上，把李老实找了回去，对着他的耳朵边，叽咕了几句，李老实笑了一阵，然后引我走出奇芳阁来，笑道："他最后向我问一句话，问这位张先生是代表哪个机关的。假如是重庆搬回来的机关要找房子，那倒可以想法子。"我道："这是不是以为机关租房子，他就可以

八十一梦

大大地敲一下竹杠?"李老实道:"不!他倒是一番好意,他以为把房子租给机关,也就为国家尽了忠。"我笑道:"他们也知道为国尽忠。"李老实笑道:"张先生你不要说这话。我们失陷在南京的人,是没有法子,并非是不爱国。你不要以为这些东西的主人翁才是爱国的。"

说时,他伸手一指面前停摆着的汽车。我们去吃豆腐涝,本当向西拐。不知不觉走错了路,却是向东拐。他所指的这汽车,却是六华春、太平洋两个大酒馆子门口。这两家馆子,不但依然是从前那个铺面,而且油漆一新,汽车在大门外两旁分列着。有的汽车夫,新从车子上走下来,挺起了胸脯子,口角上斜衔了一支香烟,大开着步子穿过马路去。我对这两家馆子看了,颇有点出神,心里就转着念头,这也许是个兴趣问题。我们在南京的时候,这里顾客盈门,我们离开南京,在重庆听到传说,夫子庙这几家馆子,不但不受什么影响,也许比以前的生意还要好些。于今我们回到南京来了,这两家馆子,又是这样热闹。顾客虽换来换去,热闹总是一样,这不可以研究一下吗? 这两家馆子如此,其余馆子的情形,也不会例外。假如我是六华春的茶房,我又始终不曾走开,那么,在十年来,我在这不同的顾客身份上,也可以看出这是一种什么社会。我心里只管这样想着,当然也就向那里看去。

忽然有人叫着我的名字,问什么时候回来的。我隔了马路看时,是我们一位老同行,不过现在不是同行,他是一位老爷。因为朋友背后都称他局长,我也就叫他薛局长。走过马路握了他的手笑道:"自从南京警报器一响,你就到欧洲去了。真是不幸得很,听到你在罗马第二天,墨翁就承认了伪满,于是你就离开了这靴形国,这多年你在哪里当华侨? 不是欧洲吧? 英德法比,一度大轰炸,也不亚于在南京的时候。"薛局长正色道:"我早就要回国的,因为要替国家宣传,我到美国去了。"我笑道:"那么,你要回来办一家大报了。贵社价值百万元的轮转机,现在还安然无恙吧?"他苦笑了一笑,答道:"你明知故问,那是为抗战而牺牲了。"我道:"那实在可惜。像我这措大,办了一张小报,两三架平版机只值几千块钱,也舍不得把它丢了,终于是用木船搬到汉口,再由汉口搬到了重庆,难道你的政治力量……"薛局长一把挽了我的手就向六华春里面拉了去，笑道："过去的事，提它做什么？我们总算回了南京，什么东西全可以再来。今天这里有个熟人请客，我们喝两盅去。"我道："我还有个穷朋友在马路那边等着我呢。"说着，我回头一看，李老实已经不见了。高声叫了两句李老板，也不见人答应。这可无法，只随了薛局长走进酒馆去。

我倒不觉来的怎样荒唐，走进一座大厅，里面有三桌酒席，有不少的熟人，自然也就有了几位新闻记者。其中有位侯先生抬头看见我，迎上前来，握着我的手笑道："你也回南京来了。"我笑着还没有答复他的话时，他又笑道："我说了，我们在南京的朋友，一天多似一天。喂！张兄，我给你介绍一位朋友。这位朋友，你不可不认识。"说着，他向对着本席上的一位女宾，招了两招手，我看那人的打扮，显然是一位歌女。在我们这样哀乐中年的人，而又在抗战期间经过一度长期的洗练，纵然对夫子庙这地方还有所留恋，却是另一种看法。不料一番阔别，这番刚踏进这秦淮河畔，还是这老套，我经过扬子江两岸，火药和血腥气还未消呢，我有点惭愧了。我正考量着这个问题，那位被介绍的歌女，已是离开席，向我面前走过来。侯先生介绍着，遥远伸着手，在空中摇晃要向那小姐拍肩膀的样子，笑了向我道："这位柳小姐，是由上海新来的。当汉奸在南京闹得乌烟瘴气的时候，许多人要她来，她绝不将就。不是为了交通困难，她早到重庆去了。你不要以为大后方不需要唱戏的小姐们，而她这一点志气，是大可钦佩的。"

那柳小姐到了我面前，本要待我说些什么，不想侯先生说了这么一大套的夸奖话，教她跟着向下说不好，静候着人家捧场也不好，微微地低了头，把脸皮红着。我笑道："要为国家出力，不一定要到重庆去，在上海住着，一样可以有所为。柳小姐哪里献艺？"说着话，我被侯先生拉着在席上坐下，他说他是代表主人翁的。那柳小姐只和我隔了一个座位，她向我笑道："我正和重庆来的一批小姐们对门唱，当然是比不上，还请重庆来的先生们帮忙。"我道："重庆也不出产皮黄戏呀。"

侯先生斟了一大杯黄酒送到我面前，然后拍了我的肩膀道："重庆来的人，是抗战过的，那就大为不同呀。以往谈什么京派海派，于今不同了，新添了个渝派，

八十一梦

等于出洋镀过金的博士一般,你不知道吗?老朋友,你就是镀金者之一,可喜可贺,为你浮一大白。"我笑道:"那我就不敢当。我在重庆那样久,一点没有贡献。第一是抹桌子的工夫太多,少参与各种集会,少在共同列名的印刷品上写着名字,连我多年的老朋友都忘了我是新闻记者。这时候你要我受这一大杯酒,我岂不是受之有愧?"

在座对面有一位嘴上蓄着小胡子,穿西装的同行纪先生,伸出手来摇了两摇,然后正着脸色道:"暂不要开玩笑,我有一句正经话要提一声。我们上海一班同业,自从八一三以后,就想到内地去,始终没有走成。现在他们一个战地视察团,由大江南北起,一直视察到黄河流域的上游,然后由那里折回襄河两岸,由公路到广西视察昆仑关,还要到云南边境去看看。这实在是个壮举,我决定去。"有位花白长胡子的人,靠他坐着的,手摸了胡须微笑道:"就是我,未尝不想试试这一壮举,好在走到旧战壕里去坐着吸纸烟,哼两句西皮二簧,也全没关系。反正头顶上没有飞机,对面也没有炮弹。"

那位纪先生,噘了小胡子,不觉得把脸涨红了,向大家道:"战后视察战场,这也是常有的事。"侯先生回过脸来,向柳小姐笑道:"现在到重庆去的直航飞机,倒不怎样挤。这样说,你也可以去一趟,了了夙愿。"柳小姐倒没有怎样考虑,随嘴答道:"以前首都在重庆,所以大家向那里赶,现在大家都回了南京,还老远跑去做什么?"侯先生笑道:"你说的大家,连我也包括在内吗?"柳小姐抿嘴微笑着。

他上手另坐了一位歌女,圆圆的脸儿,长睫毛里,一对大眼珠,脸上便带了三分豪爽的样子,便插嘴道:"侯先生,你以为这句话占便宜,其实当歌女的人,总是靠爱上夫子庙的人捧场。纵然他不过是到歌场上去,花一块钱、泡一碗茶的茶客,也是我们所须倚靠的。因为我们要人花钱,也要人捧捧场面。老实说,我们是生意经,要说不分男女老小应当爱国,这话我们也知道,知道是知道,挣钱还是挣钱,那究竟不是一件事。若说我们到昆明重庆桂林去,为了是爱国,倒不如说我们是为了卖药赶集,那还漂亮些。我不大认得字,但也就常常听到人说过,什么'商女不知亡国恨,隔江犹唱后庭花'。秦淮河上的女人,在上千年以前,就是这块材料,于今陡然会好起来了吗？好起来了,她就不肯搽胭脂抹粉来陪各位吃酒。"她一大串地说着,不觉把脸涨红了。

在桌上的人,好几个鼓了掌,我也笑道:"并剪哀梨,痛快之至。"不过这位小姐的话,好像是有感而发,她笑道:"小姐这称呼不敢当,我叫陶飞红,外号张飞。当歌女的,无非是过歌女一套生活,把名称再提高些,无非是赶热闹卖脸子的人,狂些什么？各位今天回到南京的,好像对我们有些另眼相看。自然,我们应当稍微自重些。可以不要贪天之功,以为己力,以为中国成了强国,我们当歌女的也出过力。其实口头上表功一番,好让一块钱一碗的茶卖到两块。那希望也可怜得很,谈不上前途。"我听她说到"贪天之功,以为己力"这八个字,就觉得这个歌女的书,还是念得不少,真是五步之内,必有芳草。不过像她这样口没遮拦,在这三桌席上,恐怕就有些人听不入耳,应当照应照应她,免她吃亏,便故意把这话锋扯开来,因笑道:"当年我们在夫子庙听歌的时候,是两三角一碗的茶,于今涨到一块钱了吗？"侯先生笑道:"你怎么提从前的话？再前去三十年,夫子庙茶馆里的茶,还只卖三个制钱一碗呢。"我道:"那么奇芳阁的茶,现在卖多少钱一碗了？"侯先生笑道:"你又何必单问茶价？一切是这么一个标准。不过人还是这样一个人,不见得长了多少价值。"

他说到这里,倒有心要占女人一点便宜,回转头来向陶飞红道,"你说我这话对吗？"她笑着点点头道:"战事一结束,人的肉长肥了,骨就变轻了,分量还是差不多,怎么涨得价钱起来？女人还是要当歌女给人玩,士大夫阶级,也……"她笑着摇了两摇头道,"我们还是唱两句'苏三离了洪洞县'吧,弄什么之乎者也。"我听了她这话,冷眼看看她的态度,觉得她坐在这酒绿灯红的地方,另外有一种啼笑皆非的神气。虽然这里三桌席上,有许多歌女陪酒,不减当年秦淮盛事,究竟时代不同了,她那种皮里阳秋的话,绝对没有人介意。也许是我的神经过敏,颇觉她的话有点令人受不了,便借故告辞。

走出酒馆只见满街灯火,穿西服的朋友,三五成群,嘻嘻哈哈走着,花枝招展的歌女,坐在自备包车上如飞地被拉着过来过去。这仿佛我回到了战前的夫子

八十一梦

庙,我伸手在身上摸摸,并没有哪里有一道创痕,也许我过去几年,做的是一场噩梦,并没有这回事。不过我抬头看时,有两三处红蓝的霓虹灯市招照耀着,又证明了的确有那回事。因为面前最大的一方霓虹灯市招,有四个大字,是"民主茶厅"。第二块市招,稍微远些,是"建国理发堂"。第三块市招,立得更遥远,是活动的灯光,夜空里,陆续地闪出字来,第一个字是"廉",第二个字是"洁",第三四个字是"花柳",第五六个是"病院"。我想,民主、建国、廉洁,这些名词,分明是战前不常用的,于今茶厅理发馆都知道用来做霓虹灯招牌,不是经过炮火的洗礼,人民思想进步,曷克臻此?

正在出神呢,忽听得身后有人轻轻叫了一声张先生。我回头看时,正是那歌女飞红,便笑道:"陶小姐,出来了?刚才那番快论,真是豪爽之至。以往,也常跑夫子庙,却没有遇见过你这种人。我冒昧一点,我想哪天约陶小姐谈谈。可以吗?"飞红笑道:"这是你特别客气。你高兴见我,在夫子庙任何馆子里填张条子,我不就来了吗?"我笑道:"不是这意思,我愿站在做朋友的立场上,和你谈几句话。"她站着低头想了一想,笑道:"好的,好的。何必另约日期,马上就可以。"我道:"但怕陶小姐应酬忙。"她道:"你愿和我交朋友,我就耽误几处条子也不要紧。我们可以到咖啡馆去坐坐。"说着,她就转身走进身后一爿咖啡馆,只见满街灯火。是我请她谈话的,我虽觉得早不当旧调重弹了,可是未便违约,只好随了她走进门去。

那咖啡座上,灯火通明,人热烘烘的,我越发难为情,立刻和她走进了一个单间坐着。我一看这里,却也非比当年的咖啡座,门帘子将白布变为绿呢的了,窗户上掩上了绿绸窗帷。虽然中间还有一张小桌,这似乎是专为吃点心用的,而非为喝咖啡用的。旁边除了两张坐的沙发而外,另有一张长可四尺的睡沙发。绿绒的椅面,放着锦缎的软垫。沙发面前放了矮几,正是让喝咖啡的人将杯碟放在上面,可以卧谈。墙壁上半截,即是粉红的屋正中垂下来的电灯,是紫色的罩子,映着满屋都是醉人的颜色。桌上玻璃花瓶,插着一束鲜花,红的白的,配了绿油油的叶子,香气扑人。

我站了还不曾坐下呢，飞红笑着向我道："这样的房子，一个男子和女人坐在这里谈心，你想还有什么正大光明的事谈出来吗？"我笑道："既然如此，陶小姐何以约我这个一面之交的人到这里来谈话？"飞红笑道："唯其是一面之交，我才约你来谈，若是熟人……"她虽然直爽，说到这里，也透着有点难为情，拖长着字音，没有把话说下去。恰好是茶房跟进来，问要些什么。飞红告诉他要两杯咖啡，然后让着我对面坐了。她笑道："我竟是代张先生做主了。我想着，在大后方的人，也许感到咖啡缺乏。"我道："那倒不，只要有钱，在大后方，什么东西都可以买到。这一点，德国比不上，便是英国对我们也有愧色。"飞红笑道："好，我现在可以向张先生领教许多大后方情形了。"我笑道："不然！我正要向陶小姐请教。"她笑道："请教我？我一个当歌女的……"我摇摇手笑道："不要谈这一套。我之请教你，那是有原因的。我想，在秦淮河的人，难得跳出这没有灵魂的圈子，把冷眼去看人。由我很客观地看陶小姐，颇是合这个标准。所以我想问你最近一些所知的事情。"她笑道："你说是个有灵魂的人，我倒是承认，张先生打听这类事情要登新闻？"我道："不！这也不是登新闻的材料，我有点疑心，要搜罗战时一些故事，由可歌可泣到醉生梦死一类的材料都要。将来写出杂记来，至迟哪怕到我身后发表，也可以给天壤留点公道，给后人留点教训。现在这工作依然在进行，所以我想在富有兴亡诗意的秦淮河下，找点材料来。"飞红算是领悟了我的意思，微笑着点了两点头。

正好茶房送了咖啡在茶几上，她扶起茶匙在手，搅着咖啡，蹙起了睫毛，看看咖啡上浮起来的汽烟出神。我且不打搅她，等她去想出要对我说的话。在这静默的时候，我感到一点不安，红灯光醉人的颜色，和女人身上的脂粉香气，迫使得我催促她一句，笑道："不必想什么整个的故事，你说你应酬场上新发生的感触那就很好。"她点点头道："有了，还是说我们本行吧。有一位歌女，原来在南京是很红的，许多人在她身上花钱都失败了。后来她在大后方兜了个圈子，年纪虽大些了，但她是个天生尤物，还有许多人追求她。结果，她却嫁了个商人。"我笑道："这就是老大嫁作商人妇了。"飞红笑道："你好像为她惋惜吧？那错了！她发了很大的财,至少手上有一百万元。从此以后,要大享其福了。不过美中不足的,是这位商人胸无点墨,原来是在南京卖烧饼带开老虎灶的。只因为这位歌女的养母,当年在南京,常到这家老虎灶上去冲开水,和这位商人认得。到了后方,见他西装革履,甚至于汽车进出,又有了这来往。连这女也和他有说有笑,一个卖热水的人,对那红歌女,只好望望罢了。没想到谈起交情来,他受宠若惊,就献金五万元。"我道:"这人颇也爱国。"飞红笑道:"他非向国家献金,是向歌女献金。这歌女才知道他实在有钱,半由自愿,半由养母做主,就嫁了他,于今正在托人在南京四处买地皮呢。你们文人,提起笔来,什么都说得头头是道,就不如人家一个卖热水的,在后方抗战回来,人财两得。我这点故事,你拿去渲染一下,也不下于卖油郎独占花魁吧?"

我道:"他是怎样发了财的?"飞红道:"那由于他一个把兄职业太好,是个汽车司机。这司机专由海口子贩货到后方去,一个人忙不转来,就教这个卖热水的帮忙。不到一年,他手上有了二三十万,脱离了那司机,改做水上的生意。把四川的山货,用木船装下去,回头又由木船装棉花上来,再过一年,家产就过百万了。"我笑着了摇摇头道:"这近乎神话。"飞红道:"神话不神话,不必研究,反正其人尚在。当然,这里面也有点机缘凑合。是他跑海口的时候,和一个在江口子上的跑外认识。他在海口上帮过那人的忙,所以那人在江口上免不了报答他一下,遇事给他一点便宜行事,所以人家发十倍的财,他也可以沾一半分光。"我想了一想,因道:"他发上了百万财,还是沾人家一半分光?"她笑道:"这个原因,我们在敌后的人哪里会晓得?"我笑道:"那么陶小姐的意思,以为我应该晓得。"飞红笑道:"你不晓得,我又有什么法子呢?"我道:"后方的故事,还要我到此时此地来问你,这新闻记者,真是越做越回去了。再谈一个此地之事吧。"

飞红又喝着咖啡,想了一想,笑着摇着头:"一部二十四史,从哪里说起,你必得给我一个题目。"我也不免伸手搔搔头发,想不出一个题目来。忽听得外面一阵欢笑声,便道:"有了。这些咖啡座上来的西装朋友,又是一副纸醉金迷的样子。他们新到,有什么桃色新闻没有?"飞红笑道:"这也可以理想得到的事,何必问他？我倒想起了一件事。就是我们这无灵魂之群的里面,也有有灵魂的,而这件事也很有趣。当伪组织在这里的时候,那些日本顾问最是了不得。他们一样逛夫子庙,抽鸦片烟,无论怎样腐烂了的嗜好,都试上一试,就是一层,不肯花钱。若是有那些汉奸出钱,玩得比中国人还起劲。最好是汉奸垫钱玩的时候,多少他能从中弄两文,就可以心满意足。世界上若比赛贪污,恐怕没有比日本人更胜一筹的了。"我笑着摇摇头道:"骂日本人我们是第一等,用不着再来对你的。"

飞红笑道:"你莫忙,趣事在后面。一个日本顾问和一个歌女有来往,一切开销,都是汉奸的。日本人当他代付款的时候,他说,你有钱代我送歌女,不如把这钱直接送给我,我还领情多了。那人只好把钱送给他,而歌女那里,他还是照顾的,汉奸又照付了一份。这歌女见他无耻,写了一封匿名信骂他,信上有杀尽倭奴的话。那日本顾问,认得这歌女笔迹,要拿信为证,办这歌女反日的大罪。后来那歌女托许多人讲情,他才开出价钱来了,一个'倭'字,要赔偿一千元的侮辱费。"我笑道:"这颇妙。"飞红笑道:"颇妙吗?妙的还在后呢!这封信共有十九个'倭'字,假使每个字赔偿一千元的话,共要一万九千元。这无论一个当歌女的出不起这么多钱,便是让那伪组织里的汉奸代出,他也觉得肉痛。再三和那日本顾问说情,才答应打个两折,每字两百元,无论如何不能少。算起来共是三千八百元。这钱倒不问是哪个出,那日本人要赚整数四千元,还差着两百元,有点美中不足,就自己信上添写了一句'杀尽倭奴',共凑成两十个字,于是拿出信来,照'倭'字点数,共要四千元。这个调停两方的汉奸,却也说句天理良心话,他说文句旁边,所添的一句'杀尽倭奴'与原文笔迹不符,与日本人所写的汉字,倒有些相像。这个字的侮辱费两百元,不能代出。后来日本人说了实话,是他添的,他是要凑成四千元。凭他日本大国民自骂了一句'倭奴',也值两百元。这么一说,连那歌女也觉得这日本人软得无法对付,只好共出了四千元。"

我笑道:"这实在够得上写入一见哈哈笑,后来这歌女和日本人无事吗?"陶飞红道:"日本人得了四千元,一切都忘记了,照样叫那歌女的条子。歌女等他得意忘形的时候,便对他笑道:'你日本人要起钱来,连"杀尽倭奴"也肯写出来。'他

八十一梦

说：'那算什么？不贪污的人，在日本做不了藏相。藏相就是财政部长。近卫不为要钱，也不做首相，假使有人给他钱，比做首相还要多，他一样可以不干。可是在日本就没有人出得起买动首相的钱，所以他把首相做下去。你不要看日本什么都统制了，人都穷得没有饭吃。其实阔人吃的东西，都是用飞机运到东京去的。他们不贪污，哪来这些航空的奢侈品？要贪污就大家贪污，大家快活，我又何必做那傻瓜呢？'"我笑道："这个日本人小人而不讳言是小人，浑蛋得还有点眉目。除了出卖灵魂的群人里，也不易这样看透日本人。"陶飞红见我夸奖她的报告，十分得意，继续地供给了我许多故事。

我听着有趣，忘记她是夜中生活的忙人，尽管由她说下去。忽然有个穿西装的人掀门帘子闯进来，站在电灯底下，对了我们瞪着双眼直视。我闻到他酒气熏人，便也发现了他两眼是红的。这是一个醉人，自也无须理他，可是他倒不介意，歪斜着走到飞红面前团了舌尖笑道："陶小姐，你倒快活，约了朋友，在这里喝咖啡，我们的韩小姐哪里去了？我已经在中央饭店里开好了房间，找不到她的影子。你要晓得，明天早上七点钟，我还有早会。现在是十一点钟，这晚上还有几个钟点？"飞红也红了脸冷笑道："你这些话，对我来说干什么？你还不算十分醉，你还认得清人啦。"西装朋友在口袋里一掏，掏出一卷钞票，向飞红笑道："我们商量商量。韩小姐不来，你就代表一下吧，明天早上，这些都是你的，我们来一个大 Kiss。"说着，把头伸到飞红面前来。飞红两手将他一推，瞪了眼道："你尊重些。"

他身子晃荡两下，哇的一声，鱼肚海参鸡鱼鸭肉未曾消化的一股人粪，标枪一般由口里向飞红身上吐着。飞红实在不能忍耐了，啪的一声，向他脸上打了一个耳光，骂道："你在哪里造孽，弄来些造孽钱，吃喝得肚子里装不下去，倒屙出来。你不喝酒，是醉生梦死；你喝了酒，却是醉死梦生。你有钱，你可没有了灵魂，你是中国人？你是中国的僵尸！你痴心妄想，我虽然是歌女，我也有点觉悟。不想你穿得这样漂亮，像个人物的样子，醉时比歌女还下流，歌女做不出的样子，你也做得出来。你还想明早七点钟起来，又戴了一副假面具去骗人。今晚上在秦淮河上醉生梦死，明天早上，又要到哪里去侮辱一块圣地？你就在这里躺下吧……"这一顿痛骂,我觉飞红惹了一点乱子,知道这位西装朋友是什么人？在我焦急的时候,心房乱跳,身上出着汗,突然惊觉过来,睁着眼看时,桌上油灯,其光如豆,两个耗子,哧溜地跑走了。远处鸡声咯咯地叫,由窗户里向外看,天大亮了。

八十一梦

尾　声

　　《八十一梦》的残稿,整理补贴,所剩者,不过以上的了。到现在还有人问我,为什么这篇稿子叫《八十一梦》?因为发表的并没有八十一梦,觉得名实不符了。我想,这位先生,未免"明足以察秋毫之末,而不见舆薪"。天下名不符实的事多了,何必对这篇小说特为注意?而且我所作的,本是八十一梦,写的也是八十一梦,不幸被耗子咬残了,不能全部拿出来,我写下这个名字,多少还含着一点惋惜意味,聊以纪念我的心血。这样,人家才知道我所梦者还不止此。那么,不能与世人相见的梦中故事还多着呢。也许得着别人代我惋惜一下吧!

　　又有人说了,这倒也言之成理,你索性不用八十一梦这三个数目字,用残缺等字来形容一下,不也可以吗?我说:这当然可以。不过我也另有一点意思,八十一是九的一个积数,假如人生不能得到十全的事,得着九乘九的一个得数,也算个小结果,这正也足以自豪了。本来在中国社会上,老早就把八十一这个数目,当了一个不能再扩充结果的形容词。所以有这么一句话:"九九八十一,穷人没饭吃。"人生大事,莫过于吃饭,更莫过于穷人吃饭。九九八十一,既可以作穷人吃饭的形容词,正也可以作我那梦境中的形容词。读者若以为这话过于含混,那也就只好由他去了。

　　或有人说:律法,九九八十一为一宫,你难道表示这是你唱的官调?我说:中国小说,向来不登大雅。章回小说,更为文坛所不屑道,果如此说我也未免太自夸了,非也,非也!不过当我这些残梦的故事,在报上发表的时候,有些认得我的人常在背后指着我说,这人终日地在做梦。这一句话,虽是事实,也许有点讽刺的意味。在前一说呢,我不否认;在后一说呢,我觉得讽刺我,倒有可考虑。大家仔细想想,谁不在做梦?谁是清清楚楚地站在梦外?若大家都不否认身在梦中,我便落入梦圈子里,这也不是一件可资讽刺的事吧?至于就文字论,我是一向诚恳接受批评的,在别个卖文的朋友,认为的大事,我倒不会介意的。何况这根本是梦话,充其量不过是梦中说梦,梦话就以梦话看了,何必当真呢?

中国的稗官家言,用梦来作书的,那就多了。人人皆知的《红楼梦》自不必说,像演义里的《布夷梦》《兰花梦》《海上繁华梦》《青楼梦》,院本里的《蝴蝶梦》《南柯梦》……太多太多,一时记不清,写不完,但我这《八十一梦》,却和以上的不同。人家有意义,有章法,有结构,但我写的,却是断烂朝报式的一篇糊涂账。不敢高攀古人,也不必去攀古人,我是现代人,我做的是现代人所能做的梦。

也有人送我一顶高帽子,说我是《二十年怪现状》《官场现形记》一类的作风。夫我佛山人与南亭亭长,古之伤心人也。他们之那样写法,除了那个时代的反映而外,也许有点取瑟而歌之意,可是我人微言轻,绝不作此想,纵有此意,也是白费劲。作长沙痛哭之人多矣,那文章华国的责任,会临到了我?记得这小说开场的日子我抓过一首歪诗,于今还作一首歪诗来结束它吧:

　　梦是人生自在乡,王侯蝼蚁好排场。醒来又着新烦恼,转恨黄粱梦易香。